Les crevettes ont le cœur dans la tête

MARION
MICHAU

Les crevettes ont le cœur dans la tête

Journal sexy d'une trentenaire

J'AI LU

À Agathe,
ma première lectrice,
celle qui m'a donné l'envie d'écrire.

Préliminaires

Comme on ne se connaît pas encore, laissez-moi vous expliquer dans quoi je roule : je m'appelle Marion, je fais 1,70 m (en talons) et 52 kilos (en rêve). J'ai de belles boucles brunes qui explosent en afro dès qu'il pleut, des petits seins espiègles et des fesses plantureuses qui m'inspirent tendresse et agacement. Je suis née en 1980, une année détestable pour le bordeaux et franchement pas terrible pour Joe Dassin qui est mort pendant les grandes vacances.

Je suis Bélier ascendant Bélier, autant dire que la prudence n'est pas le terme qui me définit le mieux. J'agis souvent à l'instinct. En amour, je vous épargne le suspense : c'est risqué. Depuis que je m'envoie en l'air en espérant retomber du bon côté de la tartine, je suis devenue une spécialiste des démarrages en côte et des accrochages au kilomètre 5. J'ai eu de vraies histoires quand même, mais si toutes méritaient un détour, aucune ne valait le voyage. Je me retrouve donc célibataire à l'âge où ma mère pouponnait son troisième enfant (moi) un bijou de gaieté et d'intelligence primitive (faudrait pas vieillir).

Quoi d'autre ? Je fais partie d'une meute de quatre louves : Léa que j'ai rencontrée à l'école primaire, la fille la plus franche et la plus maquée que je connaisse, Sophie qui est tout ce que je ne suis pas : sportive, maniaque et sobre H24 et enfin Babeth, une grande rousse hilarante et sexuellement ingérable.

À part ça, j'adore les livres de Philippe Jaenada, les films de Woody Allen et la voix de Michel Jonasz, tout ce qui ne me passionne pas m'ennuie et je déteste Nick Nolte sans aucune raison valable. En revanche, j'aimais tellement Philip Seymour Hoffman que le jour de sa mort j'ai reçu des textos de condoléances de mes potes. J'ai un grand frère, une grande sœur et des parents encore ensemble, mais je parle très peu de ma famille. Je les aime trop, tout le monde se ferait chier au bout de cinq lignes (merci au psy qui m'a suivie pendant trois ans).

Niveau boulot, je vais décevoir tous ceux qui m'imaginent déjà soudeuse-scaphandrière, je suis scripte dans le cinéma. C'est moi qui note tout ce qui se passe sur le plateau et qui m'assure qu'une comédienne ne s'est pas détaché les cheveux entre deux plans, comme ça, juste parce qu'elle avait chaud et qu'elle se fout complètement des problèmes de raccord au montage. C'est un métier d'observation et d'organisation, autant dire que, bordélique comme je suis, je ne comprends pas comment j'arrive à l'exercer depuis des années dans la satisfaction générale.

Sinon, fille de Parisiens, petite-fille de Parisiens, j'ai grandi en courant après les pigeons. J'habite un appart au métro Abbesses et pour me faire quitter la capitale plus d'un mois, il faut le GIGN (minimum).

J'ai longtemps été un garçon manqué, mais maintenant, je suis une fille, une vraie : je sais me battre aux soldes presse, me vernir les ongles sans dépasser, mettre du Rimmel dans le métro, marcher avec des talons de douze centimètres, me passionner pour des ragots de boulot et faire un tas d'autres trucs inaccessibles aux chromosomes Y. Je suis donc prête pour me marier avec l'amour de ma vie, en toute simplicité.

Si ça vous dit, on va le chercher ensemble. J'espère que vous n'êtes pas pressés parce que les mecs bien, c'est pas comme les métros, il n'en passe pas toutes les quatre minutes.

1

SOLAL

2 juillet

MISTER BIG BEN Il y a quelques jours, je dînais dans un resto branchouille avec des potes. Un DJ mixait des musiques de vieux films, le vin était délicieux, le burger à la truffe aussi. Je venais de finir un long métrage vampirisant, mais j'étais en vacances jusqu'au 1er septembre. Deux mois consécutifs ! Je n'avais pas vécu ça depuis l'école. J'étais bien, détendue, en confiance, quand, tout à coup, Tim a dit :

— Au fait, qui va au mariage de Ben ?

Cette phrase m'a aspirée comme un trou noir et tout s'est mis à fondre autour de moi, les potes, la table, les frites maison, les murs du resto... Je me suis retrouvée seule, prostrée sur ma chaise au milieu d'un monde en ruine. Ben, c'est Benjamin et Benjamin c'est mon ex, celui avec qui j'ai vécu quatre ans, celui avec qui j'ai baisé, ri, déjeuné, dîné, regardé *Six feet under*, celui avec qui je suis allée au cinéma, au théâtre, en soirée, en Thaïlande, celui, enfin, qui a muté génétiquement quand je l'ai quitté, qui est devenu solitaire, coléreux : inconsolable. J'avais eu vent qu'il avait retrouvé quelqu'un, mais je m'imaginais une fille de passage qu'il martyrisait de son indifférence... Il se mariait ?!

Apparemment Ben tenait encore un rôle très important dans ma vie : c'était mon plan B. J'étais célibataire d'accord, j'expérimentais l'humiliation, la solitude, la douleur, tous ces trucs rigolos à raconter, mais au final, si ça partait vraiment en brioche, je rappelais Ben et je lui faisais plein d'enfants.

Il se mariait ?!

Quelle horreur... J'étais vraiment célibataire alors...

Le lendemain, j'ai décidé d'aller sonner chez lui. Je sais, c'est dégueulasse pour la fille, pour lui, pour tout le monde, mais j'étais là la première ! Dans le hall de son immeuble, je suis tombée sur une grande blonde hyper sympa qui galérait avec un fauteuil seventies. Elle venait d'aller le chercher dans le 77 et s'apprêtait à le monter à mains nues pour faire une surprise à son mec. J'ai tout de suite compris que c'était la fiancée de Ben et que je n'allais pas pouvoir lutter. Louer un camion pour aller chercher un fauteuil au fin fond de la Seine-et-Marne ? Ce que je ressentais encore pour Ben était incapable de générer un truc pareil. Je l'ai aidée à monter ces trente kilos d'amour et me suis empressée de redescendre.

En traversant la place de Clichy pour rejoindre les Abbesses, je me suis dit que c'était peut-être une chance pour moi, finalement, ce mariage. Ne faut-il pas être vraiment célibataire pour retrouver vraiment quelqu'un ?

Je ramasse les copies dans quatre heures.

8 juillet

LES LOUVES SONT DANS LA BERGERIE À 7 heures ce matin, ma copine Sophie m'a envoyé un MMS. À 7 heures ! Cette grande malade devait être entre son petit-déjeuner chrononutritif et son jogging. La photo m'a quand même arraché un sourire. Elle l'avait prise à bout de bras à la fin de notre dernier dîner de louves. Babeth louchait, Léa tirait une langue chargée et je gonflais la bouche avec le glamour d'un travelo ivre mort. Sophie, elle, riait comme à son habitude : à tort, à travers et à jeun. C'est fou comme celles qui ne boivent pas marquent des points de physique, passé minuit (a fortiori, passé trente ans) et comme celles qui boivent et fument marquent tout court.

J'ai trouvé plus sage de me rendormir.

Au petit-déj, j'ai lu le texto qui allait avec. J'étais tellement mal réveillée que je devais me concentrer pour ne pas tremper mon iPhone dans mon bol de café. Sophie voulait me présenter l'« homme de ma vie ». Super… Elle allait encore essayer de me refourguer un des collègues psychopathes de Fabian (Fabian, c'est son mec, un beau spécimen de randonneur non fumeur). Si je mettais côte à côte tous les malades qu'elle m'a présentés, je pourrais monter *Vol au-dessus d'un nid de coucou* en comédie musicale.

J'ai répondu que j'avais besoin d'un peu de temps pour me remettre du mariage de Ben (autant que ça serve) et j'ai dévissé le pot de Nutella. Elle m'a relancée du tac au tac (elle a vraiment le projet de vie d'un concombre bio). Le mec s'appelait François-Xavier et il était informaticien dans la boîte de Fabian.

Notons que celui-là partait spécialement mal.

Je suis revenue à notre photo de louves en mastiquant ma tartine.

...

En même temps, il y a de belles histoires qui calent au démarrage.

Babeth La première fois que je l'ai vue, je l'ai trouvée trop grande, trop rousse, trop pulpeuse et puis, qu'est-ce qu'elle riait fort ! Il faut dire qu'on convoitait le même barbu, ça n'aide pas à créer des liens. Toute la soirée, on s'est tiré la bourre, pour ne pas dire les cheveux. Si elle enflammait la piste de danse avec sa robe vert pomme et ses bottes de cowgirl, j'essayais de faire des blagues dans le squat-cuisine, et inversement. Ça devenait tellement navrant qu'à un moment, je suis allée la voir et lui ai proposé un marché :

— Celle qui a eu le moins de mecs ces derniers temps décroche le barbu, okay ?

— Dans ce cas, j'ai aucune chance, j'adore le sexe.

Moi, vexée :

— Moi aussi, j'adore le sexe.

— Oui, mais moi, je viens de coucher dans les toilettes avec le métisse, là-bas.

— Ah... d'accord... mais... heu... tu t'en fous du barbu, alors ?

— Non, pourquoi ?

J'ai dû avoir la tête d'une ado qui découvre la définition de « fist fucking » parce qu'elle a explosé de rire et m'a asséné :

— Je te le laisse, si tu veux.

Mon orgueil a répondu pour moi :

— Nan, vas-y, si tu penses que tu peux avoir une histoire avec lui...

— Une histoire ?!

Elle a basculé sa chevelure rousse en arrière et un nouveau rire sonore a éclaté. Ça aurait dû m'énerver, mais étrangement, elle se marrait avec tellement de sincérité, qu'elle m'a plu. Depuis, j'ai appris à la connaître. C'est une avocate brillante et une amie fidèle, elle a juste ce truc très surprenant chez une meuf : elle préfère le sexe à l'amour, vraiment.

Sophie Je l'ai rencontrée pendant un cours d'aquagym. Qu'est-ce que je foutais là, mystère. Patauger à moitié nue dans l'eau glacée, le crâne comprimé dans du latex et les yeux aspirés par des lunettes, c'est assez proche de l'idée que je me fais de l'enfer. Imaginez ma détresse quand j'ai entendu la prof aboyer le premier mouvement. Face au führer en une-pièce, je me suis rapprochée de Sophie. Elle me paraissait beaucoup trop motivée pour être honnête, mais c'est la seule qui n'avait pas les bras flasques, un bonnet à fleurs et les hanches en plastique.

Finalement, on a tellement pleuré de rire que j'ai cru qu'on allait faire déborder la piscine. À la sortie, je lui ai proposé d'aller boire un mojito quelque part, c'était le début de l'été, j'étais d'humeur cocktail.

— Je ne bois jamais d'alcool, m'a-t-elle dit en dissipant ma fumée de cigarette. En plus, faut pas que je tarde, demain, mon mec et moi on fait une grosse randonnée dans la forêt de Chevreuse.

Ça aurait dû condamner notre amitié. Il n'y avait pas de place dans ma vie pour cette petite banquière rigoureuse avec son carré blond, son tailleur strict et sa passion pour la marche à pied. Pourtant, elle est devenue une de mes meilleures amies. Pourquoi ? Parce qu'elle est aussi dévouée, fine et efficace, typiquement la fille que tu appelles pour cacher un corps et qui, en plus de venir, pense à apporter deux paires de gants.

Léa Avec elle, ça a commencé dans la cour de récré. On avait huit ans, c'était au début de l'automne, elle portait un sweat rose, une veste en jean et une queue de cheval. Elle s'est plantée devant moi et m'a balancé :

— T'aimes les chiens, non ?

Difficile de nier, j'avais un cartable chien, une trousse chien, un cahier chien, un stylo chien, un taille-crayon chien et une règle chien.

— Bah oui, pourquoi ?

— Ma chienne a eu des petits cette nuit, tu veux venir les voir après l'école ?

Elle a toujours été comme ça, Léa : directe. L'envie de plaire ou la peur de vexer, elle ne connaît pas. Ça ne l'empêche pas d'être sociable, à l'écoute et très marrante, mais elle a en elle un noyau dur indomptable qui m'a toujours fascinée.

Depuis on a déroulé du câble : dernier paquet de bonbons, première galoche, première clope, première cuite, première fois, premier chagrin d'amour… C'est elle qui m'a appris à m'habiller en fille, c'est moi qui lui ai présenté Antoine avec qui elle est depuis dix ans.

C'est devenu une ravissante photographe brune aux yeux verts qui tente la frange régulièrement, porte n'importe quelle fringue avec une distinction rock et continue à dire ouvertement tout ce qu'elle pense.

Retour au texto. Et si je lui donnais une chance à FX-l'informaticien ? On ne sait jamais, peut-être qu'il saura trouver les identifiants nécessaires pour entrer dans mon système d'exploitation.

J'ai répondu oui et, deuxième bonne résolution, j'ai refermé le pot de Nutella.

12 juillet

TROP DE DÉSIR TUE LE DÉSIR Sophie n'a pas été longue à planifier la rencontre. Quelques jours plus tard, j'étais invitée à dîner dans leur petit jardin de Montreuil. Je voulais bien être déçue, mais pas décevoir. J'ai donc mis deux heures à sculpter mes boucles et choisir ma tenue. Quoi qu'il arrive, ça restait l'occasion de profiter de cette chaude soirée d'été et de fumer entre les plats sans se lever de table (un luxe qui s'est complètement perdu).

En sortant dans le jardin, FX m'est apparu dans la lumière du soir, beau gosse, souriant, bien habillé. Je me suis approchée de lui en chaloupant, prête à lui sortir le grand jeu, seulement il a bondi de sa chaise et c'est limite s'il n'a pas mis ses deux pattes sur mes épaules pour me débarbouiller le visage. Derrière lui, Sophie, Fabian et l'autre couple convié à la saillie nous regardaient en gobant des Curly.

Il savait que je savais qu'on était faits l'un pour l'autre et il était très impatient de passer à la pratique. Il s'est mis à me bombarder de questions comme un agent de recensement. J'essayais de répondre sobrement, mais comme je ne pouvais pas ouvrir la bouche sans qu'il parte dans des quintes de rire, j'ai fini par ne plus rien dire. À quoi bon, j'étais la femme de sa vie, je n'avais plus qu'à dire « oui » le jour venu.

Il m'a rappelé cet ex qui avait toujours envie de faire l'amour. Que je sois en glam'string ou en grosse culotte qui bouloche, ça ne changeait rien : il bandait tout le temps, même les soirs où je trébuchais sur mes cernes et m'écroulais dans le lit. Je n'avais tellement rien à faire pour susciter son désir que j'ai fini par me sentir en trop dans notre relation. Quand je l'ai quitté, je le soupçonne d'avoir mis deux jours à s'en rendre compte.

Là, c'était pareil : j'étais en trop. Quand il m'a dit que j'étais parfaite, mais que ce serait bien que j'arrête de fumer (pour la santé de nos enfants sans doute), j'ai sauté de mon piédestal et je suis partie.

Sophie m'a appelée le lendemain pour m'engueuler. En voilà une qui a compris que j'étais loin d'être parfaite. C'est d'ailleurs à ça que je sais qu'elle m'aime vraiment.

23 juillet

TRÊVE ÉROTIQUE Au départ, je ne devais pas être la seule célibataire pendant nos petites vacances dans le Sud, mais Babeth nous avait plantés au dernier moment. Je me suis donc retrouvée coincée entre deux couples : le premier (Sophie et Fabian) qui font un usage effréné des « mon cœur », « mon amour », « mon chou » et autres « mon rouchouchoubidou », le second (Antoine et Léa) qui font encore l'amour au bout de dix ans, ce qui met une pression considérable.

Magie de l'amitié, on a passé des vacances comme on en rêve toute l'année : du soleil, des parties de cartes à l'ombre et des côtes de bœuf grillées, tout ça dans une maison d'architecte que Sophie avait pensé à réserver des mois à l'avance. Pas une fausse note. À part peut-être la confidence qu'Antoine m'a faite, un matin, alors qu'on allait chercher les croissants tous les deux. Il avait encore demandé Léa en mariage et elle avait encore refusé. Il savait bien que c'était l'institution le problème, pas lui, mais ça le rendait triste. Je lui ai dit que j'en reparlerais à Léa. Je l'ai fait le soir même. La conversation a duré deux minutes, ce qui n'est pas une mauvaise performance.

À part ça donc, ça n'a été qu'un long moment de kiff. Les soirs où on était motivés pour sortir, on allait mettre le feu à la piste du Bikini, la boîte branchée de la région (branchée sur du 110 volts avec Ludo aux platines qui te balance du Frank Michael quand tu lui demandes du Mika). Dès qu'un mec me dragouillait, je lui tournais le dos et recommençais à danser avec mes potes. Je sais, j'ai fait la promesse de trouver le grand amour, mais je me suis fait une autre promesse, plus solennelle encore : ne plus jamais laisser quelqu'un m'embrasser dans une boîte de vacances.

Pourquoi ? Parce que c'est ça ou mes vacances sont foutues. Je m'y suis risquée il y a quelques années. On peut raisonnablement dire que c'était une connerie.

Était-ce le cocktail maison ? On sait à quel point la clairvoyance est soluble dans l'alcool, alors le mauvais alcool, n'en parlons pas : une pâquerette dans un verre d'acide. Était-ce l'heure avancée ? Ou le charme envoûtant d'« Hotel California » ? Quoi qu'il en soit, quand un mini-Musclor en chemisette m'a proposé un slow, j'ai accepté... conne que je suis. Il s'était tellement parfumé qu'une fois collée contre lui, j'ai eu du mal à garder les yeux ouverts, et puis il s'est mis à me hurler dans l'oreille des informations plus ou moins alarmantes : il s'appelait Djimmy, était animateur de karaoké et surtout il avait « grave envie de m'embrasser ». Dans un élan de compassion, je me suis laissé faire. « Hotel California » dure six minutes et trente secondes. Interminables quand on a une grosse huître affolée dans la bouche. Et encore, je vous passe le moment où sa langue s'est changée en escargot cocaïné pour s'aventurer dans mon cou... À la fin de la chanson, terrifiée à l'idée qu'il veuille m'infliger un moment d'intimité à plus grande échelle, j'ai pris mon sac, mes potes et mes jambes à mon cou gluant.

L'histoire aurait pu s'arrêter là : une bonne douche, une machine à 90° pour rattraper ma robe qui puait le Schtroumpf Coquet et les vacances auraient repris leur cours. C'était sans compter l'orgueil de l'animateur de karaoké. Les deux semaines qui ont suivi, je n'ai pas pu poser une tong au village, ni une sandale au Bikini sans qu'il renifle ma présence et vienne me coller. Au début, il était juste lourd, mais il a vite pris de l'assurance. On se souviendra notamment du dernier soir où il hurlait mon prénom debout sur une voiture du parking, le pantalon aux chevilles.

Ce que je croyais n'être qu'un baiser raté était la bande-annonce de mes vacances. Ça m'a servi de leçon. J'ai donc passé la semaine dernière à profiter de mes potes et à considérer mon célibat comme une récréation.

28 juillet

LA RENCONTRE D'ARLES J'ai enchaîné avec quelques jours en compagnie de Léa au festival de photo d'Arles. Dès qu'on peut, on y va, toujours dans le même hôtel : une bâtisse en vieilles pierres qui a le bon goût d'être au cœur de la ville (ça, c'est pour le côté culture) et d'avoir une piscine (ça, c'est pour le côté bitch).

Comme d'hab', on a enchaîné les expos, mangé des salades en terrasse, traîné dans les librairies et moulé au soleil sur nos foutas. Je n'aurais pas grand-chose d'autre à vous raconter si on n'était pas tombées, un soir, sur une cabine de Photomaton vintage installée dans une petite rue.

L'instant d'après, assises devant l'objectif, joue contre joue, on changeait de grimace après chaque flash. Le résultat était mythique ! Ça nous a donné envie d'en refaire une autre avec nos lunettes de soleil, bouches ourlées et regards par en dessous... C'est là que Léa a eu cette idée qui nous a paru excellente (l'apéro étant déjà passé par là) : envoyer à Antoine un Photomaton d'elle complètement nue. Je lui ai naturellement proposé de surveiller le rideau.

Pour n'avoir que sa robe à enlever et à remettre, elle a discrètement retiré sa culotte et son 85A qu'elle a fourrés dans son sac. Coup d'œil à gauche, coup d'œil à droite, personne dans la ruelle, elle s'est glissée dans la cabine. Le plan était de reconstituer son corps, donc de monter au fur et à mesure sur le siège pivotant pour avoir son visage sur la première photo, puis ses seins, puis sa chatte (ou ses fesses selon si elle assumait le frontal ou tentait la pose de pin-up dite du « retournée-cambrée »), puis enfin ses jambes.

Elle a mis ses deux euros et, ding, c'était parti. Elle a fait valser sa robe pendant que je tenais le rideau en gloussant. Dans la panique, elle s'est emmêlé les pinceaux, a flashé deux fois ses seins et s'est cassé la gueule avant la fin. Quand la bande est sortie, j'en ai pleuré de rire. C'était plus proche de la mammographie que de la photo érotique.

L'idée était trop bonne. Il fallait la refaire. On est allées dans un bar chercher de la monnaie et remonter notre alcoolémie, puis on est revenues. Il y avait un couple d'amoureux, on a attendu sur le trottoir d'en face limite en sifflotant. Quand la voie a été à nouveau libre, Léa a multiplié les tentatives acrobatiques et, fatalement, ça m'a donné envie d'essayer.

J'avais appris de ses erreurs, du coup, j'ai eu l'impression de m'en sortir plutôt pas mal. Ding les deux euros, exit la robe, sourire... flash, crac je monte, seins en avant... flash, paf je me retourne, reins cambrés... flash, hop je me hisse sur la pointe des pieds et j'attends le dernier flash... flash ! Parfait !

J'ai sauté du siège, remis ma robe à la va-vite et suis sortie en écrasant les chaussures d'un mec... mais d'un mec... les lèvres charnues, le nez de boxeur, la clope au bec, un vieux Borsalino posé de guingois sur la tête, un petit sourire : Belmondo, période *À bout de souffle*. Je l'ai fixé, la bouche ouverte, le souffle coupé, un lapin dans les phares d'un quinze tonnes. Je devais être gênée, mais comme tous mes détecteurs sonnaient en même temps, je ne savais plus exactement ce que je ressentais. Sa voix grave m'a achevée :

— Ça va ?

— ... Oui... Je... Excuse-moi, mais c'est parce que... en fait...

— Te justifie pas, y'a pas de problème... Par contre t'as encore un sein qui dépasse.

J'ai remballé le matos en rougissant. Quand j'ai relevé la tête, il était déjà entré dans la cabine. Léa avait pris sa place et me murmurait sous le nez :

— 'tain, je suis désolée, j'ai rien pu faire !

— C'est pas grave...

— On attend tes photos et on se casse !

— Okay...

Pas okay du tout. Je voulais le revoir, au moins une fois, une toute petite fois, j'étais déjà en manque. Quand il a fini, on attendait toujours. J'ai à nouveau perdu l'usage de la parole. Du coup, c'est Léa qui lui a fait la conversation pour trouver une contenance (on attendait quand même des photos relativement intimes). Il venait de jouer un mois dans le off d'Avignon. Un comédien ? Il était de mon monde. Plus de doute, on était faits l'un pour l'autre. C'est très chiant les comédiens, mais quand on sait les prendre, c'est surtout merveilleux et il se trouve que j'étais surentraînée. Ça allait être une fantastique histoire d'amour.

Ma mammo est arrivée, je l'ai fourrée dans mon sac, Léa m'a attrapée par le bras et m'a entraînée vers un endroit où personne ne nous avait vues à poil. J'étais trop sonnée pour lui expliquer ce que je venais de ressentir et quand j'ai enfin réussi à lui dire, Bébel s'était volatilisé dans la nature.

En résumé, je me suis fait renverser par l'amour et il a filé sans faire de constat.

8 août

HOMO ERECTUS Vous savez combien il y avait de comédiens au festival d'Avignon ? Huit mille. Une aiguille dans une botte de foin, à côté, c'était une partie de mikado. J'ai passé des heures sur Internet à faire défiler les affiches en espérant voir sa tête, j'ai même tapé sur Google « nouveau Belmondo », puis « comédien qui ressemble à Belmondo », puis « comédien Belmondo Avignon », puis « Avignon homme pièce beau Belmondo ». Rien.

Heureusement, j'avais prévu de rejoindre deux potes homos à Barcelone, à savoir Tim, le grand Lyonnais dégarni qui rêve de trouver un gentil petit mari et Loïc, le beau gosse qui collectionne les toy-boys. Ça allait me changer les idées.

Je venais à peine d'arriver qu'on commandait déjà des vodka Red Bull sur le rooftop d'un palace. Trois verres de plus et je parlais couramment espagnol, deux de mieux et j'avais oublié Bebel. À 5 heures du mat', j'ai miraculeusement réussi à ouvrir ma chambre avec ma carte d'hôtel et à marcher jusqu'à mon lit sans me fendre le crâne. Je me suis effondrée tout habillée dans les bras de Morphée. Rideau. La fin de soirée de Tim et celle de Loïc ont été incontestablement plus trash, mais je ne m'étendrai pas par respect pour leur vie privée (privée de quoi, on se le demande). Sachez seulement qu'au déjeuner, j'ai eu droit à des détails porno-gays dont je me serais bien passée (« putain les gars, je mange, là ! »).

Le deuxième soir, sans aller jusqu'à me retrouver nue dans une marmelade de mecs, j'entendais mettre un terme à ma fixette…

Festival off Avignon comédien ?

… et goûter aux produits locaux. En me faisant tamponner la main par une drag-queen à l'entrée d'une boîte, j'ai eu la sensation que mon projet était compromis. Sensation confirmée par les barmen en slip, la techno à burnes et les trois pistes blindées de mecs torse nu. J'ai perdu Loïc et Tim avant d'atteindre le premier bar. J'ai commandé une vodka à un dieu vivant qui portait le kangourou comme personne et me suis laissé gagner par la musique.

Trois heures plus tard, mon moi-Gremlins avait bu après minuit et se trémoussait au milieu de torses en sueur. Malheureusement, une soudaine envie d'aller aux toilettes s'est interposée entre moi et la danse. La tuile… Qui dit boîte gay, dit souvent monopole des pissotières.

Chance, il y avait deux *baños* aux portes défoncées. Le temps de recruter un grand Black comme paravent et le tour était joué. En sortant, j'étais tellement soulagée que je me suis ventousée à ses abdos et l'ai embrassé (je suis très reconnaissante comme fille). Eu égard à notre penchant commun pour les hommes, nous ne sommes pas allés plus loin.

Le lendemain matin, j'ai rejoint les gars au petit-déj. Ils émergeaient d'une nuit de galères. Tim avait perdu son portable et Loïc avait vomi sur la robe du videur. Évidemment, je me suis fait un plaisir de leur décrire mon baiser dans les moindres détails (« putain Marion, on mange, là ! »).

12 août

LA RECHUTE *Voix grave Avignon off ?*
Chanteur Avignon off ?
Crooner Avignon off ?

18 août

L'ARLÉSIEN Je suis allée passer quelques jours dans la maison de campagne de mes parents en Bourgogne. Ils n'ont pas Internet. Bah, j'ai continué à chercher sur mon iPhone. Ça tournait à l'obsession. J'avais vu tellement de photos de comédiens défiler que je n'étais même plus sûre de le reconnaître.

Comédien Avignon vacances Arles ?

27 août

UNE JOURNÉE À MARQUER D'UNE CROIX ROUGE J'ai failli envoyer un avis de recherche sur Facebook, mais je me suis retenue… enfin, disons plutôt que Léa me tenait les bras et Sophie débranchait ma box pendant que Babeth se faisait les ongles.

Elles avaient raison. Il fallait que je lâche l'affaire.

Avignon comédien trentenaire...

NON !

Terminé.

Il ne me restait que trois jours de vacances avant de repartir sur un film-marathon (l'histoire d'une prostituée toxico que son frère essayait de sortir de l'enfer... funky). C'est ma copine Nadia qui m'avait repassé le plan quand elle avait appris qu'elle était enceinte.

Pour optimiser mes dernières heures de liberté, je suis allée faire du shopping. C'est là que je me suis fait arrêter dans la rue par un militant d'Action contre la faim. Il faut savoir que j'ai deux-trois principes dans la vie, mais aucune conviction. Du coup, j'ai beau être contre la maladie, la famine, la guerre et plus généralement, contre tout ce qui révolte les Miss France, je n'ai jamais pris une pancarte pour essayer de faire bouger les choses. Mon engagement humanitaire se limite à me dire chaque année, à la mi-octobre : « Il faudrait que je donne un coup de main aux Restos du cœur. » Une promesse d'enfoirée, au mauvais sens du terme.

J'ai donc écouté ce mec dérouler son discours, dans l'espoir fou de me découvrir une conscience politico-sociale... et aussi, un peu, beaucoup, passionnément, parce qu'il avait un physique de jeune Médecin sans frontières : barbe de baroudeur, teint hâlé et regard bleu piscine. En voilà un qui avait le pouvoir de me faire oublier Bebel. Pendant qu'il parlait, parlait, parlait, je faisais des longueurs dans ses yeux. Je l'imaginais en blouse, un stéthoscope autour du cou, en train de peser des nouveau-nés dans un campement nigérien. Je sentais l'odeur de terre battue, la chaleur du soleil, quand, tout à coup, il m'a posé une question. Je me suis retrouvée sur mon bout de macadam, au milieu des klaxons et des pots d'échappement, en face de ce mec qui attendait ma réponse. Je ne pouvais décemment pas continuer à hocher la tête d'un air grave (encore moins lui proposer d'arrêter de parler de choses tristes et d'aller boire un verre). J'ai hasardé un « oui » qui met toujours une meilleure ambiance que le « non ». Docteur Mamour a alors dégainé son plus beau sourire en même temps qu'un formulaire. Maintenant, la question était de savoir combien je comptais donner par mois. Huit ? Dix ? Quinze ? Sachant que pour quinze euros, je sauvais cinq enfants souffrant de malnutrition aiguë. Moi qui dépensais dix fois plus en clopes, j'ai rougi intérieurement. Croyant que j'hésitais, il m'a détaillé ce à quoi chaque somme correspondait. Je n'ose même pas vous dire combien de personnes auraient accès à l'eau potable avec mon budget Contrex... J'ai baissé les yeux et suis tombée sur mes pompes à quatre cents euros. J'étais cernée par la culpabilité.

J'ai fait une croix sur ma journée shopping et rempli son formulaire. Quand il a vu le montant de ma honte, il m'a chaleureusement remerciée (heureusement qu'il n'a pas compris que c'est ce que je m'apprêtais à flamber en fringues superflues et crèmes placebo). J'étais sur le point de rentrer chez moi, recopier les droits de l'homme à la main, quand il m'a invitée à le prendre ce verre. J'ai refusé aussi sec. Inutile de se voiler la face, j'ai beau avoir fait un geste pour mes frères humains, je n'aurais pas survécu deux heures dans son monde où les biscuits protéinés n'ont rien à voir avec le régime Dukan.

2 septembre

CLAP DE DÉBUT Aujourd'hui, un accessoiriste m'a demandé :

— Dans combien de plans va jouer la purée pour que je la fasse chauffer à temps ?

La purée ? Quelle purée ?!

En feuilletant nerveusement les notes de Nadia, je me suis dit qu'il n'y avait plus aucun doute possible : je n'étais plus du tout en vacances.

11 septembre

LE LAID SUR LE FEU Plus du tout en vacances et toujours célibataire. Comme ça devenait carrément technique de garder le sourire, hier j'ai rappelé Boris. Il me restait une demi-heure de libre le dimanche soir, une bonne demi-heure même, ça me laissait largement la place pour commencer une relation.

Rencontré il y a huit mois au Bus Palladium, j'ai vécu avec Boris une expérience déconcertante. Physiquement, appelons un cochon un cochon, Boris est laid. Comme dirait Léa, c'est pas méchant puisque c'est vrai. Jugez par vous-même : petit, trapu, le visage fessu, les chicots jaunes et les yeux exorbités du mec qui a des problèmes de thyroïde. Dans ce genre de cas, la vie fait souvent un geste commercial et le gars s'en sort avec un humour désarmant. Là, même pas. Peu de conversation et l'allure générale d'un Hobbit. Franchement, quand il m'a abordée, je l'ai mal pris.

N'importe quelle fille équipée d'une paire d'yeux et d'un modeste instinct de survie n'aurait même pas envisagé de faire du covoiturage avec lui... pourtant j'ai accepté de le revoir. Pourquoi ? Parce qu'il m'intriguait. Il avait l'air tellement sûr de lui. D'où lui venait cette confiance, ce regard de crapaud que rien n'atteint (surtout pas la bave des blanches colombes) ? À l'époque, n'écoutant que mon désespoir, j'ai voulu tirer ça au clair. J'ai compris dès le lendemain, en voyant nos reflets s'entremêler, nus, surexcités, en nage dans le miroir de sa chambre. Boris était une bête de sexe. D'une tendresse animale, vibrant d'un désir brut et communicatif, maniant les injures avec précision, il m'a propulsée reine du monde en trois coups de reins.

Seulement, on ne peut rien faire contre la gravité : même lancés au septième ciel, deux corps retombent inévitablement sur le drap froissé, face à face, les yeux ouverts. J'avais envie de lui dire :

arrête de sourire Boris, c'est tellement choquant qu'on dirait de l'art contemporain.

J'ai tenu bon. J'ai fermé les yeux au sens propre comme au figuré sur son absence de charme et de style, mais malgré tout le respect que j'ai pour ma libido, j'ai fini par le quitter sans explications (cette bonté me perdra).

Je l'ai donc rappelé hier, misant sur la mode de la barbe qui a sauvé plus d'un visage de la disgrâce. Je n'envisageais pas de rempiler, quelques orgasmes rondement menés suffiraient à me remettre en appétit. Dès son : « Hé salut Marion » bizarrement enjoué, j'ai entendu siffler le boomerang de la revanche.

À l'heure qu'il est, Boris doit être étendu de tout son large auprès d'une certaine Bettina qui, en février prochain, donnera naissance à un petit Hobbit joufflu. J'étais vexée en raccrochant, c'est dire comme parfois je me fous de la gueule du monde.

20 septembre

CONTRE NATURE Babeth n'aime que la ville. Elle est comme moi, elle a poussé à Paris, entre le ciel pollué et le bitume sale, avec pas moins de vingt et un mille habitants au kilomètre carré, le calme spacieux de la campagne, ça la panique. Prenez une fille qui a grandi dans un village du Cantal – l'enfance à ciel ouvert et l'adolescence en pétrolette –, catapultez-la dans le Forum des Halles le premier jour des soldes et regardez-la tourner sur elle-même, les yeux révulsés. Eh bah Babeth, c'est pareil avec la campagne, elle ne se sent pas dans son élément.

Quand Andreï, son nouveau dossier, lui a proposé de passer le week-end dans sa maison du Loiret, elle a donc marqué une longue hésitation. Elle le trouvait déjà moyen bof, mais à l'instar de l'archer zen, il venait de bander toute la nuit. Elle n'a pas eu le cœur de lui dire non, surtout quand il lui a promis de la faire grimper aux rideaux pour lui faire oublier les arbres.

Arrivée sur place, elle a regretté qu'il ne la fasse pas grimper aux arbres pour lui faire oublier les rideaux. La maison était vilaine et le propriétaire décidément pas terrible (un instant, elle a cherché les caméras de *L'amour est dans le pré*). En plus, elle venait de passer le trajet en voiture à souffler sur les braises d'une conversation qui ne voulait pas prendre. Loin de ses bases, cernée par la verdure, elle était sur le point de tourner sur elle-même, les yeux révulsés. Heureusement, Andreï a tenu sa promesse et l'a entraînée dans sa chambre. Ils n'en sont ressortis qu'à la nuit tombée, quand il ne reste de la nature que le ciel étoilé.

Le lendemain, évidemment, ça s'est gâté. Ça devenait trop difficile de cacher qu'ils allaient aussi bien ensemble que le tiramisu et le dentifrice. Comme il fallait bien meubler, c'est là que la nature a fait son entrée. De la sacro-sainte visite du potager à la grande balade à travers champs, ils se sont fait le *All Country Tour*. Elle a failli se jeter sous les roues d'un tracteur.

En rentrant dimanche soir, elle l'a planté à un feu rouge et m'a appelée pour aller boire un verre en urgence au Mama Shelter :

— Tu l'as planté à un feu rouge ?!

J'avais du mal à m'en remettre.

— Oui pourquoi ?

— Pourquoi ?! Ça se fait pas Babeth !

— Oh, c'est moi ton amie ou lui ? Tu peux pas imaginer la chiantitude du mec !

— D'accord, mais bon... T'as attendu avant de coucher avec lui ?

— Mais oui, en plus, j'ai attendu jusqu'à quatre heures du matin !

Qu'est-ce que vous voulez répondre à ça ?

Elle a aspiré le fond de son cocktail et a haussé les épaules.

— De toute façon, mon problème, c'est pas de coucher le premier soir, c'est de jamais avoir envie de coucher le second.

24 septembre

MAN IN BLACK Sophie a donc deux passions dans la vie : la randonnée et mon célibat. J'ai beau lui dire que ça me gonfle d'être son GR20 de l'amour, elle s'accroche.

La semaine dernière, elle m'a encore appelée, excitée comme une chef d'équipe à Fort Boyard.

Elle revenait d'un week-end Sport Loisir dans le Perche (pourquoi pas « Torture Détente dans la Creuse ») et avait rencontré là-bas LE mec qu'il me fallait : un prof de philo athlétique, sans enfants ni ex-femme maniaco-dépressive ! Pesant les mérites respectifs d'un *blind date* et d'une soirée télé, j'ai accepté qu'elle lui file mon numéro (la chair est faible, hélas, et j'ai vu toutes les séries).

Vendredi, 20 h 30, je me pointe au rendez-vous qu'il m'a fixé par texto et tombe sur un restaurant à la devanture opaque. Sur la porte, des coupures de presse m'apprennent que je vais dîner dans le noir avec un inconnu. Super. Jamais un *blind date* n'a aussi bien porté son nom.

Après m'avoir délestée de mes affaires, une hôtesse m'aide à traverser la salle bruyante jusqu'à ma place. Je m'assieds à tâtons, aussi à l'aise que Mary Ingalls dans la saison 4. Mon univers se rétrécit à mes mains. C'est affreusement anxiogène. Je tapote la table pour situer mes couverts quand tout à coup...

— Bonsoir.

Je sursaute.

— Pardon, je t'ai fait peur.

— Non, enfin... si, un peu. Bonsoir. Je... Ça va ?

— Très bien et toi.

— Bah écoute... oui...

Je sursaute à nouveau. Quelqu'un vient de poser une assiette devant moi. Cette situation m'*over* stresse. Je comprends le délire : une première impression qui n'est pas basée sur le physique, c'est marrant comme expérience, mais c'est très déstabilisant aussi, surtout d'ailleurs. On commence à parler de ça. Il me pose plein de questions sur ce que je ressens. Sa voix est chaude, posée. Je commence un peu à me détendre.

— C'est pas si terrible que ça, tu vois.

Je reconnais. Je dirais même plus, que c'est...

C'est quoi ce gros pied nu entre mes cuisses ?!

Je recule ma chaise.

— Tu fais quoi là ?

— Tu le sens bien.

— Ah oui, je le sens bien, tu peux arrêter s'te plaît ?

Il tend la jambe et se met à remuer les orteils comme s'il envisageait de me faire un frottis.

Je vire son pied :

— Ho !

— Laisse-toi faire, je suis sûr que tu aimes ça.

Je me lève d'un bond. J'aimerais le fusiller du regard, jeter ma serviette et partir, mais on fusille difficilement dans le noir, je n'ai jamais trouvé ma serviette et je ne sais pas où est la sortie. Tant pis, je me lance à l'aveuglette. Les bras tendus, je déambule dans le restaurant en me prenant les chaises et en distribuant des claques à tout le monde. L'hôtesse finit par venir me chercher et me foutre aimablement dehors.

Conclusion : même si l'obscurité libère des a priori, mieux vaut passer sa soirée à se demander si on a du persil entre les dents.

2 octobre

LA GUERRE EST DÉCLARÉE J'en étais là de ma débâcle amoureuse quand, lundi soir, je suis retombée sur Bébel par hasard ! PAR HASARD ! Un réalisateur trouverait ça dans une comédie romantique, il virerait le scénariste *manu militari*. Je sortais du cinéma avec les yeux bouffis (je venais de m'infliger un film atroce) et il était là, sur le trottoir, en train de s'allumer une clope. Michel Poiccard en chair et en os !!! (celles qui n'ont pas vu *À bout de souffle* et qui, du coup, n'ont pas compris l'extrême sexyness qui se dégage de ce nom sont priées de réanimer les autres). Il a croisé mon regard et m'a décoché un sourire qui s'est planté dans mon cœur avec un bruit de cartoon. Il savait qu'il m'avait déjà vue (bon point), mais se souvenait-il où (point d'interrogation).

J'ai réussi à concentrer mon trouble atomique en petite moue vaguement étonnée. J'étais incapable de bouger, en revanche. Heureusement, c'est lui qui est venu me parler :

— Salut ! Alors comme ça, t'es Parisienne ?

J'ai hoché la tête. Il se souvenait.

— Et à Paris tu ne montres pas tes seins ? C'est con, tu devrais, ils sont plutôt pas mal.

— Je sais… mais bon, il commence à faire froid, faut savoir respecter les saisons, genre manger des oranges en hiver…

QU'EST-CE QUE JE RACONTE ?!

Lui : Tu sors aussi du Chlebowski ?

Moi : Ouais, l'horreur, à la fin, je hoquetais, je morvais...

C'est glamour ça, c'est bien.

En échangeant nos impressions, très vite, on est passés en Wi-Fi. J'attrapais ses phrases au vol, il finissait les miennes. C'était tellement agréable de parler avec lui, fluide, naturel. Et toujours cette gueule que j'avais envie d'embrasser à pleine bouche...

— Je sais même pas comment tu t'appelles.

— Marion.

J'ai répondu sans fierté excessive, j'aime beaucoup mon prénom, mais je ne l'ai jamais envisagé comme un argument de vente. Ça peut en être un. Je l'ai appris quand il m'a répondu :

— Moi, c'est Solal.

Solal... Comme dans *Belle du Seigneur*... Comme dans soleil, solaire... Comment voulez-vous que je lutte ?

Quand j'ai raccroché les wagons de la conversation, il me parlait de sa nouvelle pièce. Il n'avait pas de flyer sur lui, mais il allait m'envoyer l'affiche par texto.

— C'est quoi ton numéro ?

Je le lui ai dicté en flottant à trois centimètres du sol. Les gens, les voitures, les immeubles, plus rien n'existait jusqu'à ce que...

— Solal ?

Je me suis retournée pour voir à qui appartenait cette voix aigre. Une grande brune d'une beauté insultante se tenait derrière nous, le poing serré sur la lanière de son sac Dior. Son regard, négligemment posé sur moi, m'a rappelé qu'en plus d'avoir le visage tuméfié par l'émotion, j'étais coiffée comme un perroquet mort à coups de balai, je n'avais pas un gramme de maquillage et pas un centimètre de talons. Solal m'a présentée comme « une fille rencontrée à Arles » (c'est sûr que, dit comme ça, ça ne faisait pas lourd comme passif). Elle n'a pas cherché à en savoir plus. Pas besoin de marquer son territoire, un simple coup d'œil sur moi avait suffi à écarter le danger. Elle revenait des toilettes, scandalisée par la lenteur des gens et par ce film ! Que c'était mal joué ! Et toutes ces musiques là, insupportable ! Quand Solal a commencé à la contredire, elle s'est tendue et a précipité le départ (on ne se donne pas en spectacle devant le petit personnel). J'ai regardé ce mec partir pour la seconde fois, flanqué de sa délicieuse connasse et depuis je n'ai plus qu'une certitude : s'il m'appelle, je ne réponds plus de mon corps.

8 octobre

L'APPEL ET LA BÊTE Inutile de vous dire que les jours qui ont suivi, j'ai frôlé la combustion spontanée dès que mon téléphone bipait. Techniquement, je n'avais pas besoin de ses infos, je savais déjà tout sur la pièce. Il m'avait suffi de taper sur Google :

Solal Avignon.

Mais sans son feu vert, l'opération séduction partait mal.

Son texto ne venant décidément pas du tout, du tout, j'ai décidé d'aller me changer les idées au vernissage du mec de la costumière (c'est typique d'un tournage ça, pendant quelques mois, ça change ta vie, tes amis, tes habitudes... et après on s'étonne que tout le monde couche avec tout le monde dans ce métier).

En entrant dans la galerie, j'ai blêmi. À moins d'appeler l'exposition « Psoriasis » ou « Eczéma », rien ne pourrait justifier un tel déballage de croûtes. Pour prendre des forces avant d'affronter l'artiste, je suis allée grossir l'essaim qui bourdonnait autour du buffet. À 20 heures, j'avais mangé mon poids en cacahuètes, bu un jéroboam de vin blanc et je parlais comme une australopithèque. C'est là que j'ai percuté le peintre. Déjà, à jeun, je mens comme une enfant de quatre ans, alors bourrée... j'ai massacré son travail en trois phrases. J'aurais sûrement pu rattraper l'affaire, mais mon téléphone a sonné. Numéro inconnu ? Et si c'était Solal ?

J'ai décroché et bafouillé :

— A-ô ?

C'était lui ! J'ai planté le croûtiste et suis sortie.

Arrivée dans la rue, j'ai voulu lancer « Comment vas-tu ? », mais toutes les consonnes m'ont collé aux dents comme de la nougatine. Une clope, vite ! Dans la panique, j'ai fait tomber tout le paquet par terre. Pendant que Solal me disait des trucs que je ne comprenais pas, je me suis mise à quatre pattes, le téléphone coincé entre l'oreille et l'épaule et là, c'est tout mon sac qui s'est renversé. Pluie de pièces et de tampons décalottés.

— C'est quoi ce bruit ? s'est-il inquiété.

J'ai répondu à côté en rattrapant mon gloss qui roulait sous une voiture.

— Je te dérange peut-être ?

J'ai hurlé un « PAS DU TOOOUT » qui a dû lui transpercer le crâne de part en part. Désespérée, j'ai opté pour une solution radicale : arrêter de parler.

— Marion ? T'es toujours là ?

Au téléphone, la technique a ses limites. Il a dû sentir que cette conversation n'était pas très bien engagée (ce mec est un génie), il m'a proposé de m'envoyer les infos par texto, en fait, comme prévu.

— Seuper, d'acc'or, on fait côm ça.

J'ai mis trois jours à m'en remettre. Lui aussi visiblement puisque c'est le temps qu'il a pris pour me balancer l'affiche que j'avais déjà enregistrée depuis longtemps sur le bureau de mon ordi. Je vais voir sa pièce mardi prochain. Ça ne peut que mieux se passer. Normalement.

18 octobre

MISE EN PIÈCE(S) Le spectacle s'est terminé par un feu d'artifice d'émotions. S'est ensuivi un déluge d'applaudissements. Quand les comédiens sont venus saluer, on les a accueillis avec une standing ovation. Dans son costume de résistant, Solal était d'une beauté à s'arracher le soutien-gorge et les cordes vocales. Il a balayé la salle des yeux. Je me suis recoiffée au cas où. Après tout, j'étais dressée sur mes ergots et je hurlais « Bravoooo » comme si ma vie en dépendait, il y avait des chances pour qu'il me repère. Bingo ! Il m'a fait un clin d'œil électrisant.

Debout à côté de moi, Léa applaudissait du bout des doigts. Il faut dire que je lui avais un peu menti pour qu'elle m'accompagne. Au lieu de lui dire :

— J'ai Solal dans la peau. Je sais qu'il est maqué avec un avion de chasse, une fille tellement belle qu'à côté j'ai l'air d'une saucisse de Morteau, mais viens quand même, je vais m'en prendre plein la gueule, on va bien se marrer.

J'avais dit :

— Solal ?! Attends, tu rigoles, il est maqué ! En plus, t'avais raison, je l'ai revu, il est pas si terrible que ça finalement. Non, en revanche, la pièce a l'air mortelle, on ne peut pas louper ça.

Mon mensonge s'était déjà fendillé quand elle m'avait vue arriver au théâtre, négligemment drapée dans une robe Maje. Alors maintenant que j'applaudissais comme une fanatique…

Dans la rue, elle a écrasé sa clope et m'a annoncé qu'elle se barrait. Je l'ai suppliée d'attendre qu'il sorte, mais rien à faire, elle est en couple depuis dix ans, elle n'a aucun goût pour le malheur. Elle m'a même dit froidement :

— Tu sais ce qu'il va se passer ? Il va te faire du charme bien sûr, c'est un putain de comédien, il est dressé pour ça. Tu vas y croire parce que t'es morte de faim, et c'est parti pour des mois. Je te connais, à chaque fois qu'il va t'envoyer un pauvre texto, ça va remettre dix balles dans la machine. T'as envie de ça ? T'as encore envie d'en chier ?

— Bah nan…

— Tu sais ce qui peut t'arriver de mieux dans cette histoire ? Qu'il te baise une fois dans six mois, et dans le dos de sa meuf en plus. Alors, si toi ça te suffit, t'es grande, j'ai rien à te dire, mais me demande pas de cautionner.

Après ça, on s'est fait une bise un peu fraîche, vous pensez bien, et je l'ai regardée partir. Je me retrouvais seule devant la sortie des artistes, pile-poil la situation que je voulais éviter. Un souvenir est remonté comme une acidité gastrique : j'ai treize ans, j'attends Bruel à la fin d'un de ses concerts. C'est trop tard pour changer de tee-shirt et trop court pour soigner mon acné, alors je souris malgré mes bagues et mes sourcils d'origine. J'espère bêtement qu'il me remarquera… Il ne m'a pas remarquée et pour cause, il n'est jamais venu.

J'étais sur le point de capituler quand…

— Marion !

Devant le théâtre, Solal m'a fait signe de venir. Il avait dû sortir par la porte principale puisqu'il discutait déjà avec un groupe… un groupe que sa divine pouf dominait d'une tête. Misère de misère. Elle était là tous les soirs ou c'était juste mon ange gardien qui était en pause-déj ? Je les ai rejoints avec l'impression qu'à chaque pas mes sourcils poussaient, mes dents tournaient et ma peau se couvrait de bonbons-liqueur. Quand je lui ai fait la bise, j'avais à nouveau treize ans. Il m'a présentée à tout le monde avec un entrain détaché. Arrivé à sa meuf, il m'a lancé :

— Tu te souviens de ma fiancée ?

Fiancée ?! Le mot est rentré dans mon crâne comme un sanglier blessé dans une bijouterie. C'est pas possible, j'étais persécutée par le mariage ! D'abord mon ex, maintenant mon futur ! À quand mon actuel, que je commence à me sentir enfin concernée ?!

L'heure qui a suivi a été désastreuse. On s'était installés en terrasse. Solal se marrait avec sa FIANCÉE pendant que je m'emmerdais en bout de table avec le collabo de l'acte II. J'avais froid en plus. Quelle idée de mettre une petite robe en octobre ? J'ai fini par taxer un plaid au barman (de l'art de se transformer en mamie-pipi). Personne n'a vraiment réagi quand j'ai pris congé, à part le collabo qui aurait bien continué chez lui notre discussion sur le statut des intermittents. Je n'étais pas « morte de faim » à ce point-là. J'avais du mal à le digérer ça aussi, il allait falloir que j'aie une petite discussion avec Léa.

En prenant le métro à la station Bonne-Nouvelle, j'ai noté que le hasard, cet enfoiré, ne manquait pas d'humour et j'ai tiré un trait sur Solal.

24 octobre

35 IS THE NEW 25 Aujourd'hui, le réalisateur m'a dit :

— Y a un problème quelque part, tu peux me refaire le minutage de toutes les séquences pour demain, s'te plaît ?

Attention, il n'était pas question de minutage pifométrique, non, c'était de la bonne vieille mesure à la seconde près. Du coup, cette phrase qui lui a pris quatre secondes m'a pris quatre heures quand je suis rentrée chez moi. Rapport mot/emmerdement, on est sur un gros ratio quand même. Normalement, je n'aurais même pas remarqué qu'il m'avait fumé la soirée, les derniers jours de tournage, c'est classique que ça s'excite dans tous les sens, mais depuis l'échange avec Léa, j'étais de mauvais poil.

Pour qui elle se prenait ? Madame Je-suis-en-couple ! Madame Je-n'ai-pas-peur-du-bonheur ! Ça va, oh ! C'est pas moi qui repousse mon mec dès qu'il me demande en mariage ! D'accord, j'ai enchaîné pas mal d'histoires pourries ces derniers temps, mais je suis la seule peut-être ? Toutes les meufs de moins de trente-cinq ans collectionnent les connards ! Oui, parfaitement, trente-cinq ans ! Pour avancer ce chiffre-tournant, je me suis basée sur une expérience tentaculaire qui s'étend de mes échecs amoureux à ceux de mes copines, ça vaut bien tous les sondages IFOP !

D'ailleurs, patience les mecs gentils ! Pour l'instant les filles vous confondent avec des labradors, mais vous allez prendre votre revanche passé trente-cinq ans.

Pourquoi ?

Eh bien déjà parce que avant ce cap, une fille est encore persuadée qu'elle va se-marier-et-avoir-beaucoup-d'enfants, c'est sûr, c'est dans la panoplie avec la zézette et les cheveux longs. Du coup, entre quinze et trente-cinq ans, elle s'amuse à se faire peur avec des bad boys. Pourquoi elle se priverait ? Elle va finir avec un prince charmant de toute façon ! Et puis un jour (froncement de sourcils), elle surprend le mec de sa meilleure amie en train de coucher avec une autre le soir de leur mariage... Elle se met à douter : c'est sûr-sûr cette histoire de prince charmant ? Elle relit le contrat, rien là-dessus ! Elle réalise donc qu'elle peut physiquement faire sa vie avec un connard. En général, c'est là qu'elle commence à remarquer le-mec-sympa. Il est marrant, fidèle, fiable : il ferait un bon père.

Voilà qui m'amène à la deuxième étape de cette bouleversante démonstration : après trente-cinq ans, une fille arrête de tuer le père pour en chercher un pour ses enfants, du coup fatalement, ses critères évoluent. C'est sexy un producteur queutard qui ne rappelle jamais, mais ça change moins bien les couches que le-mec-sympa, c'est prouvé.

Et le bad boy vieillit mal. À force d'emmerder tout le monde, il n'a rien fait de sa vie (sans compter qu'il a pris du bide), alors que, pendant ce temps, le-mec-sympa, lui, est passé associé dans son cabinet d'avocats.

Bref, en amour, je ne suis pas la seule à jouer avec le feu !

J'ai pas encore trouvé le-mec-sympa, voilà, ça arrive à des filles bien (la preuve), c'est pas une raison pour me juger !

Le soir où je reminutais à la chaîne, Léa m'a appelée. Je n'ai pas répondu. Elle n'a pas laissé de message.

30 octobre

LE PARFAIT ÉTAIT PRESQUE RATÉ Quand Loïc m'a invitée à dîner chez son nouveau mec, j'ai failli tomber à la renverse. Depuis l'explosion des sites de rencontres gays, il n'avait jamais prononcé les mots « mon » et « mec » aussi près l'un de l'autre. Le prototype s'appelait Damien (ce qui nous changeait de Belephebe75 ou de Machin-le-serveur-du-Tango) et, incroyable mais vrai, il avait plus de vingt-quatre ans !

— Ah bon ? Mais c'est-à-dire ? Quel âge ?

— Trente-huit.

— Mais non ?!

— Si, presque trente-neuf, même.

— Énooooorme.

Après avoir raccroché, j'ai immédiatement composé le numéro de Tim, pour dire du bien de Loïc dans son dos. Jaloux que son pote empiète sur son rêve de couple, il s'est mis à bitcher direct :

— T'attache pas, Damien aime cuisiner.

— Et ?

— Et Loïc nous refait le coup des Crocs.

— Arrête...

— Bien sûr que si. Tu crois que je le connais pas peut-être ?

Pour ceux qui ne visualisent pas, les Crocs sont ces immondes mocassins en plastique qu'on ne tolère qu'aux pieds des sages-femmes (et encore, seulement parce que quand on est là, les pieds dans les étriers à pousser comme un demi de mêlée, on a autre chose à faire que parler chiffons). Tout l'été où c'était à la mode, Loïc s'était pavané en Crocs vert pomme. C'est une religion chez lui. Il a eu un piercing avant les mannequins de Gaultier et une machine Nespresso avant Clooney. Quand tout le monde roulait encore des fesses en Levi's, il roulait déjà au Diesel. L'iPhone n'en parlons pas, il a couché avec un vendeur Apple le jour où le EDGE est sorti en France... Aujourd'hui, rien n'est plus *trendy* que la cuisine ? On ne peut plus allumer sa télé sans voir un mec saler sa blanquette à la sueur de son front ? Analyse de Tim : Loïc nous avait donc trouvé un chef amateur pour être dans l'air du temps.

— Oh, tu crois ?

— Sûr. T'es invitée vendredi ?

— Ouais.

— Bah, tu verras ce que je te dis. Sinon, ça va toi ?

— Pas mal. Le tournage se termine demain.

— Ah ouais ?! S'il y a une fête, tu penses à moi, hein ! Faut absolument que je rencontre Julien Vincent !

— Je te dirai, mais c'est pas une très grosse prod et on a éclaté le budget en rajoutant des jours de…

— Tut tut tut, y a une fête, tu m'appelles, c'est tout. Julien Vincent, même s'il est qu'un tout petit peu PD, il est pour moi.

— Je croyais que tu cherchais à te caser sérieusement.

— Toi aussi. T'en es où ?

— Nulle part.

— Moi non plus mais faut bien patienter, non ?

Patienter, c'est exactement ce qu'on a fait le vendredi suivant chez Loïc pendant que Damien finissait (verbe qu'il a fait durer plus de trente minutes) de préparer l'apéro en cuisine. On était là, Loïc, Tim et moi, assis dans le canapé du salon, les mains sur les genoux à attendre qu'il nous apporte des cacahuètes, des chips, n'importe quoi. On avait déjà sifflé deux coupes, il fallait qu'on éponge. Dénouement inespéré : Damien est arrivé et il a posé devant nous deux plateaux de bouchées confectionnées à la pince à épiler. On s'est penchés tous les trois, surpris par l'ouvrage. Ah oui, en effet, Damien aimait bien cuisiner (comme on pourrait dire « Hitler aimait bien commander »).

Personne n'osait gober ses œuvres d'art, je me suis donc dévouée. Grooossière erreur. Ça a été le coup d'envoi ! Damien s'est mis à tout commenter : les ingrédients, la présentation, les difficultés d'exécution… C'était très bon, mais difficile de se régaler dans ces conditions. C'est comme coucher avec un mec qui te fait un cours magistral sur la reproduction des mammifères. Dix fois, j'ai failli tomber d'ennui, la tête dans mon risotto aux saveurs marines. Je vous passe l'énumération de tous les fromages du plateau (au moment où il ne fatiguait pas que la salade) et la crise qu'il nous a faite quand son parfait glacé aux figues s'est avéré un peu mou.

Comme Loïc avait passé le dîner à le dévorer des yeux, j'ai été étonnée d'apprendre qu'il l'avait quitté le lendemain. Si j'ai bien compris, il n'y avait pas que le parfait qui avait été un peu mou ce soir-là. Et ça, pour Loïc, c'est carrément éliminatoire.

31 octobre

PFIIIOUT Je dis « pour Loïc » comme si le reste de la planète trouvait que les pannes sexuelles étaient une fatalité amusante. Pas du tout. Je parle d'expérience : ça m'est arrivé, il y a quelques années alors que j'étais au lit avec Stephan, un mec que j'aimais beaucoup (de toute évidence). J'étais en train de le chevaucher, tout allait bien, on trottait joyeusement vers l'orgasme et tout à coup, comme ça, en pleine action, pfiiiout, la panne. Ça m'a tellement désarçonnée que j'ai failli aller chercher des piles neuves.

J'ai essayé de ne pas en faire une affaire personnelle, mais je revoyais mes petits seins ballotter pendant la cavalcade et je me demandais si ça ne l'avait pas déconcentré. J'avais quand même perdu deux tailles en enlevant mon soutien-gorge, ça peut surprendre. Il a bredouillé des excuses. J'ai donc fait ce que toutes les filles font, j'ai ravalé ma susceptibilité et prit une voix d'orgasmologue :

— Ça arrive, Stephan, c'est pas du grave du tout, tu sais, c'est même normal.

Ça ne l'a pas réconforté. Je dirais même que ça l'a agacé, ce qui m'a un peu énervée, bref la situation ne s'arrangeait pas. Je ne voulais pas m'appesantir sur le sujet, mais je ne pouvais pas non plus basculer sur le côté et ouvrir un bouquin. Dans ces cas-là, il faut avoir l'air déçue, sinon on a vite l'air soulagée. En même temps, il ne faut pas que le mec se sente décevant. C'est subtil comme dosage.

J'ai tenté l'humour, je vous le déconseille. J'ai essayé de trouver une explication, mais je cherchais toute seule (et de plus en plus loin de mes zones de compétence). Comme il refusait absolument de passer à autre chose, j'ai pris les choses en main, puis en bouche, sans succès. J'étais coincée. Je n'allais quand même pas me mettre debout sur le lit et l'encourager en hurlant comme un coach sportif. Ou taper « bander » dans le moteur de recherche de mon ordi pour voir s'il n'y avait pas un tutoriel sur Internet. On était dans l'impasse. Stephan venait d'être trahi par son meilleur ami, après des années de masturbations complices, il était défait.

J'ai proposé d'aller nous faire un petit café (hospitalière en toutes circonstances). Je me suis levée et j'ai enfilé ma culotte. Là, il m'a dit :

— Attends.

La dentelle à mi-fesses, j'ai attendu et miracle, j'ai assisté à l'extraordinaire métamorphose du bulot… et on a pu finir ce qu'on avait commencé.

Conclusion : dans ce genre de situation, je crois qu'il n'y a pas grand-chose à faire, à part tout autre chose… ce que n'a pas dû comprendre Loïc puisque avec ses toy-boys, il ne sait absolument rien faire d'autre.

3 novembre

CLAP DE FIN La soirée de fin de tournage a eu lieu. Babeth est venue, Tim aussi… mais pas Julien Vincent. Babeth s'est rattrapée sur le chef électro et Tim sur le buffet.

6 novembre

SEPT HOMMES DE RÉFLEXION Le speed-dating, c'est comme les toilettes en boîte : les mecs y vont seuls et ne se parlent pas, les filles y vont en groupe et jactent comme des poules pondeuses. C'est la réflexion que je me faisais en attendant que ça commence. J'avais accepté d'accompagner Babeth à une de ces soirées-dégustation. En principe, je ne mange pas de ce pain-là, mais comme le célibat vient à bout de tous les principes, j'ai fini par me laisser tenter. À force de chercher l'homme de ma vie, j'allais finir par chercher mon point G.

Malheureusement pour ma libido, cette foire à l'espoir me démotivait déjà :

— Babeth, rappelle-moi pourquoi on est là ?

— Parce que j'en ai marre de me faire braconner au Baron, j'ai envie de choisir en pleine lumière, tu vois. Et puis, c'est marrant, non ?

— On est sûres de ça ?

DING !

Les filles ont été priées de s'installer. Babeth a réajusté sa robe-pull, lâché sa belle chevelure rousse et on est allées s'assoir. Un premier mec au front moite a pris place en face de moi. Il avait tout du vieux garçon qui essaie de reprendre sa vie en main. À chaque phrase, elle lui échappait comme une savonnette, c'était tristoyable. Ensuite, j'ai eu droit à un juriste avec les dents de devant sur pivot. Quand il s'est lancé dans une plaidoirie contre l'exigence aberrante des femmes célibataires, j'ai failli tordre discrètement la bouche et imiter le bruit de la cloche. La rencontre du troisième type portait bien son nom. C'était un petit homme vert qui a fait des pieds et des mains pour me sensibiliser aux problèmes de la planète. Le quatrième s'est contenté de me faire du pied. Quant au cinquième, il était d'une agressivité sidérante.

J'allais déclarer forfait quand un trentenaire a plongé ses grands yeux bleus dans les miens. Il s'appelait Valentin, était compositeur et s'avouait volontiers timide et passionné. Pour la première fois, les sept minutes sont passées trop vite... et les sept suivantes à éviter les postillons d'un comptable m'ont paru éternelles. Le lendemain, j'ai appris que le compositeur voulait aussi me revoir (heureusement, sinon ça me serait resté sur l'ego).

Babeth, elle, a craqué sur un tripier d'origine polonaise. En sortant, elle était prête à vendre des joues de porc, appeler ses enfants Bogdan et Leokadia et à passer tous ses étés à Pogodki. Ça a duré vingt-quatre heures. Je n'avais jamais vu Babeth s'aventurer si près de l'amour.

12 novembre

MÂLE DANS SA PEAU Valentin m'a invitée à dîner. Qu'est-ce que je risquais ? Il ne pouvait décemment pas s'appeler Valentin et être un gros pervers qui s'astiquait les cuivres façon grand hôtel devant mes photos Facebook... si ?

Assis au fond de la vieille brasserie où il m'avait donné rendez-vous, il m'a fait un signe qui ressemblait à un problème psychomoteur, puis m'a déchaussé les molaires en me faisant la bise. Ça commençait mal, mais pas de mauvais esprit, allez ! J'ai essayé de le détendre en lui racontant mes galères de métro pour venir. Il s'est flagellé d'avoir réservé dans son coin. J'ai enchaîné sans mollir sur un film que je venais de voir. Il m'a avoué, honteux, qu'il allait rarement au cinéma. Au bout d'une heure, j'ai abandonné, c'était un poulpe : pour le détendre, il aurait fallu que je lui tape dessus.

Une bouteille et un magret plus tard, à l'abri derrière sa passion, il me parlait de musique comme si on avait fait le conservatoire ensemble. Vu que ma culture s'arrête à mon coffret « Best of Classic », j'attendais mon dessert en hochant la tête. « La tarte tatin ? » a eu le malheur de demander le serveur l'assiette à la main.

Valentin a sursauté et a renversé son verre sur ma robe. J'ai bondi de ma chaise et bousculé ledit serveur qui, au terme d'un enchaînement de gestes stériles, m'a écrasé la tatin dans le dos. J'avais du vin partout et de la pomme caramélisée entre les omoplates. Cette soirée était un échec.

Bredouillant, Valentin m'a proposé d'aller chez lui pour nettoyer ma robe. J'aurais adoré y voir un piège, mais autant imaginer un lièvre se balader en sifflotant, le fusil sur l'épaule. Cela dit, dix minutes plus tard, j'étais à moitié à poil dans sa salle de bains en train de frotter.

— Un jour la p'tite Huguette..., sifflotait le lièvre.

En même temps, doux et tendre, même combat, non ? Je me suis dit que, dans ce cas, il devait être un virtuose des préliminaires. J'ai tenté ma chance. Je suis sortie nue de la salle de bains. Le baiser qui a suivi n'a pas confirmé ma thèse, mais alors pas du tout.

Après des préliminaires où il m'a prise pour un tapis d'éveil, Valentin m'a écrasée de tout son poids en soufflant dans mon cou une haleine viciée par la timidité et l'excitation. Il s'appliquait, angoissait, transpirait. J'avais envie de lui caresser la tête, de lui dire de se calmer, que tout allait bien, que tout ça c'était sans importance, mais comme je sais me tenir, j'ai simulé. Du coup, il a pris de l'assurance et m'a demandé :

— Tu peux lever les jambes très haut et mettre tes pieds sur mes épaules ?

C'est pourtant un basic, mais dit comme ça, ça faisait tellement « Frères Circus » que j'ai précipité la fin des opérations.

Le lendemain matin, j'ai embrassé Valentin avec une tendresse platonique et suis sortie dans le froid de novembre. J'ai remonté le gros col de mon manteau. L'hiver menaçait et je n'avais toujours pas trouvé de jules pour me mettre au chaud.

19 novembre

DÉPRESSION PRÉ-PARTUM Qu'est-ce qu'ils ont ces Ricains à vouloir absolument nous refourguer Halloween ? Est-ce qu'on les emmerde avec la

Toussaint, nous ? J'ai commencé la soirée déguisée en sorcière sexy. Je l'ai finie en vieille bonne femme déchirée au bloody mary. À 5 heures du matin, je titubais dans les rues à la recherche d'un taxi, mes talons dans une main et mon balai-brosse dans l'autre. Du coup, quand j'ai reçu l'invitation pour la *baby shower* de Nadia, je me suis dit que je ferais mieux d'y aller mollo sur l'*american way of life*.

Pour ceux qui ont besoin d'un *update*, une *baby shower* est un après-midi entre copines autour d'une *mum to be* sur le point de vêler. On mange, on boit, on touche le nombril de l'intéressée comme s'il s'agissait d'un pompon de marin, on lui offre des fringues de poupée, des mixeurs nains ou des tire-lait diaboliques et on rentre chez soi le ventre plein et l'utérus étrangement vide. Soyons clair, cette coutume me parle autant qu'une soirée bingo à la résidence des Charmilles.

Un instant, j'ai caressé du doigt le clavier de mon ordi et la perspective de ne pas y aller, mais contrarier Nadia, c'est déjà imprudent, alors Nadia enceinte, non, voyons, c'est suicidaire. J'ai cherché un cadeau, et dimanche j'ai débarqué chez elle avec le mont Fuji de l'originalité : un doudou.

Calée au fond de son canapé, son énorme ventre sous son double menton, elle trônait, radieuse, au centre de la fête. En d'autres circonstances, j'aurais pu être touchée, mais là non, pas au milieu de tous ces ballons roses, ces piaillements de jeunes mamans et ces bébés potelés. Cerise sur le cupcake, le buffet était sans alcool et j'ai vite compris qu'il aurait mieux valu sortir un flingue qu'une cigarette.

Après m'être vengée sur le brownie, je suis allée m'asseoir dans la pouponnière. Le sujet était aux petits maux de la grossesse. Petits ? Vraiment ? Des hémorroïdes aux gencives qui saignent, les filles enchaînaient les détails ragoûtants avec la même passion qu'elles mettaient autrefois à parler de mecs. Le pire, c'est quand elles ont embrayé sur l'accouchement. Où passe la pudeur quand on est enceinte ? On décoche l'option ? J'ai cru qu'on avait touché le fond quand une blonde a prononcé dans la même phrase les mots « glaires », « hémorragie » et « excréments », mais le moment des jeux a révélé un double fond.

Je regardais ma Nadia morte de rire alors qu'elle se débattait avec une couche pleine de Nutella et là, contre toute attente, j'ai été émue aux larmes. Elle que j'avais si souvent vue galérer avec les mecs, elle semblait enfin heureuse. Elle était constipée depuis huit mois, elle devait avoir des chichis à la place des artères, sa vessie avait une autonomie de vieux Nokia et elle s'apprêtait à accoucher dans d'atroces souffrances, pourtant elle n'avait jamais été aussi épanouie.

Le bonheur 1 – Marion 0.

J'ai cessé d'ironiser et, l'espace d'un après-midi, je me suis rappelé que, parfois, la vie fait drôlement bien l'amour.

20 novembre

BFF C'est à nouveau la lune de miel entre Léa et moi. On s'est vues au café Beaubourg. Je lui ai promis d'arrêter les mecs toxiques, elle m'a juré de ne plus jamais me parler comme si j'étais sous tutelle et on s'est recommandé deux verres de chardonnay.

24 novembre

ÉLECTRO-CHOC J'ai tenu ma promesse trois jours (record en cours), ensuite j'ai traîné Sophie à une soirée électro dans l'espoir complètement pathétique d'y retrouver un mec que j'avais croisé au Baron deux jours avant. Il ne savait pas que je venais, je n'étais même pas sûre qu'il serait là, en plus, je déteste l'électro, bref on était très loin du coup de foudre.

Sophie était surexcitée, comme à chaque fois qu'elle sort (forcément, elle ne boit pas, donc elle ne connaît pas les lendemains qui déchantent et désenchantent). Arrivée sur place, je l'ai tout de suite repéré au bar ! Prise de court, j'ai fait volte-face et demandé à Sophie :

— Ça va ma gueule ? Et mes cheveux, ça va ? Ils ne sont pas trop plats ?

Elle a jeté un œil au-dessus de mon épaule et m'a répondu timidement :

— Ouais, mais je crois pas que ça va suffire.

Je me suis retournée... Ma target était en train d'enlacer une fille sublime, le genre de créature qui se situe quelque part entre le mannequin et la licorne.

...

Le DJ a enchaîné un nouveau morceau.

C'était l'agression de trop.

On est parties.

En rentrant chez moi, je me suis demandé ce que ça faisait d'être une bombe. Je ne peux pas dire que je sois difforme, non, même en faisant preuve d'une très grande modestie, mais, soyons clairs, on ne penserait pas à moi pour défiler en petite culotte (en petite culotte de cheval, à la rigueur). Du coup, je me suis imaginé vingt-quatre heures dans le corps ahurissant d'un top model.

Mon premier réflexe ? Me mettre nue devant un miroir et tourner lentement sur moi-même. Comme ça doit être apaisant d'être parfaite... Après, j'enfilerais les premières fringues qui me tombent sous la main (pourquoi me prendre la tête, tout m'irait), puis je sortirais dans la rue et marcherais en faisant vibrer la réalité. Les hommes, les femmes, tout le monde se retournerait sur mon passage... ce qui doit être gonflant, mais je pense que je pourrais le supporter vingt-quatre heures.

Je passerais mon temps à entrer dans des lieux prétentieux : magasins de luxe, restaurants à la mode et boîtes branchouilles, juste pour voir à quoi ressemble un monde sans obstacles. Et je coucherais avec un mec aussi, un mec habitué à mon genre de mensurations bien sûr, pas question de me retrouver au lit avec un gars assommé par ma beauté qui me fixe en bavant. On ferait l'amour artistiquement (puisque chacun de mes gestes serait une œuvre d'art)... et crac, je commencerais à me prendre la tête : qu'est-ce qui l'intéresse chez moi à part mon physique périssable ? Est-ce qu'il a vu mes gros mollets ? Quand est-ce que je lui dis que je déteste l'électro ? Bref, vous pouvez être sûrs que ça ne louperait pas : j'attaquerais ma journée dans le corps d'un mannequin et la finirais dans la peau d'une meuf.

3 décembre

L'ENNUI PORTE CONSEIL Dans ma folle jeunesse, j'ai habité avec Vincent, un avocat brillant et ambitieux qui bossait comme un termite. C'est formidable d'être avec un homme cultivé qui porte bien le costume, mais quand on en est à prendre rendez-vous pour faire l'amour, on se surprend à rêver de Venise et de liberté. Le jour où on est allés enterrer son oncle à Calais, on a fait l'aller-retour dans la journée alors qu'un charmant petit hôtel nous tendait les bras à deux pas du crématorium. J'ai imaginé notre avenir : toutes ces semaines sans soirée, ces week-ends sans samedi et nos enfants qui l'appelleraient « monsieur ». J'ai décidé de rompre.

C'est sorti un matin. J'avais une fenêtre de tir entre 7 h 15 et 7 h 30 (temps imparti à l'ingestion d'un café et de deux tartines). Assise en face de lui, j'ai épaulé mon courage, pressé la détente et ma langue est partie comme une mitraillette.

À 7 h 26, il savait tout.

À 7 h 27, il réajustait sa cravate.

À 7 h 28, il partait bosser avec deux minutes d'avance.

Les semaines qui ont suivi, il a géré notre rupture comme un dossier : il a pris une chambre d'hôtel en face de son cabinet le temps que je déménage, m'a renvoyé par la poste les affaires que j'avais oubliées dans le tambour de la machine, a réglé les derniers détails à coups de mails métalliques, puis a disparu de ma vie.

J'ai su par la bande qu'après notre séparation, il avait sombré dans une période trouble où il n'appelait plus personne, fumait deux paquets par jour et bossait deux fois plus (ce que je ne pensais pas matériellement possible). Et puis la vie l'a rappelé à l'ordre : il a été débauché par un cabinet new-yorkais. Sitôt installé en plein cœur de Manhattan, il a rencontré une Américaine aussi belle qu'intelligente (ce qui, entre nous, m'a toujours un peu agacée).

Tout ça pour dire que, mardi dernier – *what the fuck ?!* – j'ai reçu un mail de lui… Il m'invitait à son mariage ?! À la dernière minute certes, mais il m'invitait.

J'aurais pu dire non, il se mariait à New York et c'est une ville où je passe rarement par hasard.

J'aurais *dû* dire non, je commençais la prépa d'un nouveau film et je venais de mettre le prix du billet dans une grosse doudoune violette... et je n'avais pas de mec pour rivaliser avec son bonheur... et je me laissais bêtement persécuter par le mariage, et, et, et. J'aurai dû... Je pars samedi prochain, ce qui me laisse un temps ridiculement court pour trouver une tenue et perdre quatre kilos.

11 décembre

EX AND THE CITY Low cost oblige, mon avion s'est posé en retard à New York. Top chrono, il me restait dix minutes pour arriver à l'heure à la cérémonie. Pas le temps de passer à l'hôtel pour me changer, tant pis. Mon taxi jaune m'a laissée à l'entrée de Central Park. Il y avait de la neige partout, c'était glissant, mais magique, mais glissant.

Quand je suis arrivée sur zone, le nez rouge et le souffle fumant, ça avait déjà commencé. La déco valait son pesant de beurre de cacahuètes : tout était blanc, des chaises au dress code des invités en passant par les ballons et la tonnelle fleurie. Dans son manteau en hermine, la mariée était magnifique (la pioute). À ses côtés, Vincent grelottait dignement. J'ai essayé de me fondre dans le décor, mais avec ma valise, ma doudoune violette et mes après-ski vintage, autant demander à une baleine d'intégrer un banc de sardines.

Je n'avais pas fait trois pas vers la seule chaise encore vide que tout le monde s'est retourné, à commencer par Vincent et sa Barbie-Mariage. Ce que j'ai lu dans le regard de mon ex m'a glacée : de la répulsion, pure et simple… ? À croire qu'il m'avait invitée pour me lapider en famille. La cérémonie a repris en même temps que ma lente progression. Ma valise grinçait, je marchais sur la pointe des Moon Boots… Si j'avais voulu saloper ce moment sacré, je ne m'y serais pas prise autrement. Je me suis enfin assise.

Vincent avait plein de cheveux blancs maintenant et des pattes-d'oie aussi (c'est dingue à quel point les gens continuent à vivre sans moi). J'ai attendu les « *I do* » en détaillant le témoin de la mariée, un Sean Penn en smoking qui remplaçait avantageusement les demoiselles d'horreur.

Le prête a chanté « Hallelujah » de Leonard Cohen. Dans ce parc enneigé en plein cœur de New York, ça m'a tellement émue que j'ai versé une larme. JE N'ÉTAIS PAS LA SEULE ! Je précise avant de passer pour la fille à abattre. Toute l'assistance pleurait, suspendue à leur amour… et c'est d'ailleurs dans ce bel ensemble que les gens se sont levés et sont partis sans me dire bonjour. J'ai suivi sans comprendre ce qui arrivait (j'étais invitée putain). La réception avait lieu au dernier étage d'un palace de la Cinquième Avenue.

Alors que je sortais des toilettes (enfin sardine parmi les sardines en robe et talons hauts),

Vincent m'a prise à l'écart et m'a demandé ce que je foutais là.

Lunaire.

— Bah... tu m'as envoyé un mail.

— Bien sûr que non !

— Mais si, je te jure...

J'ai fouillé dans mon sac en tremblant, sorti mon iPhone et suis allée rechercher son mail.

— Regarde !

Il a jeté un œil, s'est figé, puis me l'a rendu :

— Tu veux me faire croire que t'as pas compris ?

— Compris quoi ?

— Que je me suis trompé de Marion.

— Tu t'es trompé de Marion ?!

C'est comme si je recevais un saut de sang de cochon sur la tête. Il a dû lire la détresse sur mon visage puisqu'il s'est un peu radouci :

— Je voulais l'envoyer à Marion Menier. Tu sais, ma copine d'enfance. C'est ma mère qui a croisé sa mère, bref j'ai fait ça vite, à la dernière minute, je me suis gouré, voilà, c'est tout. Mais c'est pas grave, reste, maintenant que t'es là.

Étrangement, je n'ai pas pris mes jambes à mon cou (parfois j'aimerais me licencier pour faute grave). J'ai grimacé un sourire et suis allée diluer mon malaise dans le champagne. Au dîner, j'ai bu pour oublier que j'étais à la table des enfants. Pendant les discours, j'ai bu pour supporter les regards de mon ex-belle-mère. Enfin, tard dans la nuit, j'avais tellement bu que je me suis retrouvée à french kisser Sean Penn au milieu de la piste de danse. La mariée est alors venue me parler... pour me demander de partir.

Dix minutes plus tard, je titubais sur la Cinquième. Autour de moi, les buildings dansaient le smurf. J'aurais dû être anéantie... Ça aurait été sans compter que le lendemain les magasins étaient ouverts et que ma carte bleue marchait à l'international.

12 décembre

LA GROSSE POMME... D'AMOUR J'ai longtemps hésité à m'inscrire sur Facebook. Je voyais d'ici tous mes « copains d'avant » rappliquer comme des requins sur du sang frais. J'ai fini par craquer sous la pression sociale (« Tu n'as pas de Facebook ?! mais rassure-moi, tu as l'eau courante ?! »), et ça n'a pas loupé : les fantômes du passé m'ont fait la danse de « Thriller ». Seule bonne surprise : Maxime, mon premier amoureux, un roux potelé qui m'a embrassée sur la bouche en CM1. Aujourd'hui, à en juger par ses photos, il mesurait deux mètres, flirtait avec les cent kilos et vivait à New York.

Quand j'y étais, j'en ai profité pour dîner avec lui. On s'est donné rendez-vous chez Katz's, le delicatessen du Lower East Side. Je venais de passer la journée à me balader dans le froid de Noël, fumer des Marlboro blanches et dévaliser les boutiques vintage. Je suis donc arrivée, affamée et habillée comme l'héroïne de *Flashdance*. L'immense deli était bondé, mais il dépassait tout le monde d'une bonne tête rousse. J'ai cessé de lutter contre la nostalgie et lui ai sauté au cou.

En engloutissant un sandwich au pastrami, on a rattrapé plus de vingt ans de silence. Du divorce de ses parents à ses études d'archi, il s'est confié comme si, la veille encore, on échangeait des images Panini. Dans n'importe quelle comédie romantique, j'aurais recraqué, mais là, ça me paraissait techniquement impossible (un seul baiser et c'était le torticolis assuré, ne parlons pas d'un missionnaire, j'y aurais laissé ma cage thoracique). En revanche, j'ai immédiatement retrouvé notre complicité. Si bien que, lorsqu'il m'a parlé de Johanna, une girafe magnifique qu'il n'arrivait pas à domestiquer, je lui ai proposé un plan diabolique. Elle passait la soirée à l'Apotheke, un bar à absinthe planqué dans Chinatown ? Parfait, il nous suffisait d'y aller, de jouer au petit couple et d'attendre sa réaction. Il a trouvé l'idée brillante, preuve qu'il était grièvement amoureux.

À l'instant où il me l'a présentée, j'ai su que mon plan marcherait. Une fille sent tout de suite quand une autre a envie de lui arracher les yeux (l'instinct de survie). Le barman nous a prescrit des mélanges explosifs et je me suis mise à danser aussi langoureusement que possible. Johanna était aussi rouge que son cocktail et de la fumée lui sortait des oreilles. Quand j'ai commencé à me frotter à Maxime, elle l'a attrapé par le bras et l'a entraîné dehors.

J'ai su qu'ils s'étaient embrassés quand il m'a raccompagnée jusqu'au taxi. Mission accomplie (si seulement je pouvais être aussi efficace pour moi-même). En roulant vers mon hôtel dans un New York de conte de fées, plein de Pères Noël, de sapins multicolores et de bonshommes de neige illuminés, une phrase de Woody Allen m'est revenue : « Je hais la réalité, mais c'est quand même le seul endroit où se faire servir un bon steak »... et un délicieux sandwich au pastrami.

24 décembre

ÇA SENT LE SAPIN *Jingle bells, jingles bells...* Les guirlandes, les cadeaux, la tablée familiale qui se divise en deux équipes : ceux qui mangent des huîtres et ceux qui les regardent avec une grimace de dégoût... J'adore. C'est bien simple, dans toute ma vie, je n'ai eu qu'un raté le soir de Noël. À l'époque, je sortais avec Gabriel, un blond d'une gentillesse lymphatique rencontré à Biarritz. Je traînais cet amour de vacances comme une mauvaise toux depuis quatre mois, mais allez larguer quelqu'un parce qu'il est trop gentil sans passer pour une psycho... Avec le recul, j'aurais dû me faire violence et surtout je n'aurais jamais dû accepter de rencontrer sa famille le 24 décembre.

Dès les présentations dans la petite entrée, j'ai senti que l'humour et la joie de vivre n'étaient pas les valeurs fondatrices de ce clan. J'ai remballé mes blagues, serré la main sèche de sa mère, la patte molle de son père et nous sommes passés au salon. Son frère et sa femme nous y attendaient. Malgré le champagne qui pétillait dans leur verre, leurs habits du dimanche et le sapin qui clignotait derrière eux, ils avaient l'air de deux sinistrés devant un arbre mort. Assis par terre, un gamin de six ans fixait les paquets avec la douceur de Chucky. J'en ai conclu que c'était leur fils et que, décidément, les chiens ne faisaient pas des poissons-clowns.

Après un apéro exclusivement composé de minibretzels rassis, on est passés aux cadeaux. Le mouflet a dépecé le nôtre. En découvrant un jeu pour sa console, il s'est retourné, l'a montré à ses parents comme s'il s'agissait d'un étron sec, puis l'a balancé et s'en est pris à un autre paquet sans défense. Le frère, gêné, m'a expliqué qu'il l'avait déjà. Je me suis alors agenouillée et lui ai dit que je lui donnerais le ticket pour l'échanger. Il s'est arrêté net et ses larmes ont jailli à l'horizontale. Je venais de confirmer ses doutes : le Père Noël n'existait pas. J'en étais encore à m'excuser quand la mère a déballé mon petit pull en cachemire violet. Était-ce la couleur ? Le décolleté ? Le fait est qu'elle m'a dévisagée comme si je lui avais offert un god-ceinture. Pour me rattraper, j'ai feint l'orgasme spontané en recevant un assortiment de savons et, pendant tout le dîner, j'ai multiplié les allers-retours en cuisine. Cent fois, j'aurais pu foutre une assiette par terre, mais j'ai préféré faire pire : en prenant des glaçons pour le seau à glace, j'ai sorti la bûche et l'ai posée un instant au-dessus du frigo... enfin « un instant », c'était le projet. Au dessert, sa mère l'a retrouvée à l'endroit exact où je l'avais laissée. C'était la cerise gisant dans une flaque de glace fondue. Sa famille s'est mise à me haïr. J'ai profité de ce climat hostile pour quitter Gabriel.

On ne m'y reprendra plus ! Ce soir, je passe une soirée aux petits marrons avec toute ma famille !

31 décembre

BON AN, MAL AN J'enfile ma minirobe, mes escarpins à paillettes et je me penche dos au miroir.

Note personnelle : éviter de faire ça ce soir.

Léa m'incruste à son réveillon. Sur le papier, c'est la fête du siècle. Espérons que ça tienne ses promesses. Je me méfie du nouvel an. C'est toujours pareil : on te braque un cotillon sur la tempe et on t'ordonne de t'amuser. Enfin, quand je dis « c'est toujours pareil » j'exagère : ça peut être pire. J'en donne pour preuve ma désastreuse entrée dans l'année dernière.

Sophie et Fabian avaient décidé d'organiser une grosse fiesta chez eux (youhou). C'était ça ou une soirée à 99 % gay dans un loft avec Tim et Loïc.

Au départ, je devais juste donner un coup de main à Sophie pour le buffet. Au final, j'ai failli lui donner un coup de boule. J'ai passé la journée du 31 à tartiner. À vingt minutes de l'arrivée des invités, j'avais les cheveux collés de sueur, mes doigts sentaient le tarama et ma robe était encore en boule au fond d'un sac. J'ai pris une douche en accéléré, enfilé mon collant à cloche-pied et défroissé ma robe en tirant dessus. Un coup de truelle là-dessus et j'étais enfin prête à en découdre avec l'amour.

Un petit couple est arrivé, puis un deuxième... un troisième ! C'était l'arche de Noé ! Chaque mâle passait la porte suivi de sa femelle ! Après avoir mélangé des mauvais champagnes et m'être bourrée de blinis au tarama, j'ai compris qu'on n'attendait plus personne. Si je ne réagissais pas, mon espèce allait s'éteindre. Je me suis alors prise à rêver du 1 % d'hétéro qui m'attendait à la soirée de Tim et Loïc. Il me restait une heure pour traverser Paris et fêter dignement la nouvelle année. Je suis allée glisser à l'oreille de Sophie que j'avais un mec à voir. Comme elle donnerait sa tente six places pour me voir maquée, elle m'a presque foutue dehors.

J'ai cherché un taxi dans le froid pendant une éternité. Ma tête tournait et l'heure aussi. J'ai fini par prendre le métro où ça gueulait et vomissait à chaque station. Changement à Châtelet. Tic-tac-tic...

TAC !

Une clameur a éclaté !

J'ai regardé ma montre : minuit. J'étais seule dans un couloir éclairé au néon avec rien d'autre à embrasser que mon destin de célibataire, le genre de situation qui peut déclencher une dépression (n'importe quel psy vous le dirait pour 50 €), heureusement, je suis le genre de dinde qui court encore après qu'on lui a coupé la tête.

J'ai enfin poussé la porte du loft : ça sentait l'alcool et l'hystérie. Évidemment, je n'ai jamais trouvé ni Loïc, ni Tim, ni le 1 % d'hétéro, encore moins de taxis pour rentrer chez moi. J'ai traversé Paris, mes talons à la main, encore. Ça m'a coûté un collant Wolford et j'ai commencé l'année par trois jours au lit avec une fièvre de jument.

Penser à mettre des tennis dans mon sac pour le réveillon de ce soir.

1er janvier

4, 3, 2, 1... Léa et son mec m'incrustaient donc à une énorme fête dans une maison près de Gambetta ! Une maison ! À Paris ! Je voyais d'ici l'immense séjour reconverti en dance floor et le jardin éclairé à la guirlande de guinguette.

Je suis entrée dans la soirée comme Gretel dans la maison en pain d'épice (Gretel en plus sexy bien sûr, pour le nouvel an je m'habille rarement comme une petite Allemande du dix-neuvième siècle), non seulement le sol du séjour était en béton ciré – idéal pour la danse –, mais il y avait un bar à champagne, un buffet-traiteur et une concentration indécente de célibataires (qu'on repère facilement à leur chemise neuve et leur regard circulaire).

Je ne connaissais presque personne. Parfait ! Au lieu d'endurer les confidences alcoolisées de camarades de galère, j'allais pouvoir papillonner en racontant des conneries (ma spécialité). Les heures qui ont suivi, j'ai enchaîné les coupes, les fous rires et les rencontres sans chercher à retenir un prénom. Alors que j'avais presque perdu de vue mon célibat et ma détermination à en faire du mou de veau, un petit brun a attiré mon attention dans le squat-cuisine. Il avait la blague fine et la repartie foudroyante : le mec à qui on avait dû répéter mille fois : « Tu devrais faire un one man show ! » Physiquement, il ressemblait à un petit ours, mais il suffisait qu'il bouge un peu pour avoir aussi l'air d'un petit cochon. Malheureusement, il bougeait beaucoup.

À minuit, tout le monde s'est embrassé et la piste de danse s'est embrasée. Pour Léa et moi, l'année a commencé par une frénésie de chorégraphies débiles, de twist revisité et de rock à trois passes. On a fait une pause pour laisser passer la vague électro. Le petit ours en a profité pour m'aborder :

— Tu… heu ? Ça va ? Tu passes une bonne soirée ?

En tête à tête, il faisait moins le malin. Il s'est présenté : Quentin. Je n'étais pas saisie dessus dessous, disons juste séduite, mais n'était-ce pas le moment de changer de tactique amoureuse ? La passion, merci bien, j'avais vu le résultat. Pourquoi pas donner sa chance à… J'ai été interrompue net dans ma réflexion. Une fille venait de fracturer mon champ de vision, une brune arrogante et sublime que j'aurais identifiée entre mille comme la fiancée de Solal !

Aux dernières nouvelles, ils allaient se marier. Que faisait-elle au bras de ce mannequin-coiffure ? Je me suis approchée d'elle et, avec mes gros sabots de petite Allemande du dix-neuvième siècle, je lui ai demandé où était Solal. Du haut de sa superbe, elle m'a lâché qu'ils avaient rompu et m'a contournée comme une flaque de vomi. Le petit cochon est revenu à la charge. Je lui ai donné mon numéro, mais le cœur n'y était plus. Solal était peut-être célibataire… Si c'était le cas, l'année qui commençait s'annonçait riche en rebondissements.

10 janvier

GRANDE PROMO DE DÉBUT D'ANNÉE : DEUX POUR LE PRIX D'UN ! Quentin m'a relancée dès le lendemain. Je sais reconnaître un homme équilibré quand j'en vois un. Quentin est un modèle du genre. C'est bien simple, il n'a qu'une envie : m'offrir l'amour sur un plateau-télé. Oui, mais… et Solal ? J'ai donc commencé l'année à un carrefour. Pas *dans* un Carrefour, *à* un carrefour, je précise pour ceux qui me voyaient déjà squatter le rayon « dindes farcies » avec une bouteille de mousseux et qui, du coup, auraient eu pitié de moi (patience, ça va venir et pour de meilleures raisons).

En faisant peser toute ma mauvaise foi dans la balance, j'ai réussi à la faire pencher du côté de Solal. De toute façon, je ne pouvais pas faire un choix avant de savoir s'il était vraiment libre. Je lui ai donc envoyé un texto pour lui souhaiter une bonne année (un 1er janvier, je pouvais difficilement faire plus discret) et lui proposer de boire un café. C'est bien un café, plus bohème qu'un déjeuner, moins explicite qu'un dîner. La balle était dans son camp. Le 1er janvier est passé, traînant son faux air de dimanche et son pschiiit d'Alka Seltzer. Le 2 a pris sa place, puis le 3, fatalement. Solal ne répondait pas et Quentin devait s'impatienter.

Le 10 au matin, j'ai commencé à douter de ma santé mentale. Un petit brun avenant me proposait la botte – une belle botte fourrée pour braver l'hiver – et je préférais me vautrer dans la déception ? J'ai sifflé la fin de l'humiliation et relancé Quentin. Pas rancunier, il m'a aussitôt proposé de prendre l'apéro au Fumoir (tiens, c'est bien aussi l'apéro).

Je l'ai repéré de loin. Assis près de la vitre, il était plus mignon que dans mon souvenir. Peut-être que l'amour était en marche finalement. Point d'impact dans trente mètres… Vingt… Mon portable a bipé. J'ai jeté un œil au texto que je venais de recevoir :

Dsl pour le silence.
J'étais en Inde.
On se voit ? Quand ?

Solal... évidemment... *Who else ?*

11 janvier

DU TROU NORMAND AU TROU NOIR Un bruit d'aspirateur m'a tirée du sommeil ou plutôt m'a extraite comme un corps dans les décombres d'un tremblement de terre. J'avais du mortier dans le crâne et des crampes jusque dans les paupières. Allongée dans le lit râpeux d'une chambre d'hôtel, le nez collé à une table de nuit rudimentaire, j'ai mis un temps effrayant à remettre de la main sur mes souvenirs. Je me rappelais avoir vu Quentin la veille. Je me revoyais m'asseoir au fumoir après avoir lu le texto de Solal. Je me souvenais de l'apéro... C'était comme si j'étais tombée de ma selle, que mon pied était resté coincé dans l'étrier et que le cheval m'avait traînée sur des kilomètres. J'avais dû faire un effort surhumain pour écouter Quentin qui pourtant, foi de technicienne du célibat, faisait un sans-faute : intéressant, drôle, attentionné... peut-être un peu trop d'ailleurs puisque à chaque fois que mon mojito était vide, il m'en recommandait un autre. Au quatrième, la vie a commencé à gondoler, ensuite tout est devenu clair comme du jus de chique.

J'avais des flashes d'un resto russe ? Polonais ? Des shots de vodka alignés à côté de mon assiette, le visage d'une vieille dame plus tard dans un bar de nuit, Quentin sautant sur le toit d'une voiture et... c'est à peu près tout. Impossible de savoir ce que je foutais là, seule dans une chambre miteuse, aussi bouffie d'alcool qu'un crapaud au fond d'une bouteille d'eau-de-vie.

Je me suis mise sur le dos avec la grâce d'une femme enceinte de dix-huit mois. Si cet hôtel avait une étoile, ça devait être l'étoile Polaire vu le froid qui traversait la couverture et me changeait la moelle en Mister Freeze. Des rideaux hideux laissaient filtrer la lumière du jour. Il fallait que je me lève, ne serait-ce que pour fuir cette reproduction des *Coquelicots* de Monet. J'ai pivoté laborieusement, me suis assise sur le bord du lit et c'est là que j'ai constaté que j'avais dormi tout habillée. Enfin une bonne nouvelle. Quand je fais l'amour avec quelqu'un, j'aime bien en garder un souvenir, même vague (c'est mon côté vieille France). Brusquement, la porte de la salle de bains s'est ouverte. J'ai frisé la crise cardiaque. Quentin, ou du moins de ce qu'il en restait, est sorti en titubant et s'est échoué à côté de moi. Un frisson de soulagement m'a parcouru l'échine. Je n'étais pas du tout d'humeur à m'être fait enlever par un réseau de prostitution. En tordant la bouche pour lui épargner mon haleine, je lui ai demandé ce qu'on faisait là.

— Tu te souviens pas ?

— Pas précisément, nan.

— Cette nuit, on est passés devant cet hôtel et on a halluciné genre « waouh, c'est trop romantique ».

On a inspecté la chambre en silence et on a éclaté de rire… Début ou fin de l'histoire ? Difficile à dire, mais c'était la première fois que je n'envisageais pas Quentin comme un lot de consolation.

25 janvier

TOUT FEU, TOUT FLEMME Je peux concocter un délicieux gratin dauphinois en téléphonant à une copine, mais si j'invitais à ma table un inspecteur du guide *Michelin*, il ne me coucherait pas dans ses mémoires. Eh bien au lit, c'est pareil : je me débrouille plutôt bien, mais si je recevais un professeur de tantrisme, pas sûr qu'il me couche deux fois sur son tapis de massage.

Depuis que j'ai décidé d'oublier Solal pour donner sa chance à Quentin, les choses ont changé. J'ai l'impression d'être Marionae, déesse du sexe.

C'est vrai qu'on s'entend bien de ce côté-là, mais à ce point… Dès que je prends une initiative sous la couette, ses yeux sortent de leur orbite, il chuinte comme une cocotte-minute et, à la fin des festivités, il me regarde fixement comme s'il cherchait comment déposer le modèle.

De deux choses l'une, soit je ne me rends pas compte de mes talents (ça me désole, mais j'en doute), soit jusqu'ici il n'a couché qu'avec des mollusques à grosse tête. Le souci, c'est que chaque pelle creuse l'écart entre nous. Alors que je commence tout juste à me sentir concernée, il tombe amoureux à la vitesse d'un piano lâché du cinquième étage. Il voudrait qu'on se voie tous les jours, m'envoie des textos qui mériteraient le Goncourt et s'il ne m'a pas encore acheté une brosse à dents et présentée à ses potes, c'est seulement parce qu'il est assez intelligent pour se contrôler.

Ça, pour être intelligent, il l'est, et gentil et passionné par son métier de créatif dans une grosse agence de pub : un véritable piège à miel pour une fille qui cherche à se caser... seulement, pardon de saloper la fête, mais je trouve qu'il manque d'insolence et de légèreté. Il faut badiner avec l'amour, surtout au début, sinon qu'est-ce que ce sera dans dix ans ?

J'ai eu le malheur de sortir ça à Léa alors qu'on dînait ensemble. Elle m'a regardée, longuement, et m'a demandé :

— Tu veux mon avis ?

— Ça dépend...

— Le seul problème de Quentin, c'est Solal.

J'ai joué l'étonnée (qui ?!).

— Tant que tu l'auras pas revu, tu pourras rien construire avec Quentin.

— Tu crois ?

— Non : *tu* crois.

J'ai fait une petite grimace genre « t'as p't-êt' bien raison ». Elle a levé les yeux au ciel, puis les a baissés sur la carte des desserts. J'avais son soutien tacite, il ne me manquait plus qu'un rendez-vous avec l'intéressé... ou le désintéressé, selon.

2 février

TAKE A WALK ON THE « WILDE » SIDE Oscar Wilde affirme que « la meilleure façon de résister à la tentation, c'est d'y céder ». Qui suis-je pour le contredire ? J'ai donc relancé Solal qui m'a invitée à bruncher dans son QG à Bastille. J'ai profité des dernières soldes pour acquérir une robe chaude (dans tous les sens du terme) et suis allée au rendez-vous sans en informer Quentin pour des raisons évidentes de dissimulation.

Solal fumait sous un chauffage de la terrasse, emmitouflé dans un gros blouson en cuir. J'ai chaloupé vers lui à m'en coller un lumbago. Ça n'a servi à rien puisqu'il était en train d'écrire un texto. J'ai presque été obligée de m'asseoir sur ses genoux pour qu'il me remarque.

Il a fait signe au serveur de venir prendre notre commande rapidement. Il était ailleurs, pressé que ça se termine, comme si j'étais sa cousine de Valenciennes. La partie a donc pris un tour inattendu – avantage Quentin – jusqu'à ce que Solal s'explique : son meilleur ami venait d'apprendre que sa meuf le trompait avec son prof de développement personnel. Il avait décidé de déménager dans l'heure et avait demandé à Solal de l'aider. Soulagée, j'ai abattu ma carte « je suis une fille toute simple et pleine d'énergie » en lui proposant de l'accompagner.

Malgré les six étages sans ascenseur et le copain écœuré qui a repris tout ce qui lui appartenait (même les bougies à moitié fondues et l'énorme machine à laver), on a ri et on s'est effleurés autant qu'on a pu. J'ai découvert que Solal avait le don de ne rien prendre au tragique et que, même en sueur, il sentait bon. À la fin de la journée, j'avais des fesses de cycliste et une folle envie de l'embrasser. Je pense que lui aussi, mais amitié oblige, il a dû passer sa soirée à écouter son copain remâcher sa douleur.

Dès le lendemain, il m'a envoyé un texto :

RDV aujourd'hui 17h

Suivi d'une adresse. Le temps de mentir à la costumière que je devais voir et j'ai rappliqué, ventre à terre. Il n'était pas là, mais la déception a été de courte durée. Il m'avait réservé trois heures de soins et de massages dans un spa pour me remettre du déménagement.

Jeu, set et match pour Solal.

7 février

RUPTURE EN ATTENTE Restait à en informer Quentin. Le hic, c'est qu'il était parti à Londres pour le boulot. Il ne rentrait pas avant vendredi et, malheureusement, je ne pouvais pas rompre par téléphone. À en croire les copines, c'était passible de la correctionnelle. Par mail, n'en parlons pas. Le pire étant par texto (quand j'ai évoqué cette possibilité, Sophie m'a menacée d'avertir la Cour pénale internationale). Il fallait donc que j'attende vendredi soir pour passer en kit mains libres.

11 février

LA FIN JUSTIFIE LES MOYENS J'ai eu du mal à choisir le lieu pour quitter Quentin. Ni chez lui, ni chez moi. Je ne pouvais décemment pas le débarquer de ma vie en gobant des cacahuètes, puis me lever et partir… surtout si c'était chez moi (tu claqueras la porte en sortant). J'ai rapidement éliminé le resto. Pour finir le repas dans une ambiance de veillée mortuaire, merci bien. Le cinéma ? C'était tentant, mais je me suis vue lui chuchoter « c'est fini », puis me barrer en faisant se relever toute la rangée. Bref, après réflexion, j'ai opté pour le bar du coin à l'happy hour. Pour l'argumentaire, je m'en suis remise à l'inspiration du moment. J'ai eu tort.

Lorsque Quentin est arrivé, il rayonnait. Le bonheur de me retrouver, je ne voyais que ça et croyez-moi, c'était triste à voir. Il m'a longuement serrée dans ses bras. Quand on a enfin fini par s'asseoir, je pensais avoir fait le plus dur. Là, les yeux brillants, il s'est assuré que je lui réservais bien ma journée de mardi.

— Mardi ? Qu'est-ce qu'il se passe mardi ?

— Bah c'est la Saint-Valentin !

J'ai ravalé ma rupture et dégluti avec difficulté.

15 février

MAUDITE SOIS-TU, SAINT-VALENTIN ! Je me suis longtemps demandé quelle impression ça faisait de larguer son fiancé le jour du mariage. Est-ce qu'on se sentait sale ou soulagée ? Aujourd'hui, je dirais que c'est un mélange des deux. En tout cas, c'est ce que j'ai ressenti mardi dernier en quittant Quentin le jour des amoureux : un bien-être coupable. On venait de se retrouver dans un café près de la gare Saint-Lazare où il m'avait donné rendez-vous en jubilant (culpabilité). Je n'avais qu'une envie, être avec Solal qui m'avait invitée le matin même à dîner chez lui (bien-être). J'étais en face de Quentin comme on est en face du vide, un élastique aux pieds, sur le point de faire le grand saut. L'heure tournait et je n'arrivais pas à me décider. Pourtant, il fallait que ça sorte parce que de son côté il m'expliquait qu'on allait prendre le train. Pas besoin de me faire un schéma : un rendez-vous près de la gare Saint-Lazare, ça puait les embruns des plages de Normandie. Si je ne réagissais pas, on allait finir la journée à chabada-bader à Deauville. J'ai pris ma respiration et j'ai sauté.

Quand Solal m'a ouvert la porte de son appartement, le téléphone à l'oreille, j'ai tout de suite su que quelque chose n'allait pas. En même temps, je n'ai aucun mérite, il tirait la gueule. Décidément…

Il m'a fait vaguement signe d'entrer sans interrompre sa conversation :

— Mais je sais bien maman, mais qu'est-ce que tu veux ? C'est pas nouveau : c'est un connard, c'est un connard !

Je me suis faite toute petite dans le canapé du salon. Apparemment, on pouvait continuer à collectionner les connards après trente-cinq ans, et encore plus apparemment, les chandelles de notre dîner venaient de tomber à l'eau. C'est con, c'était sympa chez lui, je m'y serais bien baladée nue. Il a raccroché et m'a dit que sa mère arrivait. J'ai clairement entendu claquer les trois petits points dans le silence qui a suivi.

— Je suis désolé, m'a-t-il quand même lâché.

— Non, mais c'est pas… c'est rien, ça arrive.

Je me suis levée pour partir. Sur le pas de la porte, il m'a embrassée. C'était inattendu, charnel, excitant… puis il m'a dit qu'il me rappellerait et a refermé la porte. Je suis restée debout sur le paillasson, les bras ballants, avec le cœur qui battait jusque dans les lèvres. Il ne m'a jamais rappelée. C'est là que Britney Spears a commencé à chanter dans ma tête :

I'm addicted to you
Don't you know that you're toxic…

25 février

SEXY BLOOD Alors que je faisais sauvagement l'amour avec Solal sur une plage de Bora Bora, mon iPhone a bipé. Je me suis réveillée en plein milieu de la nuit, en hiver, dans ma chambre en bordel. Rien de tel pour voir le lit à moitié vide. J'ai cherché mon portable à tâtons. Texto de Nadia... Elle venait de donner naissance à un petit Archibald... L'émotion m'a chopée par surprise. Nadia, ma Nadia venait d'être sacrée maman.

Le lendemain, à la maternité, je l'ai trouvée dans son lit, molle d'amour et de fatigue. Son fils dormait dans ses bras, la bouille minuscule écrasée contre son sein, esquissant des micro-sourires de bouddha bourré. Je me serais écoutée, j'aurais fait un enfant dans la seconde. Malheureusement pour la démographie, je l'ai écoutée, elle...

Au commencement, il y avait eu les contractions, de plus en plus fortes et de plus en plus rapprochées comme si tout son corps interprétait la musique des *Dents de la mer*. Quand elle en était à vomir de douleur (on saura tout), son homme et elle sont partis en catastrophe, mais pas en taxi puisque aucun n'a accepté de les prendre. Se sont ensuivies vingt minutes de marche avec la sensation sûrement un peu déstabilisante d'avoir les viscères qui explosent. Arrivés sur place, la maternité était tellement pleine que des femmes gémissaient dans les couloirs. Ils ont donc pris un ticket comme à la boucherie. Son mec avait beau lui broyer la main pour faire diversion, Nadia croyait décéder toutes les quatre minutes. Le premier examen a révélé une ouverture à deux, un score ridicule qui ne donnait même pas le droit à la péridurale. Trois heures d'agonie plus tard, l'anesthésiste est enfin venu accomplir son miracle et Nadia a pu comater jusqu'à ce que son col soit déboutonné à dix. Deux sages-femmes ont alors remonté leurs manches, son mec a réajusté sa charlotte et les premiers « POUSSEZ » ont retenti.

Ça, pour pousser, elle a poussé, et pas seulement des hurlements. Elle a poussé à s'en faire péter tout le système veineux (je ne me souvenais pas d'avoir demandé tous ces détails), mais le petit refusait de sortir. Un docteur est alors arrivé avec des forceps. L'effet de la péridurale s'étant dissipé dans la bataille, Nadia a ressenti le supplice du poulet qu'on désosse (par pitié, épargne-moi les images). Et tout à coup, le petit Archibald est apparu et la détresse a fait place à une béatitude hébétée.

— Franchement, Marion, y a pas de mots, a-t-elle conclu en embrassant le front de son fils.

J'imagine… Je trouve juste dommage qu'elle en ait eu pour me raconter tout le reste.

3 mars

LE 06 À SUPPRIMER Conseillée par l'alcool, j'ai renvoyé un texto à Solal.

Conseillée par la nuit qui a suivi, j'ai regretté.

9 mars

UN DERNIER POUR LA DÉROUTE Il était un foie mal en point… Vendredi dernier, Babeth a poussé la porte de la Pomponette et plongé dans l'ambiance déjantée de ce bistrot montmartrois. Un grand mec lui a aussitôt sorti le grand jeu. Ils ont ri en descendant des verres de rouge comme des pipes à la foire. Ils ont ri en sortant fumer dans le froid. Ils ont ri en dansant sur « La Isla Bonita ». Ils ont ri tant et si bien qu'elle a oublié de dîner. Vers 2 heures du matin, il lui a proposé de venir chez lui. Elle l'a suivi sans hésiter, même pas pour la forme.

Elle s'attendait à une garçonnière qui sentait le linge humide et le steak poêlé, pas du tout, il vivait dans un appart rangé et décoré. Tout est bien qui commençait bien, donc. Seul hic, elle avait la tête qui tourbillonne et la langue en plâtre. Prétextant une envie pressante, elle s'est isolée dans la salle de bains, s'est passé de l'eau sur le visage, a inspiré, expiré, a mangé du dentifrice… rien à faire, elle avait bu la bouteille de trop.

Elle a donc décidé dans son faible intérieur de rentrer chez elle. Seulement son hôte l'attendait déjà assis sur le bord du lit (en caleçon et en condition).

— Tant pis, s'est-elle dit, en voiture Simone…

Elle s'est déshabillée, l'a enfourché comme un cheval de manège et s'est mise à l'embrasser. Ça tournait tellement vite à l'intérieur et à l'extérieur de sa bouche que, tout à coup, elle s'est plaquée contre lui et a vomi la mer Rouge sur son dos et sa couette blanche.

Comment passer de la Isla Bonita à la Isla Vomita…

Elle s'est relevée, ruisselante de honte et s'est confondue en excuses. Retour à la case salle de bains. Quelques minutes plus tard, il est venu mettre ses draps à la machine sans même la regarder. Elle s'est empressée de lui laisser la place. Quand elle l'a entendu entrer sous la douche, elle a fait cette chose atroce, mais ô combien défendable : elle s'est rhabillée à la vitesse du photon et elle s'est barrée.

Malheureusement, quand ça veut pas, ça veut : à la fraction de seconde où la porte s'est refermée, elle s'est rendu compte qu'elle avait oublié son sac à l'intérieur. Elle a trépigné, s'est tapé sur le front, a hurlé en silence et… a sonné. Pas de réponse. Il devait être en train de se frotter le dos au tampon Jex. Elle a attendu, attendu et a sonné à nouveau. Une serviette autour de la taille, il a ouvert la porte et lui a tendu son sac. Elle l'a remercié les yeux baissés, a même essayé de... mais crac, il avait déjà refermé la porte. Fin de l'histoire.

Voilà. C'est affreux à dire, mais ça me rassure de savoir qu'en amour, il n'y a pas que moi qui trinque... avec le verre de trop... Toujours pas de réponse de Solal à mon texto de poivrote.

19 mars

SIGNES AVANT-COUREURS... DE JUPONS Sans nouvelle de l'amour, j'ai accepté de dîner en tête à tête avec un ami de ma fournisseuse officielle de tocards (Sophie, toujours, on ne change pas une équipe qui gagne). Cette fois, elle m'avait vendu le mec comme ouvert et fantaisiste, et c'est en effet avec beaucoup de fantaisie qu'il est arrivé avec ses sacs de courses (du Destop et des rouleaux de PQ, il y a vraiment des gens qui ne s'emmerdent pas avec le romantisme) et qu'il a descendu ses trois vodkas-pomme, la quasi-totalité de la bouteille de vin pendant le dîner, son cognac et le mien. À part ça, on s'est découvert des tas de points communs, autant de signes qui auraient dû me pousser à l'embrasser (au risque de choper une cirrhose fulgurante), mais je ne me laisse plus avoir par les signes.

Comment ai-je atteint ce degré de sagesse bouddhique ? Laissez-moi remonter le cours du temps tel un saumon de Norvège.

À vingt ans, une tarologue m'a dit que l'homme de ma vie s'appellerait « Bertrand ». À l'époque, j'étais serveuse et le seul « Bertrand » que je connaissais était un vieux postier pinté à la Leffe du matin au soir. Autant vous dire que je n'y ai prêté aucune attention, jusqu'à ce que, quelques années plus tard, je sois frappée par la foudre en arrivant dans une soirée. Je ne vais pas engraisser plus longtemps le suspense, l'élu s'appelait Bertrand. Le souci, c'est qu'il n'avait pas qu'un prénom, il avait aussi une femme et un petit garçon. J'allais fuir, mais imaginez ce qu'il restait de mes principes quand j'ai su qu'il s'appelait Michau comme moi (véridique, je le jure sur le dernier catalogue Louboutin).

J'en ai pris pour deux ans de baises mémorables avec un homme marié, d'attentes éternelles et de promesses en toc. Bertrand Michau… Aujourd'hui, j'ai beau regarder sous mon lit, derrière mon rideau de douche, dans ma penderie : rien à faire, il ne fait plus partie de ma vie. Alors pardon, mais les signes, à d'autres.

J'ai laissé l'ami de Sophie vaciller sur le trottoir et j'ai sauté dans un taxi. Dommage, on avait tellement d'affinités, mais en amour, on sait comment ça se termine quand on conduit bourré : on finit toujours par perdre tous ses points communs.

22 mars

HAPPY BEURK'S DAY Hier, c'était mon anniversaire. Je dis ça en toute modestie, je n'ai jamais pris ce jour au sérieux. Petite, je le fêtais en même temps que Milou, mon arrière-grand-mère. On partageait le gâteau et l'attention. J'ai pris le pli de ne pas avoir vraiment de fête à moi et allez repasser un pli d'enfance… Aujourd'hui, je ne crache pas sur quelques textos et un coup de champagne, mais la grosse fête où on me sourit comme si j'étais incurable, les cadeaux que je vais devoir aller changer, sans compter, ou plutôt si, en comptant l'année en plus, merci, sans façons.

Imaginez ma tête quand, hier, quelqu'un a sonné à ma porte à 8 h 30. Cette année, les emmerdes s'étaient levées de bonne heure. J'ai ouvert et me suis retrouvée nez à nez avec un clown, un vrai, avec le visage maquillé, la coupe afro et le babygros multicolore. Il a entonné « joyeux anniversaire ». Je me suis crue dans un Stephen King. Debout sur mon paillasson, le regard étrangement fixe, il avait un bouquet de ballons dans une main et un paquet dans l'autre. À la fin de la chanson, il m'a refourgué le tout, puis a tourné les talons de ses grosses chaussures et a descendu l'escalier avec la grâce d'un plongeur en palmes.

Après avoir bien galéré pour rentrer les ballons et refermé ma porte, j'ai déballé le cadeau. C'était un costume de Wonder Woman accompagné d'un petit mot anonyme. Ma mission, si je l'acceptais, était d'enfiler cette tenue (déjà le défi était de taille... 36). À 20 h 30, une voiture passerait me chercher. Pour m'emmener où ? Retrouver qui ? Batman ? On n'était même pas amis sur Facebook.

Douze heures plus tard, j'étais devant mon immeuble, les deux poings sur les hanches, en bustier rouge et jupette bleu électrique. Faites miroiter une surprise à une fille et voilà le résultat... Une Mercedes s'est arrêtée. Gandalf en est sorti (ça commençait vraiment à n'avoir ni queue ni tête), m'a bandé les yeux, m'a installée à l'arrière et a redémarré. Non seulement je n'ai pas moufté, mais je l'ai même aidé à positionner le foulard : l'écrevisse qui saute toute seule dans la casserole. Une vingtaine de minutes plus tard, il m'a aidée à descendre, m'a guidée en me tenant le bras et a fini par m'abandonner dans le noir, sur un sol qui tanguait imperceptiblement. J'ai retiré le foulard. Hurlement général ! Tous mes potes s'étaient déguisés et réunis sur une péniche. Mention spéciale pour Babeth dont la tenue de Catwoman devait nécessiter un permis de port d'arme... J'ai eu droit aux sourires niais et aux cadeaux vomitifs, mais ce n'est pas si insoutenable, finalement, d'être la reine d'un jour.

Pour la petite histoire, Loïc m'a appelée ce matin. Il a fini la nuit dans le lit de Superman. Il paraît que sa réputation est très surfaite.

31 mars

TRANSPORT AMOUREUX On avait calé un dîner de louves chez Babeth. Mercredi dernier, j'ai donc acheté une bouteille de rouge et sauté dans un bus bondé. Alors que je m'apprêtais à faire tout le trajet, debout, ballottée dans des effluves de fin de journée, un mec s'est levé et m'a proposé sa place.

Heu... plaît-il ?

Soit il avait de graves problèmes de vue, soit j'avais de graves problèmes de poids. J'ai refusé avec un petit sourire (sous-titré « je ne suis pas enceinte et je t'emmerde »), puis je me suis retournée et j'ai jeté un coup d'œil à mon ventre. Peut-être que mon pull me boudinait un peu, mais franchement, il n'y a pas de quoi crier « poussez madame ». Le mec m'a tapoté l'épaule... ?! J'ai répété en durcissant le ton :

— C'est très gentil, mais ça va, merci.

En plus d'être aveugle, il devait être sourd puisqu'il s'est effacé pour me laisser le passage comme si ça n'était vraiment pas raisonnable de rester debout dans mon état.

MAIS QUEL ÉTAT ?! JE NE SUIS PAS ENCEINTE, BORDEL !

Le bus s'est arrêté. Les portes se sont ouvertes. Le mec est alors passé devant moi et m'a glissé à l'oreille :

— Dommage, je vous trouvais tellement jolie que j'avais envie de vous offrir quelque chose.

Et il est descendu, sans plus de cérémonie (même pas une petite cérémonie de mariage). C'est affreux, je n'avais pas pensé une seule seconde qu'il essayait simplement d'être galant.

Ça nous a fait le dîner : maintenant que les codes de séduction ont changé, que les filles ne passent plus leur après-midi à jouer à colin-maillard dans des jardins en fleurs, pendant que les hommes partent à la guerre, épée et sexe en avant, maintenant que tout est chamboulé, que les mecs changent les couches et que les femmes sont des gladiateurs en robe, maintenant que les vagins monologuent et qu'on peut commander son prochain amour sur Internet, admettons-le une bonne fois pour toutes : on est paumés. On ne sait tellement plus qui doit faire le premier pas qu'on se marche dessus.

6 avril

SCRIPT-GIRL Aujourd'hui, on a mis en boîte les premières scènes du thriller psychologique que je prépare depuis des mois. Ça va se tourner entre Paris et Dreux. C'est l'histoire d'un mec qui, après trente ans de prison, cherche à retrouver la trace de celui qui l'a balancé. Le réal est passionné, l'équipe extra, avec le printemps qui revient, je la sens très bien cette aventure.

17 avril

LA PERFECTION AU MASCULIN Très bien, tu parles ! La vie m'a tendu un piège ! Pourtant, avec les années, c'est devenu impossible de me coincer : je ne me bourre plus de gâteaux apéro à une soirée raclette, je ne sors plus avec un mec qui vient de rompre, je ne fête plus jamais le beaujolais nouveau, je ne pars plus en vacances seule avec des couples (surtout s'ils ont commencé à procréer), je n'essaie plus de rentrer dans du 36 juste avant un rendez-vous, je n'utilise plus de graisse à traire et surtout, no zob in job, JE NE FAIS PLUS JAMAIS L'AMOUR À L'ENDROIT OÙ JE MANGE ! Dans mon métier, c'est pas facile pourtant, je suis presque toujours la seule meuf au milieu d'une meute de techniciens virils et affamés, les tournages se font souvent à l'étranger, loin de tout, mais j'essaie de m'y tenir (un simple baiser qui tourne mal et tu le payes cash sur le plateau pendant des semaines).

Sauf que là, je n'ai rien vu venir ! Le chef op m'a invitée à boire une bière après la dernière prise de la journée. Une bière ! C'est inoffensif une bière ! En plus, c'est vraiment une proposition de technicien à technicienne ! Il m'aurait proposé une coupe, encore bon, mais une bière ! J'ai dit oui.

La porte du café s'est refermée derrière nous comme la trappe d'un piège à ragondin. J'ai bu, j'ai ri, j'ai bu, j'ai ri et paf, je me suis retrouvée chez lui. Je ne m'attendais tellement pas à finir la soirée en beauté que je n'étais pas épilée. Un vague « j'reviens » et me voilà dans sa salle de bains à tout retourner pour trouver un rasoir. Rien, à part un rasoir électrique, bruyant et approximatif. Minibarbe de mes deux ! Putain de mode ! Merci Édouard Baer !

Les minutes s'égrainaient comme des heures. Il devait se demander ce que je faisais, mais je ne pouvais tout de même pas me faire des tresses sous les bras et sortir en chantant « Frida Oum Papa » !

J'ai fini par trouver un Gillette jetable qui devait dater de son premier duvet. J'ai tenté un rapide passage sans me déshabiller, mais ce vieux truc rasait comme un décapsuleur ! J'ai rajouté de l'eau savonneuse et ça a fini par le faire ! Ouf ! J'ai tendu la main pour attraper la serviette pendue à côté du miroir. Mauvaise manip' : son flacon d'*Habit Rouge* a explosé dans le lavabo. Alarmé par le bruit, il est entré sans frapper. Notre histoire a pris fin à l'instant où il m'a trouvée au milieu de sa salle de bains vandalisée, trempée et à moitié nue… mais pas à moitié à poil, l'honneur est sauf.

20 avril

LE RETOUR DE LA BOULETTE Je n'aurais définitivement pas dû faire une entorse – avec déchirement de ligament – au principe de non-coucherie au boulot. Le chef op a passé la semaine à m'éviter. On peut le comprendre : qui s'introduit chez les gens pour saccager leur salle de bains ? J'avais racheté un flacon d'*Habit Rouge* dès le lendemain (en 100 ml, on ne recule devant aucun sacrifice), mais je ne trouvais pas l'occasion de le lui offrir sans attirer les ragots.

J'ai fini par m'installer dans un café en bas de chez lui, boire deux Coca Zero le temps de pondre un petit mot et suis allée déposer le tout sur son paillasson.

Je m'apprêtais à repartir quand sa femme de ménage est arrivée. Elle m'a gentiment proposé de mettre le paquet dans l'entrée pour qu'on ne le vole pas. J'ai accepté et, attention connerie en approche, je lui ai demandé si je pouvais utiliser fissa les toilettes (cf. les deux Coca). Le chef op est rentré alors que j'étais toujours sur le trône.

À la simple idée de sortir de là, j'ai cru m'évanouir de honte. Si ça n'avait pas aggravé mon cas, j'y serais encore. La tête qu'il a faite quand il m'a vue sortir laissera à vie une auréole jaunâtre sur mon amour-propre.

24 avril

THRILLER PSYCHOLOGIQUE J'ai essayé de lui expliquer (ah ah ah), mais il a pris ça comme une « profanation de son intimité » (tout de suite les grands mots). Je passe donc mes journées le nez dans mes notes à rêver que ce tournage se termine.

30 avril

CARPE THAT FUCKING DIEM ! Ce matin, je me suis levée avec la gorge à feu et à sang. Heureusement qu'on ne tournait pas aujourd'hui parce que quelqu'un avait remplacé mes amygdales par des oursins (il y a vraiment des gens pervers). Si je n'agissais pas rapidement, j'allais passer le week-end à agoniser en pyjama. Direction la salle de bains. Ouverture de la boîte à pharmacie. Farfouillage. J'ai sorti cinq plaquettes vides avant de trouver un cachet de Doliprane 1000 (un de ces énormes comprimés conçus par le vétérinaire d'une réserve africaine, je ne vois que ça). Une gorgée d'eau et une grimace plus tard, j'avais gobé le médoc telle l'éléphante moyenne et m'étais recouchée.

Au second réveil, j'ai le regret de vous dire que ça n'allait pas mieux. Ma salive avait un goût de verre pilé. Retour à la boîte à pharmacie. Pastilles, sirop, suppo, j'étais prête à endurer tous les châtiments corporels pour retrouver une gorge souple, me faire couler un café et m'allumer une clope. Au milieu des crèmes périmées et des restes d'antibiotiques, je suis tombée sur des pipettes d'un médicament bien dégueu, bien amer, mais très efficace contre le mal de gorge. Il fallait le mettre sur un morceau de sucre... Je n'en avais plus. Le sort s'acharnait avec une insondable sauvagerie. Alors que je m'apprêtais à descendre la pipette à jeun et sans anesthésie, mes yeux se sont posés sur un paquet de chamallows. Quelle riante alternative ! J'ai fait un trou au milieu d'un rose, vidé l'extrait de je-ne-sais-plus-quoi dedans et enfourné le gros bonbon tendre.

C'est après avoir bien mâché et presque avalé le tout que je me suis rendu compte qu'il se passait une drôle de réaction chimique dans ma bouche. Au contact du médicament, le chamallow se transformait en plâtre à prise rapide ! Mes dents collaient, ma respiration sifflait ! Toute ma tuyauterie allait se boucher ! J'ai vu le moment où j'allais louper la fin du film ! Les yeux écarquillés, j'ai couru vers l'évier. De raclement de gorge en crachotements, j'ai réussi de justesse à ne pas épouser le destin de Claude François qui est mort assez connement, faut reconnaître. Je vous épargne la suite, fil dentaire et compagnie, sachez juste que j'ai frôlé la mort (olé !) et que ça m'a paru l'excuse rêvée pour rappeler Solal.

JE SAIS ! Ça n'a aucun sens. Il ne m'a pas « mis des vents », non, à ce niveau-là, le mec a installé la climatisation dans ma vie, mais c'est de ma faute si la France aime tellement Belmondo ? Je ne peux pas passer une semaine sans voir son visage dans un magazine ou sur un écran de télé ! Du coup, moi, forcément, je connecte ! Je me dis que Solal est quelque part, avec sa belle gueule et sa grosse bouche qui devrait être là, à m'embrasser. En plus, il est hyper talentueux et je n'ai jamais su résister à un homme brillant, je suis attirée comme un papillon (en moins éphémère manifestement).

4 mai

EN MAI, FAIS-TOI QUI IL TE PLAÎT... OU PAS
Ma gorge va mieux, pas mon ego. J'ai laissé un message bien racoleur sur le répondeur de Solal. Il n'a pas daigné me rappeler. Tant pis pour lui, il pleurera le jour où je me trouverai un mec (moi aussi d'ailleurs). En attendant, j'en avais marre d'avoir la vie sexuelle d'une palourde. J'ai dégainé mon iPhone, appelé Elsa, mon iCopine au pedigree ultra hype et l'ai convaincue de m'accompagner/me faire rentrer au Montana. J'ai enfilé une minirobe, des talons de douze et j'ai sauté dans un taxi.

Je suis arrivée à Saint-Germain-des-Prés en même temps qu'elle. Tel un brise-glace, on a fendu la foule agglutinée devant la boîte et Elsa a claqué la bise à la physio pendant que je regardais mes pompes.

On n'avait pas fait trois pas à l'intérieur que ma Zaza avait déjà embrassé douze fils de pub. Il allait falloir que je travaille mon indépendance si je ne voulais pas passer la soirée à décorer l'arrière-plan. Je suis allée au bar commander une piscine et suis descendue dans la cave voûtée. Des mannequins en stilettos ondulaient nonchalamment sur le dance floor. Mon regard a alors croisé celui de Julien Vincent. Tiens ? Il m'a souri. Je lui ai souri. Il m'a sur-souri. J'ai regardé ailleurs. Fin du premier round.

On s'est retrouvés au bar alors qu'on avait tous les deux bu une piscine olympique. Il était spécialement beau, comme ça, au milieu de la nuit parisienne, avec ses grands yeux gris et son sourire de prédateur.

— On se connaît d'où déjà ?

— Du film d'Aggiage. J'étais scripte.

— Ah, mais ouais, bien sûr, pardon, j'imprime pas bien les gens.

— Pas de problème. J'ai pas de mérite, en même temps, c'est mon métier d'imprimer. En plus, toi, bon, c'est facile.

— Toi aussi c'est facile, t'as un beau visage.

Preuve qu'il était très, très bourré, mais ça m'a quand même flatté l'encolure. J'aurais adoré rester moi-même, mais dès qu'il ouvrait la bouche, c'était plus fort que moi, je riais de tout mon blanchiment dentaire. Ça m'agaçait d'ailleurs. J'avais bossé avec lui, je l'avais vu galérer sur des scènes, faire des caprices de diva, arriver le matin avec des crottes au coin des yeux. J'aurais dû être vaccinée, mais non, il restait Julien-Vincent-le-comédien-connu.

— Ça te dit qu'on baise ?

— Je… excuse-moi, j'ai pas…

— Ça te dit qu'on baise ?

— Ah oui, c'est ça. Alors… heu… non, merci, c'est sympa, mais ça va pas être possible.

C'est sympa, mais ça va pas être possible ?! Qu'est-ce qu'il m'a pris ? Trois jours après, le mystère reste entier. Je suis célibataire, c'est le moment ou jamais d'accumuler les faits d'armes, mais non, au lieu de ça… C'EST SYMPA, MAIS ÇA VA PAS ÊTRE POSSIBLE ?!

MORUE !

J'ai dû penser qu'il était *out of my league*. À moins que… non, j'ose à peine le formuler… Il serait trop toxique pour moi ?

C'est Léa qui va être contente !

12 mai

LE FESTIVAL DE CANNES, C'EST PARTY ! Le road-movie lesbien sur lequel j'avais bossé l'année dernière était sélectionné à la Quinzaine des réalisateurs. Direction le Festival de Cannes. Les scriptes y vont rarement, mais le thriller était fini, j'avais envie de m'aérer la tête et j'espérais un peu recroiser Julien Vincent (il n'y a que les connes qui ne changent pas d'avis, les connes et les filles de moins de trente-cinq ans).

J'ai bu des litres de champagne, je me suis lavé les mains à côté de Natalie Portman, je me suis sérieusement demandé si Fellini était fellinien en tirant sur un pétard avec des gars de Canal+, j'ai dit « c'est kubrickien » dès que l'occasion s'est présentée, j'ai pris l'ascenseur avec Woody Allen (#lechocdemavie), j'ai monté les marches dans l'indifférence générale, j'ai vu plein de films dont certains étaient nettement kubrickiens, j'ai claqué des bises à tout mon CV, bref le seul truc que je n'ai pas fait, mais alors pas fait du tout, c'est coucher avec Julien Vincent qui n'était même pas à Cannes.

Je considère donc que je peux encore me vanter auprès de Léa.

21 mai

SIZE DOESN'T MATTER Ça y est, ça m'est arrivé, moi aussi je vais pouvoir rire en poussant mes copines du coude : j'ai couché avec un micro-pénis ! Je pensais que c'était une légende urbaine, pas du tout, ça existe (comme on reconnaît l'existence de la nano-bactérie par exemple). Patience, je vais flashbacker, mais d'abord, rappelons que je suis une fille sensible qui a fait « humain » première langue. La souffrance d'autrui me bouleverse, la preuve : je vais changer le prénom de Mister Micro-Bite. Je l'appellerai Cousin Charlie en hommage aux *Minipouss*. Rappelons aussi que je cherche sérieusement l'homme de ma vie, mais là, c'est pas de ma faute monsieur le juge, il avançait masqué.

Je l'ai rencontré samedi dernier pendant un week-end copains à la campagne. J'arrivais de Paris avec le poulet grillé. Il prenait l'apéro dans le jardin. J'ai embrassé tout le monde, déposé la volaille dans la cuisine et, tout de suite après, je me suis mise à glousser dehors en gobant des olives. C'était une des premières belles soirées de printemps, avec le soleil qui tarde à se coucher, le fond de l'air hyper doux, les verres de vin, les clopes. Ça partait trop bien, j'aurais dû me méfier.

Je plaisais à Cousin Charlie. Ça se voyait comme le nez au milieu de la figure (nez qu'il avait d'ailleurs assez grand, le fourbe). Ce soir-là, on s'est couchés tôt et séparément, malgré l'esprit du sexe qui planait au-dessus du *Trivial Pursuit*. Le lendemain, j'ai pris soin de passer la journée à moitié nue au soleil. De son côté, il s'est appliqué à parler de lui, toujours en bien et toujours assez fort pour que j'entende. Après un barbecue très arrosé, on est tous rentrés se finir au *Trivial* (si t'aimes te faire humilier, tape dans tes mains). J'ai gagné, ou plus exactement, en dépit de ma présence, mon équipe a gagné.

Cousin Charlie m'a alors confié qu'il était inconsolable d'avoir perdu.

Inconsolable ? Vraiment ?

La dernière lampe de chevet éteinte, je me suis glissée dans sa chambre. On s'est sautés dessus comme deux babouins sous GHB, puis il m'a poussée sur le lit et s'est occupé de moi merveilleusement. Quand le moment est venu de lui renvoyer l'ascenseur et d'appuyer sur le septième ciel, mes caresses ont pris la direction de son Dim Confort. D'une main, j'ai franchi la barrière de l'élastique et là, stupéfaction... Ground Zero dans le calecif ?! En d'autres termes, quelqu'un avait chouré l'obélisque de la place de la Concorde ! À force de tâtonner dans les poils, j'ai quand même fini par trouver un truc assimilable à un sexe (ou à un doigt, selon le degré de concentration). Mon insubmersible libido a alors percuté l'iceberg de la déception et s'est mise à couler. Je n'avais plus qu'une solution : basculer en mode simulation.

Une fois le programme « oh oui » enclenché, j'ai pu affronter la longue succession de positions. Son visage déformé par le plaisir ne m'évoquait qu'une seule chose : le syndrome du membre fantôme.

Le problème avec la simulation, c'est que ça donne une idée assez fausse de ce qu'on ressent vraiment. Depuis cette nuit, Cousin Charlie est persuadé d'avoir enfin trouvé chaussure à son pied (pieds qu'il a d'ailleurs assez grands, mais on ne va pas revenir là-dessus). J'essaie de rompre gentiment, mais son tout petit doigt me dit que ça ne va pas être facile...

29 mai

MICROCOSMOS Ça ne s'arrangeait pas avec Cousin Charlie. Pour vous donner une idée, si Scarlett Johansson et Jennifer Garner s'embrassaient devant lui, il atteindrait péniblement huit centimètres. Selon le principe des vases communicants, j'avais donc un big maous problème. On ne largue pas le Sexe Invisible, pas sans raison (une raison présentable j'entends). J'aurais pu inventer n'importe quel obstacle-à-notre-amour, mais j'ai séché et me suis retrouvée coincée avec lui. Attention, il était très sympa, et intéressant, et plutôt beau gosse, mais je ne pouvais décemment pas rester avec un mec qui n'avait pas passé le contrôle technique... si ? Sur mon épaule droite, un angelot gazouillait des banalités sur le respect de l'autre et le pouvoir de l'amour. Sur la gauche, un diablotin brandissait sa fourche de huit centimètres en ricanant. J'avais sérieusement besoin de conseils.

Je suis allée boire une bière en terrasse avec Tim et Loïc. Des années d'expériences sur le terrain ! Je pensais qu'ils allaient me sortir un petit guide de survie en territoire hostile ! Au lieu de ça, ils se sont montrés relativement nuls à ce truc d'amitié gay : après avoir bien rigolé à mes frais, ils ont commencé à se disputer le serveur. Le lendemain, j'ai déjeuné avec les louves. Elles ont toutes défendu le bonhomme et son sexe de poche, même Babeth :

— C'est pas l'outil qui compte. C'est l'artisan. Tout le monde sait ça !

Mouais, filez un couteau à beurre à un tailleur de pierre et commandez-lui une statue de Priape, vous allez voir le résultat... Mais bon, hier, j'étais presque convaincue de donner une chance à Cousin Charlie. Je me demandais juste comment on allait soulever des montagnes avec un si petit bras de levier, mais j'étais prête à essayer... jusqu'à ce que j'aille dîner chez Nadia.

Quand je suis arrivée, elle baignait Archibald. Je n'aurais jamais dû le voir tout nu. Ça m'a glacée... C'était à peine plus petit.

Fin de la polémique.

J'ai quitté l'artisan le lendemain.

3 juin

SEX FEET UNDER Ça y est, battez tambours, sonnez trompettes, Léa a enfin dit « oui » à Antoine ! Je n'en reviens toujours pas ! Cette fois, il avait carrément loué une chambre à l'hôtel Amour et fait péter la « Bee my love » de Chaumet : le mec qui n'abandonne jamais, c'est d'ailleurs ça qui a convaincu Léa. Avec un partenaire comme ça, le vent pouvait souffler, souffler, souffler, leur amour n'était pas près de s'envoler.

De mon côté, ça m'a donc émuuuuue... jusqu'à ce que je réalise que je devais m'occuper d'organiser son enterrement de vie de jeune fille. J'ai tout de suite compris que ça allait être une galère monumentale.

Ça a été pire que ça.

Comptez :

— 344 mails pour réussir à géolocaliser dix meufs au même endroit, au même moment.

— 172 appels pour confirmer à l'oral ce qui a déjà été entériné à l'écrit.

— 27 heures de connexion Internet pour trouver une meilleure idée que la vente de feuilles de

PQ dans la rue déguisée en mariée supplément chantilly.

— 7 changements de dernière minute.

— 3 annulations.

— 1 ulcère.

En tant que MC (Meilleure Copine), la réussite de cette journée reposait tout entière sur mes épaules. Comme Léa a toujours pleinement détesté le sport, pas question d'accrobrancher, même le hammam me semblait trop physique. J'ai donc opté pour un plan de vol simple : un pique-nique aux Buttes-Chaumont, suivi d'un après-midi bronzette et bavardages. Un petit karaoké là-dessus, et hop, toutes pour une et chacune chez soi ! La journée ne mériterait pas un timbre commémoratif, mais qu'importe ? On était là pour se poiler un peu, pas pour révolutionner l'histoire des loisirs en France.

L'eau a coulé sous les ponts de mai et nous nous sommes toutes retrouvées pour inhumer la vie de jeune fille de Léa, ou du moins ce qu'il en restait après onze ans de vie commune (un vibro caché dans sa boîte de collants). On s'est postées à l'entrée du parc avec nos paniers-repas. Quand elle est descendue du taxi, j'ai vu briller dans ses yeux quelque chose qui m'a terrifiée : l'excitation. De toute évidence, elle était prête à plonger dans une spirale d'alcool, de luxe et de luxure… Mon taboulé maison n'allait pas suffire.

À partir de ce moment-là, j'ai passé chaque seconde à transpirer pour lui organiser sa putain de *bachelorette party* en live. Alors qu'elle pique-niquait joyeusement, j'enchaînais les coups de fil, planquée derrière un arbre pour dégoter une limousine. Alors qu'elles profitaient toutes de la balade, accoudées au toit ouvrant, je suppliais un pote de détacher sa péniche pour nous offrir une croisière sur la Seine. Alors qu'on passait sous le pont des Arts au coucher du soleil, je me battais discrètement avec ma 4G pour dénicher un resto. Pareil dans les toilettes du Mama Shelter pour trouver une boîte sexy. C'est bien simple, j'ai commencé à me détendre quand un chippendale a agité son string à cinq centimètres de son visage. Léa est rentrée chez elle à sept heures du matin dans un état de bonheur et d'ébriété totalement inespéré.

12 juin

SSSSKRITCH Les lecteurs assoiffés de poésie risquent d'être un peu déçus par ce chapitre. Je m'apprête à parler de débroussaillage de maillot. Désolée, mais on se connaît trop maintenant pour que je vive ça sans vous en parler : cette semaine, je me suis fait épiler intégralement. J'avais l'impression de me trimballer avec une chatte has been, ça me démoralisait. Du coup, j'ai demandé à mon esthéticienne de faire vivre à mon mont de Vénus le sort de la forêt amazonienne.

Babeth m'avait dit :

— Tu vas voir, c'est mythique, tu vas découvrir de nouvelles sensations !

Et en effet, j'ai découvert la douleur quand Corinne a commencé à faire parler la cire. Et la honte quand elle m'a demandé de me mettre à quatre pattes. Et l'humiliation quand elle a fini le travail à la pince à épiler.

Il a fallu que je me rhabille, que je paye et que j'achète un pull ravissant pour aller mieux. En marchant dans la rue, en passant devant des cafés, en croisant des mecs pas mal, j'ai même commencé à trouver ça excitant. Je me sentais provocante et impudique… jusqu'à ce que je baisse ma culotte devant le miroir de mon dressing.

Ça n'est pas le côté « petite fille » qui m'a choquée, non, c'est le côté « vieille fille » au contraire. Ces petites lèvres en papier crépon rose pâle qui faisaient tristement la moue, ça m'a fendu le cœur. Qu'est-ce qui m'avait pris de virer la déco ? Je voulais qu'on me rende mon triangle de poil, cette jolie petite pointe de flèche qui indiquait élégamment l'entrée du terrier d'Alice !

Évidemment, le soir même, j'avais rendez-vous avec un mec rencontré au fumoir du Mama Shelter. Il y avait eu un échange de 06 alcoolisé. Rien de transcendant, mais on ne sait jamais. Quelle conne… C'était vraiment pas le jour pour tenter des expériences… Je suis allée sur Internet et j'ai tapé « est-ce que les mecs aiment le maillot intégral ». Il paraît que 12 % des hommes préfèrent. J'ai trouvé ça ridiculement peu. J'ai donc appelé mon *date* et prétexté beaucoup de boulot pour repousser le dîner de deux bonnes semaines (en disant « repousser », entre nous, je ne pensais pas qu'au rendez-vous). À sa réaction, j'ai su que je ne le rappellerai jamais : le mélange déception-suprise a donné chez lui un précipité de colère, il m'a limite raccroché au nez.

Retour au miroir : je comprends mieux pourquoi les esthéticiennes déconseillent l'épilation intégrale et définitive, genre POUR LA VIE… Imaginez les ravages que doivent causer les attaques répétées du temps et de la gravité sur cette zone délicate.

Perso, je me préfère sauvage et libérée avec la chatte de Janis Joplin.

22 juin

LA MUSIQUE ADOUCIT LES MEUFS Quand Aristote a déclaré « la musique adoucit les mœurs », il n'a visiblement pas vu venir la Fête de la musique et ses hordes de Serial Singers qui envahissent les rues, branchent leurs grosses baffles et se mettent à brailler. Dans ce vaste bordel, qui pense à adoucir les mœurs ? Personne, à part un joueur de flûte de pan à la maison de la Bolivie.

L'année dernière, le laisser-aller général m'a sauté aux yeux. Je rentrais chez moi au petit matin. Paris sentait le surmené. Les trottoirs étaient aussi sales qu'après une tempête de touristes sur une plage de la Costa Brava.

Cette année, je m'étais donc juré de passer la soirée avachie en pyja-pilou dans mon canapé, entre la télécommande et une tablette de chocolat. J'étais vraiment décidée à bouder cette grande partouze musicale, et puis le 21 juin s'est pointé en tenue de fête. Impossible d'allumer ma radio ou ma télé sans entendre parler pop, zouk, rock, raï, house, klezmer, salsa, flamenco... Pire encore, de la rue montait une rumeur. La routine était en train de se révolter ! Paris était devenu une gigantesque boîte à musique remontée comme un coucou ! Tout le monde allait se mettre à tourner joyeusement, tout le monde sauf moi, coincée entre ma télécommande et mon chocolat à 516 calories les 100 grammes. Tant pis pour les mœurs, en mon âme et inconscience, j'ai voté « non » à la mollasserie et j'ai appelé les louves.

Elles avaient décidé de passer la soirée dans un bar de Belleville. Je les ai rejointes. La bière pression sentait l'œuf pourri et les murs des toilettes étaient couverts de pensées profondes (gorges profondes). Je ne voyais pas bien l'intérêt.

— L'intérêt arrive, m'a chuchoté Babeth avec gourmandise.

Quatre Adonis sont alors montés sur la microscène. Le plus vieux devait avoir dix-huit ans. Le plus moche devait faire des pubs pour Hugo Boss. Comment devenir cougar en trois chansons... J'ai dû me retenir de ronronner. Quand le chanteur m'a montrée du doigt en lançant : « Un jour j'irai à New York avec toi », j'ai eu très envie de « toute la nuit déconner ». À la fin du concert, Babeth a planté ses griffes dans les reins du guitariste. Pas le temps de feuler qu'ils s'embrassaient déjà. Au lieu de bondir sur ma proie moi aussi, j'ai voulu discuter. Connerie. Mon beau chanteur m'a dit :

— Pendant tout le concert, je t'ai téma, t'as vu ?

— Oui, oui…

— J'étais en bad, j'me disais : « 'tain on va pas s'capter, elle va se vessau avant la fin, j'vais trop avoir le seum ».

— Le ?

— Le seum…

— …?

— La haine quoi.

— Ah…

Après ça, je n'ai plus vu que son menton imberbe et son gros bouton sur la tempe. Ça a provoqué un court-circuit dans ma tête et mon désir s'est éteint. J'ai fini ma bière fétide, salué mon Lolito, mes louves et suis allée retrouver le grand Paris surmené (tournant peut-être le dos à une nuit multiorgasmique… Pas LOL).

30 juin

PROFIL CONDUCTEUR Éva de « Éva et Fred » est enceinte, or Éva et Fred se sont connus par Internet il y a moins d'un an. Impact de l'affaire : hier soir, je me suis inscrite sur un site de rencontres.

Jusqu'ici j'étais contre par principe. C'est vrai quoi. Avant, les gens se contentaient de la réalité, cette dimension où les femmes sont plus grosses et les hommes plus chauves. Maintenant, ils chaussent leurs lunettes de diamantaire et s'enfoncent dans le virtuel, le visage déformé par l'exigence. Bref, j'étais « anti » à mort, mais mon célibat galopant nécessitait un nouveau traitement.

J'ai ouvert mon ordi.

À côté de l'inscription, l'escalade de l'Everest, c'est le Mont-Saint-Michel en tongs.

Le parcours du célibattant débute par un obstacle quasi infranchissable : le choix du pseudo. Dire que j'ai commencé naïvement par « Marion75 » (bleubite au rapport). Après m'être creusé les méninges à la pelleteuse, j'ai fini par taper « blabliblo ». Sachez que ce pseudo existe déjà (? !) et que le site suggère, sérieusement j'imagine, « blabliblo_ag_287 ». C'est vrai, c'est facile à retenir et puis « ag », ça donne bien envie. Je ne vous dirai pas ce que j'ai finalement choisi pour des raisons de confidentialité (et d'embarras).

Ce cap Horn franchit, j'ai rempli des pages et des pages de QCM (Questions à Choix Métaphysiques). J'ai eu l'impression qu'on passait ma personnalité au peigne à poux. Il faut se connaître par cœur. Visualiser, par exemple, comment on sera dans cinq ans (sachant que « vivant » n'est pas proposé) et comment les autres nous perçoivent. Moi, sortie des impôts, je ne sais pas comment on me perçoit. J'ai coché « exceptionnelle », ça ne peut pas faire de mal. Tout est passé au scanner : taille, poids, âge, salaire, tempérament sexuel, religion, sports, sorties, loisirs (celle qui choisit « échecs » a intérêt à se faire bien comprendre)… Une fois que je me suis livrée en bloc, j'ai dû définir comment je voyais le couple (d'un bon œil) et décrire mon idéal masculin, de la couleur de ses cheveux à la forme de ses ongles de pieds.

Alors que je croyais être au bout de mon calvaire, un grand malheur s'est abattu sur moi : j'ai dû illustrer mon profil (comme je suis aussi photogénique qu'une choucroute, j'ai galéré considérablement). Ultime épreuve : rédiger mon annonce d'accueil. Le site conseille l'humour. Après ce trek intérieur, il ne m'en restait plus beaucoup. J'ai donc simplement fait comprendre que je cherchais l'âme sœur, mais que l'âme demi-sœur m'intéressait aussi. Maintenant ? Eh bien j'attends, mais avec tout ce que j'ai rempli, j'ai un peu peur de rencontrer Mario Michau.

6 juillet

RETOUR DE FLAMME Avis à tous ceux qui n'ont pas encore tenté l'expérience du site de rencontres : c'est addictif. Il y a même un risque considérable de dépendance spontanée. Les premiers jours, je me suis nourrie exclusivement de biscottes et j'ai frôlé la conjonctivite. Des centaines d'hommes qui montrent leur meilleur profil, il y a de quoi perdre la raison, le nord et la tête, alouette. Cela dit, quand on regarde les photos à deux fois et qu'on examine un peu les fiches techniques, les têtes ne tournent plus, elles tombent. Entre l'Amicale des dépressifs, l'Union des laids de France et le Club des analphabètes, je n'ose pas vous décrire ce que j'ai vu (et ce, malgré la poutre que j'avais dans l'œil).

Et puis le temps des échanges est venu. Là, j'ai eu droit à un petit assortiment, du clébard qui remue la queue à chaque phrase, au geek abonné à *Nolife Magazine*. Je ne trouvais pas mon bonheur, jusqu'à ce qu'un certain appaloosa75 me contacte. Le côté « cheval amérindien » bon... mais à part ça, bonne gueule, bon esprit : bonne nouvelle. Au bout de quelques mails, je lui ai demandé son numéro pour opérer un voice-checking. S'il hennissait connement de rire, j'allais nous éviter une fausse joie. Une demi-heure plus tard, j'étais fixée... comme le rendez-vous du lendemain. Appaloosa (alias Jean-Tof, restons donc sur Appaloosa) bossait à Bastille. Je lui ai proposé de le voir au QG de Solal. Une partie de moi (pas la plus maligne, vous êtes prévenus) espérait d'ailleurs l'y croiser.

Je suis arrivée en retard pour esquiver l'attente végétative au comptoir. Appaloosa connaissait cette ruse de Sioux, évidemment, il était donc plus à la bourre que moi. J'ai commandé un kir pour occuper mes mains et tourner le dos à la rue. Plutôt crever que de dévisager chaque mâle, comme une chienne qui espère son maître. À mi-verre, on m'a tapoté l'épaule (c'est pas trop tôt), je me suis retournée en souriant et... intérieurement, j'ai poussé le cri de Munch. Solal me faisait face, beau comme un dieu, fort comme un homme. Je me suis accrochée à tout ce qu'il restait de solide en moi pour lui dire bonjour.

— Salut Marion ! Qu'est-ce que tu fais dans mon quartier ?

— ... Je viens de rencontrer un réal qui habite rue de la Roquette... juste derrière.

— Ah ouais ? Qui ?

Merde, j'avais oublié que je parlais à un comédien.

— Un réal... heu... Je peux pas trop t'en parler, c'est pas sûr-sûr encore, tu vois, c'est... Et toi ? Ça va ?

— Moyen. Ma mère a quitté mon beau-père, du coup elle est venue habiter chez moi. J'avais décroché un super-rôle dans une série, mais finalement, ils ont pris quelqu'un d'autre... bref, sale période. D'ailleurs pardon, tu m'as envoyé un texto, non ?

— ... Ah bon ?

— Je crois bien, ouais.

— Peut-être, je sais plus... T'es pas à Avignon cette année ?

— Si, je suis revenu à Paris faire une voix de pub, mais j'y retourne. T'y vas toi ?

— Ah bah... oui, j'arrive le week-end prochain, en fait.

Et tout en disant ce gros mensonge, j'ai réalisé que l'Amérindien allait débarquer et m'accoster timidement, comme seul le ferait un rencard Internet ! Genre : « C'est toi Marion ? Salut, moi, c'est Jean-Tof. » L'humiliation à la puissance « Solal » ! Dans la panique, je vous préviens, j'ai mal agi... Je suis partie. Voilà, c'est dit.

Le soir même, je me désinscrivais du site de rencontres et je réservais un aller simple pour Avignon. Sur mon épaule, mon diablotin fredonnait :

You're toxic I'm slipping under
With a taste of a poison paradise
I'm addicted to you
Don't you know that you're toxic.

2

ADRIEN

14 juillet

UNE PIÈCE EN UN ACTE… MANQUÉ Je l'ai fait, j'ai pris mon billet comme une fucking mendiante de l'amour. Arrivée à Avignon, les emmerdes ont commencé aussi sec. Le comédien qui devait m'héberger avait conclu la veille avec sa partenaire de jeu. Dommage collatéral : je n'étais plus la bienvenue dans son studio. À peine descendue du train, je pataugeais donc déjà dans l'eau de boudin. Évidemment, tous les hôtels étaient pris d'assaut par les festivaliers. Je suis même allée jusqu'à quémander une paillasse dans le dortoir d'une auberge de jeunesse, mais tout ce que le festival comptait de cracheurs de feu et de jongleurs de rue était passé avant moi.

Abandonnée de tous, j'errais dans les rues pavées, tirant ma grosse valise sous un soleil écrasant. Aux terrasses, les gens déjeunaient à 16 heures en buvant du rosé. Les filles riaient en robes légères. Les mecs flânaient en tongs et bermudas. C'était l'été, l'insouciance, les vacances…

pour tout le monde, sauf pour moi. J'étais prête à retourner voir mon pote et lui proposer mes services comme porte-chandelle quand une soubrette porno-chic m'a sauté dessus :

— MARION ! T'ES LÀ ! J'ADOOOORE LE CONCEPT !

J'ai mis quelques secondes à retrouver où allait cette pièce dans le gigantesque puzzle de ma mémoire (le film d'Alexandre Regniault, il y a deux ans, le rôle de l'infirmière, séquences 22, 23 et une apparition muette à la séquence 87).

— Tu te souviens pas de moi ?

— Si, si, très bien... Viviane, c'est ça ?

— Ouais ! Tu vas bien ? T'es toujours scripte ? T'es sur un film en ce moment ? Ah bah non, je suis con puisque t'es là ! T'es en vacances, non ? Moi, je joue dans une pièce ! C'est à 19 heures, tu veux venir ?

La meuf en haut débit... Elle m'a donné un tract qui m'a mise très mal à l'aise, le genre : « Ma belle-mère, mes couilles et moi » au Pétomane Théâtre.

— Je te mets une place ?

— Écoute... heu... je suis un peu en galère là. Pour tout te dire, j'ai pas d'endroit où dormir donc je ne peux pas trop...

— Quoi ?! Attends, mais dors à l'appart. Il y a encore un clic-clac dans le salon !

C'était une fausse blonde au rire exaspérant, mais, franchement, qui regarde la couleur de son gilet de sauvetage ?

Solal dans tout ça ? Eh bien, il jouait dans LA pièce du off à voir absolument. Il n'aurait pas pu défiler en tomate et occuper le créneau de 17 heures au Pétomane, non, il fallait qu'il joue du Bertolt Brecht à la Manufacture. Mon désir allait encore faire des saltos arrière. J'aurais pu l'appeler directement, mais je préférais la jouer détachée genre « t'enflamme pas, mon grand, je suis juste venue voir ta pièce ». J'ai dû patienter trois jours avant d'avoir une place.

Quand je l'ai enfin vu sur scène, je me suis liquéfiée malgré la clim. J'avais prévu de le saluer après, mais en le voyant si beau, si doué, si émouvant, si vrai, j'ai eu un doute : l'attendre à la sortie, à sept cents kilomètres de chez moi, ça ne faisait pas un peu teckel nain ? Je lui avais dit que je venais, mais tel un fruit pourri, ce doute a gâté tous mes autres sentiments. Si bien qu'à la fin, je me suis enfuie avec une seule idée en tête : tout faire pour le rencontrer « par hasard ».

18 juillet

CAPTAIN SURDOUÉ Quand Viviane a proposé de m'héberger, je ne m'attendais pas à atterrir dans un appartement de deux cents mètres carrés rempli de comédiens. Ça allait de la dépressive qui était là pour vomir son « one-woman-choc », au gay luron qui récitait du Koltès au petit-déjeuner, en passant par le queutard qui ramenait chaque soir une Miss PACA différente. Ajoutez à ça un couple de vieux comédiens qui se déchiraient et des hectolitres de vins en cubi et vous comprendrez que, rapidement, mon cerveau a eu du mal à retrouver ses neurones.

Heureusement, mon objectif se trouvait bien au chaud dans mon cœur (ami de la mièvrerie bonjour, c'est gentil de nous rejoindre) : je voulais croiser Solal « par hasard », mais j'avais beau sillonner la ville sous le cagnard, rien. Quand la vie a envie de vous emmerder, on doit reconnaître qu'elle y met les moyens. Encore aujourd'hui, je ne comprends pas comment c'est possible : j'ai patrouillé autour de son théâtre, traîné dans la rue des Teinturiers, organisé des rondes de jour, de nuit, je ne l'ai même pas entraperçu !

J'étais prête à revoir nos retrouvailles à la baisse (l'attendre sagement à la sortie de sa pièce) quand Viviane m'a demandé d'enfiler son uniforme et tracter à sa place. Elle avait trop bu la veille, c'était au-dessus de ses forces. Vu qu'elle m'avait sortie de la rue, je pouvais difficilement lui dire non. Une heure plus tard, j'étais sur le pavé, déguisée en femme de chambre de film X (vive les vacances culturelles). Et, bien entendu, c'est à ce moment précis que Solal s'est matérialisé devant moi, avec son chapeau, sa clope et sa gueule d'amour.

— Ah, Marion ! Ça faisait longtemps que je ne t'avais pas vue à poil, ça me manquait !

— J'espère bien. Comment ça va ?

— Bien, bien, mais tu vas pas t'en sortir comme ça. C'est quoi cette tenue ? T'es comédienne maintenant ?

— Du tout, je donne un coup de main à une copine.

Vous noterez que j'avais beaucoup plus d'assurance (des heures d'entraînement dans ma tête avant de m'endormir).

On s'est mis à tracter ensemble, ce qui était absurde vu nos pièces. C'était comme s'il vendait des Rolls Royce et que moi, derrière, j'essayais de refourguer mes queues de renard pour le rétro. Il a même distribué mes tracts en faisant rire tout le monde, à commencer par moi.

Ensuite, on est allés boire un verre place des Corps-Saints (plus pour longtemps, espérais-je). L'esprit des vacances a aussitôt réintégré mon corps. Je n'ai jamais autant aimé que quelqu'un se penche pour attraper l'huile piquante. Pourquoi je m'étais pris la tête ? C'était tellement évident entre nous.

Tellement évident que… Tiens, je ne l'ai pas déjà vue quelque part cette fille qui s'avance vers nous ? Ah mais oui, bien sûr, elle joue avec lui dans la pièce. C'est… À l'instant où elle l'a embrassé sur la bouche, j'ai eu envie de pleurer comme une gamine.

30 juillet

SEA, SEX AND FUN ! Ce que je préfère chez moi, en dehors de ma modestie, c'est ma faculté à rebondir. Quand j'ai un chagrin, crac, je chiale un bon coup pour nettoyer le plan de travail et je me remets aussitôt à émincer des petits bonheurs. Là, c'est Babeth qui m'en a donné l'occasion : elle nous avait dégoté un plan pas cher pour partir une semaine au Club Med d'Otrante, dans le sud de l'Italie ! Le club était interdit aux enfants ! On allait pouvoir faire des tas de trucs d'adultes irresponsables !

Jusqu'ici j'avais une vision très darladidadadesque des clubs : village de cases rénové en 84, GM franchouillards et GO nous poursuivant avec leur trident dans le but avoué de nous embrocher. Du coup, en arrivant, je n'ai pas posé mes valises, elles me sont tombées des mains : site superbe, piscine à débordement avec vue sur la mer, parc luxuriant, crique de catalogue… Partout le mot « VACANCES » clignotait en bold, caractères 69 ! Le soir même, la White Party a donné le coup d'envoi d'une semaine de rêve.

Le jour, tout n'était qu'ordre et beauté, luxe, calamars et volupté. L'humidité me faisait une coiffure de Black Panthers, mais qu'importe ? On passait nos après-midi à lézarder au soleil. Ma principale dépense musculaire : soulever mes lunettes pour mater les fessiers partant kitesurfer. Quand le chef d'animations est venu nous proposer de faire du fitness, je l'ai regardé comme s'il nous suggérait de transporter des sacs de ciment. Il n'a pas insisté. C'est le bonheur des clubs *freestyle*, nous, c'était plutôt le style thermidor (homard thermidor).

De crazy signs en crazy nights, on a vite compris les limites d'une chambre pour deux.

Il suffisait de se pencher (de préférence en robe d'été) pour ramasser un homme. Babeth en a profité pour étudier les mérites comparés d'un Grec, d'un Suisse et d'un Italien. Alors qu'elle tombait dans le domaine public, moi je tombais amoureuse (pas de très haut, rassurez-vous)...

La première fois que j'ai vu le *bellissimo* Gianni, il dansait sur les Black Eyed Peas. J'ai eu un feeling : « *tonight's gonna be a good night* ». Ça n'a pas manqué – le sixième sens féminin –, deux heures plus tard, on faisait *l'amore* sur la plage (chose que je ne recommande pas du tout en temps normal. Là, il se trouve que ça s'est très bien passé, mais uniquement parce que le *beach fucker* avait pensé au paréo et qu'il connaissait parfaitement le coin. En général, on est derrière une pile de transats, cachés comme des lapins qui ont mis leur tête derrière leur écuelle, et en moins de deux minutes, la salive de l'un croque sous la dent de l'autre. Du coup, on se dit qu'on ferait mieux d'aller se baigner (youpi, un peu d'aqua-sutra), seulement dans l'eau glacée, monsieur turgesse beaucoup moins, forcément. On retente son coup très tard dans la nuit, mais la plage grouille d'ados bourrés à la bière, on a froid, on est stressés, on n'arrive pas à jouir derrière nos transats, ça dure, ça dure, ça dure. Résultat : entre les frictions, le sel et le sable, la meuf passe le reste du séjour avec un oursin dans la culotte). À proscrire, donc, sauf si vous rencontrez Gianni.

Pendant les trois jours qu'a duré notre passion, on a eu le temps de s'aimer, de s'engueuler (en pseudo-anglais) et de se réconcilier (en mélangeant nos langues). On s'est quittés en échangeant nos adresses. Depuis, pas de nouvelles, mais je suis tellement bronzée et détendue que ça ne m'atteint pas. En puis « ce qui se passe derrière les Alpes, ne doit-il pas rester derrière les Alpes ? » *Dixit* Babeth qui a dit ça d'à peu près tous les coins de la planète.

2 août

L'EFFET BOOMERANG DU YOLO[1] J'étais au téléphone, avachie dans mon canapé, les cheveux rassemblés en chignon banane écrasée. Il faisait une chaleur de salopard malgré toutes les fenêtres ouvertes. En m'éventant avec un couvercle de Tupperware, je débriefais à Léa ma semaine au Club Med. Depuis qu'elle avait dit « oui » à Antoine, tous ses petits plaisirs étaient broyés par la machinerie lourde des préparatifs. Du coup, elle buvait ce cocktail de sexe et d'insouciance avec avidité. Du même coup, j'en rajoutais sur la transparence de la mer, la finesse du sable et la vigueur du sexe de Gianni. Tant et si bien que je me suis mise à penser à lui. Jusque-là, je ne l'avais pas regretté une seconde (pas plus que je n'avais pleuré, le matin, en entrant dans ma cuisine parce qu'il

1. YOLO : *You Only Live Once*.

n'y avait pas de gigantesque buffet), mais le vent était en train de tourner et il rabattait vers moi des effluves envoûtants de *bello ragazzo*. Normalement, j'aurais pu compter sur Léa pour me ramener sur terre à la vitesse constante de quatre vannes/seconde. Là, cette petite garce jetait du monoï sur le feu. J'en étais à lui dire que, quand même, il habitait à deux mille kilomètres, quand on a sonné à ma porte.

Tiens ?

Je suis allée ouvrir et là, bug dans la matrice, Gianni était sur mon paillasson ! Je n'ai pas cherché à comprendre : j'ai envoyé valser Léa pour être tout à lui ! Avec le recul, j'aurais dû faire l'inverse.

D'abord, très vite, j'ai lu dans ses yeux qu'il me trouvait moins appétissante qu'en paréo, la peau huilée et les cheveux défaits (vrai, mais horriblement vexant). Ensuite, il m'a semblé moins grand que lorsqu'il jouait à domicile. Et cette petite carte d'Italie en plaqué or qui pendouillait à son cou, c'était nouveau ? Et ces sandales à scratchs… Comment j'avais pu laisser passer ça ?! À peine entré, il s'est jeté sur moi. Cette vigueur que je trouvais torride au soleil m'a brusquement évoqué un documentaire sur la violence conjugale. Je lui ai proposé un verre pour faire diversion.

— *Si, vodka, per favore.*

À 15 heures ? J'en ai conclu que sa descente festive cachait un problème de boisson. Il s'est assis dans mon canapé, les jambes bien écartées, et il a attendu que je lui serve sa dose. Il aurait eu la télécommande à portée de main, je le perdais pour la soirée. J'ai essayé de discuter, mais il avait visiblement mieux à faire avec ma cuisse. En moins de dix minutes, il s'était révélé goujat, beauf et macho : le tiercé perdant.

J'ai tenu une journée – soit trois parties de jambes en l'air barbares et tout un resto en anglo-chiant – et je lui ai fait comprendre que notre amour ne survivrait pas à la réalité. Ne serait-ce que le présenter à mes amis... Impossible ! Ça reviendrait à porter, à une avant-première, cette robe verte aux motifs hawaïens que j'avais trouvée pourtant tellement sympa dans la boutique du club. Gianni est donc reparti dans ses Pouilles natales. C'est rude, mais bon, c'était un amour de vacances, UNE HISTOIRE SANS LENDEMAIN... Il ne connaissait pas la chanson ou quoi ?!

13 août

ESPACE DES TENTES Je pensais que ce serait sympa de rester à Paris au mois d'août. Encore une grande idée... Les infos commençaient à parler de canicule et je séchais sur pied. Il fallait que je prenne le large et, si possible, le grand large. Babeth était descendue voir ses parents à Bordeaux, Léa se débattait toujours avec la préparation de son mariage, quant à Tim et Loïc, ils étaient à Berlin, coincés dans une boucle temporelle soirée-after-soirée. Il ne restait plus que Sophie et son mec, mais étais-je désespérée à ce point ? Il faut croire que oui, puisque je les ai rejoints au camping de Trifouillis-les-oies-sur-Mer.

J'appréhendais beaucoup les vacances sous toile, a fortiori avec un couple de sportifs impénitents.

— Ne loue rien sur place, m'avait dit Sophie, notre tente est hyper grande.

C'est marrant comme tout est relatif. Moi, je l'ai surtout trouvée hyper petite pour trois personnes, dont une fille qui se couche à 22 heures (elle), un mec qui ronfle (lui) et une meuf qui avait très envie de faire la fête (moi).

Le soir de mon arrivée, ils ont étalé une carte de la région sur la table pliante. Ils avaient tracé en rouge les chemins de randonnée. J'ai hésité à défaire discrètement une cordelette de leur barnum pour aller me pendre dans la pinède. Heureusement, au loin, on entendait les basses de la discothèque. Tout n'était pas perdu.

Je suis allée me coucher ou plutôt me ranger sur mon matelas gonflable, entre ma valise et la cloison en nylon. Toute la nuit, j'ai rêvé que j'étais enfermée dans une yourte mongole, encerclée par des fêtards à tête de moustique.

Au réveil, j'avais un torticolis jusque dans les reins et l'œil tuméfié par une piqûre. J'ai péniblement mis le nez dehors. Sophie m'a saluée, fraîche comme la rosée, prête à fouler de la caillasse toute la journée. Les lois de l'amitié sont impénétrables… Elle m'a servi un café, m'a expliqué où étaient la piscine, la buvette et la plage, puis elle est partie rejoindre son mec. Qu'était-il allé faire si tôt ? Secourir une méduse ?

Jour après jour, j'ai quand même réussi à trouver mes marques. Mer le matin, lecture sous les arbres après le déjeuner, petite douche à 16 heures pour éviter de patauger dans l'ADN de tout le camping, ensuite l'apéro venait vite, un dîner là-dessus et hop, à la yourte. J'ai bien essayé de me faire des amis, mais à chaque fois que j'engageais la conversation, ça partait sur l'absence de balayette dans certaines toilettes, la propreté du pédiluve, le peu de places au spectacle du soir, le soleil sans thermostat ou l'eau qui mouille (« ça, un quatre étoiles ? Ils vont m'entendre sur Tripadvisor ! »). Je me suis donc mise en mode avion et j'ai survolé les premiers jours sans turbulences. Je lisais, fumais, observais l'humanité en bob, regardait l'heure sur mon iPhone… J'avais réussi à me convaincre que je passais les vacances idéales, quand un des animateurs du club enfant est venu m'inviter à boire un verre. Vous m'auriez vue bondir de mon transat, à côté, Ingrid Betancourt a quitté les FARC en promettant d'écrire des cartes postales.

19 août

BACK TO THE FUTURE La vie m'a donc servi Matt sur un surf d'argent. Animateur du club enfant/mannequin Quiksilver, Matt c'est une DeLorean trafiquée : tu montes dedans, tu retrouves tes quinze ans.

Il m'a offert un verre à la buvette et mes vacances ont basculé. C'est limite si je ne me suis pas remise à crapoter en buvant des malibu-ananas. Ses potes s'appelaient évidemment Mika et Jicé, ses copines étaient toutes des Miss Camping en puissance et tout ce petit monde régnait sur le terrain de beach-volley et le dance floor de la discothèque. Et moi, Marion Michau, l'adolescente ingrate de quinze ans et demi, j'intéressais le beau gosse de la bande ! Les mille bouddhas du ciel m'avaient enfin entendue : j'étais Bébé dans *Dirty Dancing* ! !! Autant vous dire que Matt n'a pas eu à repousser les limites de son imagination pour m'embrasser. Il n'a eu qu'à baisser les yeux et viser ma bouche qui lui souriait bêtement vingt centimètres plus bas. Il m'avait entraînée à l'écart, derrière les douches. J'étais tellement en régression que c'était comme si le sexe n'existait pas, comme si tout était là, dans ce baiser.

Ensuite, il m'a pris la main et on est allés retrouver les autres. Des gamins, je vous dis ! Pink Fanny est devenue ma meilleure amie. On a ricané et dansé toute la nuit. À chaque regard, la tension montait entre Matt et moi. À 5 heures, on a quitté la boîte (« Salut Jean-Fi, à demain ») et il m'a ramenée jusqu'à ma tente. Je crevais d'envie de l'inviter à entrer, mais mes parents… heu Sophie et Fabian se réveillaient dans une heure. Comme Mika et Jicé avaient levé deux Allemandes, sa tente aussi était überoccupée. Alors, on s'est juste embrassés dans l'odeur des pins, au petit matin, et il est parti « dormir un peu sur la plage avant d'aller bosser » (coooooool).

Les derniers jours, j'ai revécu mon adolescence en accéléré : ma première fois, beaucoup mieux que la vraie, ma première cuite, tumultueuse, et mon premier chagrin d'amour, sur le quai d'une gare... mais je ne pouvais décemment pas remonter à Paris en DeLorean. Ça n'aurait jamais tenu la route.

22 août

BUCKINGHAM FADASSE Paris Gare de Lyon, terminus de mon train. J'ai eu froid en descendant sur le quai, ça m'a flingué le moral. Fini les maillots de bain, les sandales, les paréos, les petites robes d'été... C'est pas une valise que j'ai chargée dans le coffre du taxi, c'est le cadavre de mes vacances. Ça tombait bien, notez, Léa avait besoin de mes larmes pour l'essayage final de sa robe de mariée.

En la voyant apparaître tel un ange blanc, ça n'a pas loupé : j'ai failli me moucher dans sa traîne. Dans le métro qui me ramenait chez moi, je me suis repassé mentalement le *Best of* de notre adolescence. Étrange coïncidence : le même jour, Anna, ma corres' anglaise, me demandait comme amie sur Facebook.

La dernière fois que je l'avais vue, j'avais quinze ans, mais vraiment cette fois. À l'époque, Léa et moi ne reculions devant rien : concerts dans la fosse, bière en pinte, soirée jusqu'à 2 heures du matin, on était lancées comme des billes de flipper. Imaginez le tilt qu'a provoqué en nous l'annonce de notre prof d'anglais : toute notre classe allait passer une semaine à Londres chez l'habitant !

GROOVY BABY !

À nous les friperies de Camden Town, les pubs branchés de Soho, la plongée dans le sexe, la drogue et le rock'n'roll ! Malheureusement, ma famille d'accueil ne l'entendait pas de cette oreille. Je l'ai compris dès le paillasson : *God save the queen*. Le père avait l'excentricité d'un plat de *beans* et la mère faisait collection d'objets à l'effigie des Windsor. Quant à la fameuse Anna, triste excroissance de ce couple mortifère, elle n'avait rien de tendance (mis à part sa peau à tendance acnéique).

Léa, elle, avait eu la chance de tomber chez des parents démissionnaires qui laissaient leur fille s'habiller comme une prostipute et sortir jusqu'à l'aube. J'aurais donné mon Discman extra-plat autoreverse pour être à sa place. Pendant qu'elle écumait le Londres underground, j'assistais à la relève de la garde, à la cérémonie des clés à la Tour de Londres et à ma lente décomposition. Je devais réagir. À noter : je pleure sur commande (un talent de société qui m'a presque autant servi que ma faculté saisissante à simuler l'orgasme), donc un matin, au-dessus de mes crumpets, vlan, les grandes eaux. *My parents* me manquaient *too much*. Il fallait *absolutly* que je voie *my best friend*.

Affolement général. L'info est remontée jusqu'à ma prof qui m'a autorisée à finir le séjour dans la famille de Léa !

YEAH BABY YEAH !

Le soir même, on traversait une zone industrielle pour rejoindre une énorme soirée dans un entrepôt désaffecté. J'ai rarement autant ri, bu et dansé que pendant ces trois derniers jours à Londres. Faits marquants : j'ai embrassé le frère de la corres' de Léa. Il était assez laid, mais à l'étranger, les hommes c'est comme les peluches de fête foraine, ils doivent beaucoup à l'ambiance.

Retour à ma page Facebook. Anna : non, ignorer. Inutile de prendre le risque. Et puis, aujourd'hui, je suis libre de faire ce que je veux… d'ailleurs, ça se voit : je fais n'importe quoi.

7 septembre

CAUCHEMAR EN CHAIR ET EN NOCES Le mois d'août tirant à sa fin, j'allais devoir reprendre du service. Un réalisateur avait fait appel à moi pour l'accompagner dans une nouvelle aventure : une série en douze épisodes pour Canal+ intégralement tournée dans une maternité. C'était marrant, émouvant, cruel parfois, j'étais sûre qu'il allait en faire quelque chose de bien. J'avais bossé sur son premier film, le mec était jeune, doué, en parfaite santé mentale, non, vraiment, j'étais hyper contente qu'il m'ait rappelée. Bonus appréciable, le tournage allait avoir lieu en banlieue parisienne. Je n'allais donc pas me geler les miches au fin fond de la Pologne en hiver ou cuire au Maroc en été (scripte et sédentaire deux ans de suite, *call the Guinness*). On n'en était encore qu'à la prépa, mais bon, le boulot avait quand même commencé et ce qu'il y a de terrible avec le boulot, c'est que ça empiète sur le temps libre, mais alors, ça empiète en passant par la Lorraine avec ses sabots. Or, du temps libre, j'en avais besoin de sabliers entiers.

On était à une semaine du mariage de Léa et Antoine, la météo prévoyait un temps magnifique, l'élaboration des plans de table n'avait fait aucun mort, Léa entrait encore dans sa robe, bref tout le monde était prêt, sauf moi (pour changer). Je n'avais ni mon cadeau, ni mon discours. La cigale ayant baisé tout l'été, elle allait se trouver fort dépourvue quand la bise devant le maire viendrait. Motif de ce retard inqualifiable : qu'est-ce qu'on offre quand on est témoin de sa meilleure amie ? Un spectacle de pyrotechnie ? La reconstitution d'un mariage viking ? Un rein ? Je ne pouvais tout de même pas me contenter d'un gaufrier sur la liste !

En désespoir de cause – et surtout de conséquences –, je suis allée sur Internet où j'ai découvert un monde parallèle. Le sujet passionne les internautes autant que la pornographie. Pourtant, j'ai eu beau chercher, je retombais sans cesse sur des sites qui me conseillaient, hilares, d'offrir un pot de chambre Second Empire. Inutile de maquiller le visage hideux de l'évidence : je tournais en rond.

À J–6, plus le choix, j'ai sauté dans l'arène, pris le taureau par les cornes, d'un bond, j'ai enfourché la bête et le rodéo a commencé : j'ai trié, scanné et retouché toutes les photos et les films que j'ai pu trouver sur les mariés. J'ai ensuite récolté sur iPhone des témoignages de copains d'avant, d'anciens profs, de familles expatriées, de commerçants de leur quartier et de vétérans de la vie conjugale. Une fois tout ça monté, j'ai travaillé une B.O. résolument déchirante.

La veille du *I Do Day*, j'étais devenue docteur *ès* Léa-et-Antoine. J'aurais pu rédiger leur biographie au fil du clavier. Dernier visionnage du docu-frissons. Incroyable, j'avais réussi ! Mais, chose plus incroyable encore, d'après aucune photo, aucun film, aucun témoignage, je n'aurais pu anticiper la présence d'Adrien, un concurrent pourtant très prometteur dans la catégorie « homme de ma vie ».

8 septembre

LE MARIAGE DE MA MEILLEURE AMIE Samedi 8 septembre, Léa a dit oui à Antoine, Antoine a dit oui à Léa et le maire a autorisé la première galoche officielle. Le barrage de la bienséance a cédé sous les applaudissements. Quand les mariés sont apparus sur le perron baigné de soleil, deux cents invités les attendaient. Nouvelle déflagration. Ce petit village des Landes n'avait pas connu ça depuis la Libération. Émue jusqu'à la moelle, j'ai rejoint ma bande de potes. Après un joyeux fouillis de bises et de vannes à l'ombre des chapeaux, on a suivi la transhumance des élégants jusqu'à la villa de bord de mer où la fête avait lieu. Le vin d'honneur à peine commencé, j'avais déjà descendu deux coupes et toute la gamme du rire. Ma nouvelle robe me cisaillait les aisselles et mes Louboutin me torturaient la voûte plantaire, mais je m'en foutais. J'étais témoin au mariage de ma meilleure amie, rien n'aurait pu me distraire de ma fonction. Pensais-je…

Alors que je picorais au buffet, un mec s'est planté devant moi et m'a balancé :

— Arrête de me draguer, je suis ici en famille, ça me met très mal à l'aise.

Et il est reparti retrouver un groupe de sémillants sexagénaires. Je l'ai suivi des yeux, la bouche entrouverte. L'hameçon était gros comme une ancre, pourtant j'y ai mordu et, tout doucement, il a commencé à remonter sa ligne. Un regard par-ci, une petite phrase par-là (« attention, tes jambes dépassent de ta robe ») toujours en passant, l'air détaché. Il n'était pas spécialement beau avec son grand corps pataud et sa coupe de cheveux à l'abandon, mais dès qu'il souriait, il donnait un coup de moulinet supplémentaire. J'ai mené mon enquête auprès d'Antoine (pas folle la tanche), c'était un cousin éloigné, parisien, célibataire, sympa. En d'autres termes, je pouvais le laisser me ramener sur la berge sans risquer de clamser, les ouïes à l'air.

Seul souci, je délaissais mon rôle de témoin, au point de regretter d'être à la table des mariés plutôt qu'assise sur ses genoux, au point de l'épier par-dessus l'épaule de Léa au lieu d'écouter ce qu'elle me confiait, au point de faire tout mon discours en tournant du cul à son intention. Heureusement que j'avais préparé mon petit film, ça m'a réhabilitée aux yeux de tous.

Sur le dance floor, il est venu se coller à moi et m'a dit à l'oreille :

— Enlève ta culotte, il faut que je te parle.

Dix minutes après, on s'embrassait à pleine bouche dans le jardin. Malheureusement, il devait partir pour ramener sa famille à Dax. Échange de fluide, de numéro et de prénoms. Adrien... Adrien et Marion... Un peu échaudée par des mois de déconfiture à des cochons, j'ai eu du mal à y croire... jusqu'à ce qu'il réapparaisse deux heures plus tard et que je saute définitivement dans sa bourriche.

15 septembre

AINSI PARLAIT KAMASUTRA L'amour rend aveugle et nymphomane. J'espère qu'il n'y a pas de capital sexe comme on parle du capital solaire parce que au rythme où on va avec Adrien, dans cinq ans, on est bons pour platoniquer devant *L'amour est dans le pré*. C'est bien simple, on baise comme des lapins crétins. C'est à croire qu'on cherche une nouvelle façon de faire du feu.

Depuis le mariage, on ne se quitte plus. Il fallait s'y attendre, déjà au brunch du lendemain, on se bécotait comme deux lycéens qui découvrent la fricassée de museaux. Je devais remonter à Paris avec Babeth et Sophie, mais dans la pure tradition de la meuf qui vient de conclure, j'ai planté tout le monde et on est rentrés dans sa vieille Toyota, une papymobile orange qu'il appelle son « déplaçoire ». Alors que Bordeaux, Saintes, Niort défilaient sur les panneaux, on apprenait à se connaître et à se reconnaître (« attends, tu rigoles, j'adooooore les films de Jacques Tati »). On est partis dans un fou rire près de Lusignan et, à Poitiers, on a craqué. On n'était plus qu'à trois heures de Paris, mais le corps a ses raisons… On est sortis de l'autoroute.

Alors que le moteur de la Toyota était encore chaud, je le chevauchais nue dans la chambre d'un Campanile. Loin de la timidité des êtres qui se découvrent, notre première baise a été un soulèvement, une collision, presque une bagarre. C'était comme si on voulait se fondre l'un dans l'autre. Sa peau, son gigantesque corps, son regard bleu intelligent, sa voix, tout me rendait dingue ! Même ses quelques kilos en trop ! J'avais envie de le mordre, de le griffer, j'avais surtout envie de le sentir aller et venir entre mes cuisses et que ça ne s'arrête jamais. J'ai joui tellement fort que mes yeux se sont révulsés et mes paupières se sont mises à clignoter frénétiquement : la fille possédée par le plaisir. Voyant ça, Adrien a murmuré :

— J'ai vu quelque chose qui m'a fait peur.

J'ai éclaté de rire. Décidément, ce mec savait me prendre. On est restés deux jours dans cette chambre, portables éteints, fenêtres fermées. Deux jours à s'explorer, se renifler, s'empoigner, dormir, discuter, se caresser, regarder la télé, manger des plats commandés et s'empoigner à nouveau jusqu'à hurler à la petite mort. On ne sortait que pour fumer, mais même dehors, au milieu des gens, on était seuls. J'ai appris qu'il était archi dans un cabinet qui marchait très bien, qu'il habitait à Ménilmontant (parfait, direct avec la ligne 2), qu'il avait une sœur, des parents encore mariés et plein d'histoires d'amour à son actif, dont une de quatre ans. En clair : tous les feux étaient au vert !

Malheureusement, il a fallu rallumer nos portables. Nos vies, telles des grenades dégoupillées, nous ont explosé entre les doigts. On est rentrés fissa à Paris. Depuis, en dehors des heures de boulot, on est inséparables. On se marre pour un rien, on passe des heures à se confier l'un à l'autre, on se regarde mutuellement dormir... bref, ma vie est devenue un porno pour filles !

21 septembre

TEMPÊTE DANS UN VERRE D'EAU DE ROSE Je pense Adrien, je rêve Adrien, je mange Adrien, je jouis Adrien, je bosse Adrien. Quand il n'est pas là, je regarde ses photos sur Facebook et relis nos textos. Quand on est ensemble et qu'il répond au téléphone, il me manque. J'ai bien essayé de nier l'évidence, de me la jouer Diego, libre dans ma tête, mais Léa, Babeth, Sophie, Tim et Loïc sont formels : je suis faite comme un rat qui n'a pas quitté le *love boat*. Il faut dire que je ne parle que de lui, que je glousse bêtement et que je me conjugue déjà à la première personne du pluriel. Preuve aggravante : je suis riche, aussi riche qu'une fille bourrée à 4 heures du matin en boîte. Je paye des tournées à tout le monde, je me fais bichonner le visage et les ongles par des professionnelles et j'ai l'impression – financièrement suicidaire – que la boutique Maje est mon dressing. Hier, j'ai lâché cent quatre-vingt-dix euros pour une jupe en similicuir qui m'a donné envie de faire l'amour. C'est d'autant plus ridicule qu'un matelas abandonné dans la rue, fût-il compissé par des hordes de chiens diabétiques, me donnerait envie. Tout ce qu'il dit me passionne (« tu es déjà allé à Rome ? Incroyable… »). Non, inutile de tourner plus longtemps autour du pot : les copains ont raison, je suis tombée amoureuse.

La bonne nouvelle, c'est que lui aussi… ou alors je dois m'inquiéter parce que, osons le dire, l'amour rend con. Il faut vraiment être défoncé à la dopamine, à la sérotonine et aux endorphines pour agir comme on le fait. On tourne à dix fous rires par jour, on se balance des verres d'eau glacée sous la douche, on se course en se menaçant avec des trucs dégueu, on regarde des films d'horreur en gobant des fraises Tagada tsoin-tsoin, on joue nos gâteries à chifoumi, quand on ne se fait pas carrément des parties de barbichette enflammées en plein milieu de la nuit. Plus on s'envoie en l'air, plus on retombe en enfance. Et il faut nous voir blaguer avec les ouvreuses de cinéma, les marchands de crêpes, les contrôleurs dans le métro… Je m'étonne qu'on ne se soit pas encore fait arrêter pour attentat à la morosité en période de crise.

Une dernière chose pour ceux qui doutent encore de ses sentiments à lui : il a accepté de m'accompagner voir un film hongkongais au cinéma et, roulement de tambour (et accessoirement de pelles), il me masse ! Il ne dit pas qu'il va le faire, il le fait ! Si ça, c'est pas de la déclaration pur sucre ! Sur ce, désooolée, mais je dois vous laisser ! J'ai rendez-vous avec lui et il me reste à peine quatre heures pour me préparer !

24 septembre

DÉPRESSURISATION Hier soir, seule dans mon canapé, je fixais un reste de lasagnes en train de se figer dans sa barquette. Origine du mal : Adrien allait passer une semaine prévue de longue date chez un pote à Miami. Version officielle : je me réjouissais pour lui. Quelle chance de partir si longtemps et si loin chez un mec qui, tous les jours, postait des commentaires de fêtard alcoolique sur sa page Facebook. Version originale : je broyais du noir au marteau-pilon. J'imaginais déjà d'énormes soirées autour de piscines infestées de filles d'une insondable connasserie. Sérieusement, peut-on être catapulté dans un clip de rap et garder la tête et la biroute froides ? En plus, il n'avait pas voulu me voir alors que c'était notre dernier soir. Depuis notre rencontre, on vivait collés, scotchés, emboîtés, à peine capables de respirer entre deux bouche-à-bouche et, tout à coup, il avait besoin de temps pour finir sa valise ? Ça jurait tragiquement.

Chronique d'une psychose annoncée : j'allais passer la semaine le portable greffé dans la main. J'aurais beau me raisonner, j'allais disséquer le moindre de ses textos, me prendre la tête pour trois minuscules points de suspension, minuter ses temps de réponse en fonction du décalage horaire, de la position des planètes et des cours de la Bourse. Mes réactions seraient le fruit d'interminables conf' call avec les louves. En somme, j'allais vainement tenter de manipuler notre relation à 7 500 kilomètres de distance, alors que quand il était dans mon lit, j'arrivais à peine à anticiper mon orgasme et je m'en foutais. Je me demande pourquoi les gens aiment tant les débuts ? C'est affreux ! On dirait qu'on couve une gastro !

Retour à ma barquette de lasagnes… J'ai décidé de lui écrire un texto. Au terme d'une longue réflexion, j'ai envoyé :

Pas de réponse instantanée (et comme je le comprends). J'ai loué un film pour patienter sans cogiter. À la fin du générique, j'attendais encore. Je me suis démaquillée, j'ai inspecté mes pores un à un, je me suis fait un masque à l'argile et une épilation ratée des sourcils. Toujours rien. Je me suis tartinée de crème et brossé les dents à m'en coller une gingivite. Malheureusement, je ne pouvais pas reculer éternellement le moment d'aller me coucher en tête à tête avec Bernardo, mon putain d'iPhone.

J'ai dormi le visage écrasé sur ma coque décorée de strass Swarovski (très douloureux et pas seulement pour les amateurs de bon goût). Ça a enfin bipé ! Je me suis redressée à l'équerre comme si on venait de me dépoiler le maillot par surprise. Coup d'œil au réveil. 5 heures du matin ?! De qui se fout-on ?! Son message était net, clair, sans points de suspension :

> L'avion décolle dans 3h,
> fais ta valise, je passe
> te chercher.

7 octobre

MIAM MIAM MIAMI ! Autant vous dire que pour la boucler à temps, cette valise, il a fallu que je fasse appel à ma part masculine. Dans l'avion, j'ai dû me retenir de toutes mes forces pour ne pas lui faire l'amour devant tout le monde. Le ton des vacances était donné : cette semaine en Floride serait sexy ou ne serait pas !

On était donc hébergés chez son pote, le DJ *frenchy* qui monte, qui monte. Il faut dire que tu écoutes une fois ses morceaux, quatre mois après tu remues encore la tête. Grâce à lui, on a fait une plongée dans les nuits de la Southern Coast. De Fort Lauderdale à Coconut Grove, on a enchaîné les soirées délirantes dans des décors paradisiaques. Surprise du chef : Adrien adore danser, mais vraiment, il lève les bras, tourne sur lui-même, saute, il lui arrive même de faire des chorés avec passage au sol. Du coup, on a squatté le dance floor pendant des heures (ça change avantageusement du modèle de base qui tire la gueule au bar). Pour la première fois, je sors avec un mec qui pourrait tout aussi bien être mon meilleur pote !

Sinon quoi ? Bah sinon, le coucher de soleil à Key West (d'un côté l'astre flamboyant, orange, magistral, de l'autre une meute d'humains minuscules qui se bousculent pour le prendre en photo, du pur Martin Parr) ; sinon, la mufflée au mojito en hommage à Hemingway, la chaleur humide qui rend nymphomaniaque, l'orgasme consumériste chez Urban Outfitters, les burgers XXL et le Diet Coke servis dans des vases ; sinon, la jeep rouge sur les autoroutes à cinq voies, les alligators des Everglades, les courbatures du *beach yoga*, les Marlboro blanches et l'après-midi sur la plage de Miami. Vous m'auriez vue m'ébattre dans les vagues, on aurait dit une pub pour des tampons... jusqu'à ce que je boive la tasse, puis la théière et que je commence à gentiment me noyer. Entre deux « *och' s'cours* », j'ai aperçu Adrien bondir de sa serviette, courir en slow motion et plonger pour me secourir. Et en plus il n'aime pas le foot... Ce mec m'achève.

10 octobre

BYE-BYE MAÏ-A-MAÏ 9° au mois d'octobre ?! C'EST QUOI CE PAYS ?!

20 octobre

PETITE CUITE ENTRE AMIES Terminé le *full time love*. Adrien avait recommencé à débiter ses soixante heures/semaine dans son cabinet d'archi et ma baignoire-sabot peinait à me faire oublier les plongeons dans l'Atlantique. Tout me semblait gris et étriqué. Paris sentait le cendrier froid. Pour me détendre, j'avais deux choix : me tourner vers mes copines ou faire chier mon mec. À un mois de relations, j'ai trouvé plus judicieux d'organiser un dîner de louves à la maison.

Léa, Sophie et Babeth sont toutes arrivées avec du champagne. Motif de cette orgie de bulles : fêter ma récente entrée dans la vie de couple. J'étais donc une miraculée, réchappée *in extremis* d'un célibat incurable. Je l'ignorais.

On a descendu la première bouteille en se demandant :

— Comment on marchait avant les sneakers Isabel Marant ?

— Laquelle de nous allait *vraiment* arrêter de fumer cette année ?

— Comment se lavent ces mecs dont le sexe a, en permanence, une haleine de sole tropicale ?

Et tant d'autres sujets existentiels qui ont fait le succès des « soirées pyjama ».

Les soixante-quinze centilitres suivants ont été intégralement absorbés, comme les filles d'ailleurs, par le récit de mon escapade américaine. Tout en leur racontant notre voyage par le menu gastronomique, j'ai fait défiler les photos sur mon iPhone :

Adrien à la plage, Adrien au restaurant, Adrien et les alligators, Adrien fait du jet-ski, Adrien achète un jean Levi's, Adrien dort nu. Hurlements des copines ! J'ai rangé mon portable en bafouillant que je pensais l'avoir supprimée, mais le mal était fait. Elles m'ont regardée, sourcil levé, sourire en coin. Un ange est passé en marmonnant : « Bah, ma cochonne, tu t'ennuies pas. »

Maintenant qu'on avait fait sauter le dernier rivet de la pudeur, je leur ai dit qu'on avait dû se faire violence pour ne pas coïter dans l'avion. On a embrayé sur le lieu le plus insolite où elles avaient fait l'amour.

Sophie, toujours dans le style Quechua, avait pris le maquis au milieu d'une randonnée : personne devant, personne derrière ? Elle avait entraîné Fabian dans un fourré. Babeth a longuement hésité. Sont arrivés ex aequo : la cabine couple d'un sex-shop, le planétarium du Palais de la Découverte et une grue de chantier à trente mètres du sol. Léa, elle, a tranché immédiatement : le week-end dernier, dans une salle de bains défraîchie, aux quatre-vingt-dix ans de sa grand-mère.

On l'a toutes dévisagée.

— Franchement, y a plus bandant comme écosystème, non ? a noté Babeth.

— J'ovulais, nous a-t-elle lâché avec un petit sourire. C'est pas fait, hein… mais on essaie.

J'ai regardé son ventre, tête penchée, œil humide. Apparemment, c'est Léa qui allait arrêter de fumer cette année.

28 octobre

SADO-MASO-DODO Avec Adrien, la relation va dans le bon sens : à chaque rond-point, on suit la direction « couple » et on enquille les jours comme des kilomètres. Du coup, je recommence à m'intéresser à ce qui remuait vaguement au second plan : la vie des autres, et en particulier, celle de Babeth.

Le week-end dernier, elle a rencontré un très, très beau mec dans un bar. Très vite, il lui a annoncé qu'il pratiquait le bondage. Elle a écarquillé les yeux en murmurant :

— Fooormidable.

Traduction : elle n'a pas compris. Lors de la première rencontre, il convient d'être globalement d'accord pour alimenter l'espoir d'être faits l'un pour l'autre. Il lui aurait dit qu'en peinture, il avait un faible pour le védutisme italien, elle se serait sans doute exclamée :

— Incrooooyable, toi aussi ?!

Et elle se serait arrangée pour changer rapidement de sujet. Ainsi, elle a dodeliné en feulant « fooormidable » comme s'il venait de lui avouer son penchant pour les timbres. D'après Wikipédia, le bondage « est une pratique sadomasochiste qui consiste à attacher son partenaire dans le cadre d'une relation érotique ou sexuelle ». On est donc assez loin de la philatélie.

Apollon avait une façon bien à lui de se lier d'amitié (et a fortiori d'amour), mais comme Babeth ne le savait pas, elle a accepté de continuer la soirée chez lui. Pourquoi se serait-elle méfiée ? Il avait l'air bien sous tous rapports... sauf ceux incluant une corde apparemment. Dans le taxi, il lui a proposé, à l'occasion, de l'emmener dans un club (et dire qu'on accuse le monde de devenir individualiste !). Elle n'a pas dit non, elle n'a rien dit d'ailleurs puisqu'il avait déjà la langue dans sa bouche.

Arrivé dans sa garçonnière (c'est joli ces murs noirs, on n'y pense pas), il l'a allongée sur son lit et a ouvert une grosse mallette comme un bruiteur qui s'apprête à doubler un western avec deux noix de coco et une poignée de sable. Il en a sorti des lanières, des sangles, des courroies et Babeth s'est mise à flipper (il n'est jamais trop tard).

Twenty minutes later...

Ligotée comme un rôti, elle a vécu le parfait moment de solitude. Tel Houdini, elle a réussi à retrouver l'usage de ses membres et... a inversé la tendance ! Après tout, ce n'est pas tous les jours qu'on vit une vraie expérience SM. Elle lui a collé une raclée qui a dû lui redonner le goût du missionnaire.

En tout cas, la relation avec Adrien va définitivement dans le bon sens.

3 novembre

LES COPAINS D'ABORD Hier, *big step* : Adrien me présentait ses deux meilleurs potes. Ils étaient célibataires, j'avais donc la pression maximum. Ils auraient été casés, j'y serais allée avec les cheveux sales et les fringues du jour. Pourquoi ? Parce que n'importe quelle greluche aurait fait l'affaire. L'homme maqué, par nature, a horreur du vide (surtout dans la vie de ses potes, ça fait comme un trou noir qui, fatalement, l'attire). Manque de bol, j'avais affaire à deux hominoïdés sans femelle qui risquait de m'identifier comme une menace.

Il faut dire qu'ils se connaissaient depuis le lycée. Je vous laisse convertir cette info en litres d'alcool et en kilos de junk-food. Ils étaient partis en vacances ensemble, s'étaient incrustés dans des soirées, avaient dragué des tripotées de meufs. Ah, ça avait dû défiler ! Je les voyais d'ici les filles qui avaient traversé leur amitié, celles qu'on préfère oublier et celles qu'on regrette encore. Elles avaient bien dû y croire, elles aussi, pourtant, aujourd'hui, elles se réduisaient à quoi ? Deux lettres et quelques photos dans une vieille boîte Nike, au mieux. Riante destinée.

J'ai mis deux heures à choisir ma tenue : *fuckable* pour faire honneur à Adrien, mais pas trop pour ne pas avoir l'air d'une pétasse endimanchée. J'espérais aussi qu'ils allaient me plaire, bien sûr (cf. la perspective de me coltiner régulièrement deux boulets), mais mon objectif premier était clair : les faire rire jusqu'à ce qu'ils tapent dans le dos de leur pote (« bravo mec, t'as décroché la cocotte »).

Je suis arrivée avant Adrien ! Paraphrase : j'allais devoir les affronter seule. Amin, le grand Black pince-sans-rire et Sam, le petit Zébulon. Dans le désordre, on s'est mis à boire, à parler et à se marrer. On a à peine vu Adrien arriver. Ils avaient prévu un bizutage à base de shots dans les bars autour de chez moi. J'ai tenu le coup jusqu'à l'aube. Bilan : c'est dans mon dos qu'ils ont tapé, tout popoches à 6 heures du matin (« bravo meuf, t'as décroché un mec en or »).

14 novembre

APRÈS L'IPHONE SIX, L'IPHONE SEX ? Heureusement que les déplacements professionnels existent, ça permet de souffler un peu au début d'une histoire d'amour. Mercredi dernier, les associés d'Adrien l'avaient mis dans un train pour Roubaix. Motif de l'agression : un rassemblement d'architectes venus vendre leur cabinet comme des VRP Villeroy & Boch. Le malheureux dormait sur place. Ça sentait la salade d'accueil au Buffalo Grill, le bœuf en pièces détachées et la branlette sans conviction à l'hôtel Ibis. J'aurais bien écrasé une larme, mais j'avais mieux à faire. L'espace d'une soirée, je pouvais à nouveau me vautrer dans le célibat ! J'allais me démaquiller à 20 heures, me tartiner de crème de nuit, m'accrocher les cheveux en chignon-douche, enfiler un pyja-housse et louer une comédie dégoulinante de romantisme en bâfrant un risotto Costes.

C'est exactement ce que j'ai fait… le plaisir en moins.

La soirée est partie en Chupa Chups dès le début : en me démaquillant, j'ai constaté sur mon visage les conséquences désastreuses de deux mois de passion, de nuits blanches et d'alcool. Ensuite, mes cernes, mes ridules, mes pores dilatés et moi, on est allés jusqu'à la cuisine. En chemin, le miroir du couloir n'a pas manqué de saluer ma tête de nageuse bulgare (le chignon-douche) et ma peau de batracien (la crème de nuit). Dans le frigo, le risotto qui me faisait de l'œil depuis des semaines était périmé. J'ai dû me rabattre sur le Leerdammer et les galettes de riz, triste consolation pour qui ne raffole pas du goût du papier bulle. Mon pyjama était confort certes, mais moins que les bras d'Adrien. Le film était romantique soit, mais à côté de nos fous rires et de nos baises volcaniques, c'était « Oui-Oui et la Saint-Valentin ». On était censé vibrer pour un blond propret et une brune faussement godiche. Je dis « faussement » parce qu'il suffisait de lui enlever ses lunettes pour qu'elle devienne une bombe à fragmentation. Ennui.

J'ai mis sur pause et appelé mon homme. Il venait d'arriver dans sa chambre d'hôtel. On a discuté, discuté et tout à coup, clic-clac la question est sortie comme un cliché :

— T'es habillée comment ?

— Heu… (coup d'œil à Snoopy)… en nuisette en dentelle, pourquoi ?

— Parce que j'ai très envie de te faire jouir.

Ah ? La soirée prenait enfin un tour sympathique. Je me suis laissé guider avec délice. Ce qui est magique dans le phone sex, c'est que tu fais l'amour à la fois avec la personne qui te connaît le mieux (toi-même) et avec la personne qui t'excite le plus (ton régulier, normalement). Les mots accompagnent les gestes, les amplifient, les embrasent. Je le conseille à tout le monde et plus particulièrement aux filles (vu le nombre de mecs qui n'ont toujours pas compris que le clitoris se trouve quelques millimètres plus bas).

18 novembre

PUNCH-DRUNK LOVE L'amitié des uns s'arrête là où commence l'amour des autres. Avant Adrien, j'étais de toutes les beuveries. Une soirée déguisée chez Léa et Antoine ? J'étais là à 20 heures avec ma bouteille de champagne et mes oreilles de Bunny. Un concert de death metal où Babeth espérait se serrer le manager ? J'exhumais mes Dr. Martens coquées et passais tout le show à sauter sur place avec l'index et l'auriculaire dressés. Un festival gay et lesbien en Belgique ? C'était parti pour un road-movie kafkaïen avec Tim et Loïc. Et tout à coup, Adrien est entré dans ma vie et je ne me suis même pas fendue d'un dentier de

Vampirella pour Halloween ! D'accord, d'accord, c'est nul et orange comme fête, les États-Unis essaient de nous la refourguer depuis des années et ça prend aussi bien qu'une greffe de cactus sur un chêne-liège, mais quand même ! J'avais deux plans ce soir-là ! Dont un en open-bar ! Mais non, j'ai préféré comater devant la première saison de *House of Cards* avec un Adrien somnolant et des sushis bourratifs !

Je ne me plains pas, on sort beaucoup, mais le bonheur attirant le bonheur, on ne dîne qu'avec des couples et on rentre tôt puisqu'on sait avec qui on rentre. À la longue, j'ai eu peur qu'on s'emmerde. Action, réaction : j'ai organisé une fête-surprise dans un bar pour les trente-cinq ans de Loïc. Chaque année, il nous interdit, main sur le front, de célébrer cette date morbide. Jusqu'ici j'avais respecté sa névrose, mais là, l'occasion était trop belle. Adrien et moi allions boire comme des Polonais, danser sur des standards disco, puis rentrer à l'aube faire l'amour contre la porte de la salle de bains, en « émeu » (sorte de levrette verticale qui allie confort, sensations et spontanéité). Sur le papier, c'était parfait, mais bien sûr, il a encore fallu que la réalité s'en mêle.

La soirée avait pourtant commencé sans bavure : l'endroit était plein à craquer de mecs craquants, homos et libres, trois bonnes raisons pour que Loïc soit heureux de ne pas basculer seul dans sa nouvelle année. À deux heures du matin, chauffée à l'alcool blanc, j'attaquais ma cinquième heure de conneries sans entracte. Sur le dance floor, Adrien, lui, marchait lourdement à l'envers : le *moonwalk* du mec rond comme une queue de pelle... De pelle, je ne croyais pas si bien dire puisque quelques secondes plus tard, il galochait une grande brune qui portait des bottes de corsaire et une jupe anecdotique ! Le temps de raccrocher ma mâchoire et je suis allée me rappeler à son bon souvenir. Il a ri (pas moi), m'a dit qu'elle était lesbienne (pas que, apparemment) et a conclu par :

— On rentre, je suis complètement bourré.

Nan, jure... J'ai accepté en pensant qu'en effet on serait plus à l'aise à la maison pour s'engueuler, mais, à peine arrivé, Adrien s'est écroulé sur le lit et s'est mis à ronfler... Je n'ai pas insisté. Moi-même, j'étais mûre de toute façon. Je me suis donc couchée contrariée. Je n'aurais pas dû parce que je me suis réveillée en colère.

20 novembre

TINDER SURPRISE Je suis sortie deux ans avec un sexopathe qui me trompait quotidiennement avec plein de meufs différentes. Il était censé pondre son deuxième roman, donc tous les matins, je le quittais en ronronnant :

— Écris bien, mon amour.

(#labonnepoire) Ça pour écrire, il écrivait : plein de commentaires et de textos pour entretenir son cheptel d'ex, d'actuelles et de futures. Dès qu'une fille lui donnait le feu vert pour un 5 à 7, il se propulsait de notre canapé, traversait l'appartement et sortait, rattrapé *in extremis* par son tee-shirt et son jean qui n'avaient pas suivi. Et comme ça presque tous les jours : la tromperie en quantité industrielle. Quand je m'en suis rendu compte, j'ai eu l'impression qu'on arrachait mon amour à vif. Moi qui suis programmée pour rebondir, j'ai passé un an clouée au sol, lestée par des litres et des litres de larmes.

Depuis, j'ai un terrain allergique à l'infidélité. Pour moi, coucher, c'est tromper, quel que soit le taux d'alcool dans le sang. Tout ce qui a un article Wikipédia qui commence par « pratique sexuelle qui consiste à… », c'est tromper. Le phone sex, c'est iTromper. Flirter avec intention de nuire, c'est tromper. ET EMBRASSER UNE FILLE, C'EST TROMPER, MÊME SI ELLE N'AIME QUE LES FILLES !

1er décembre

HAPPY MONTH-DAY ! J'avais réussi à me calmer, à me convaincre que ce baiser ne voulait rien dire, que c'était une simple accolade qui avait glissé dans le rhum… et puis il y a eu hier soir. Alors qu'on dînait chez son pote Sam, Adrien a eu une réaction malheureuse (comprendre une réaction de merde qui m'a rendue malheureuse). Une fille monopolisait la conversation. Elle était très remontée contre les mecs. C'étaient tous des connards, des lâches et des connards et des lâches (l'argumentaire était solide). Elle menaçait de faire tatouer « NORMAL » sur sa culotte de cheval, quand j'ai osé soulever une objection. Pourtant, je ne l'ai soulevée que de quelques millimètres :

— Quand même, on peut espérer qu'il reste des hommes bien, non ?

Désignant Adrien d'un mouvement de menton, elle m'a balancé :

— C'est facile pour toi, tu vis chez les Bisounours maintenant. Partis comme vous êtes, dans un an vous vous mariez, dans deux ans vous commencez les gosses.

— Je crois pas non, a répliqué froidement Adrien.

Et puis il s'est levé, a enfilé son manteau et est allé fumer une clope sur le balcon. Tout le monde m'a regardée comme si notre amour était en soins palliatifs. Je me suis entendue articuler un misérable :

— Non, mais on veut prendre notre temps, profiter de la vie à deux...

Tout en me rendant compte qu'il n'y avait rien à lui chez moi, à part la brosse à dents superwhite que je lui avais achetée. Il pouvait partir du jour au lendemain, rien ne le retiendrait (à part moi m'accrochant à sa jambe comme un koala catastrophé). Trois mois de rires et de confidences, trois mois de soirées-canapé et de sorties entre potes, trois mois de sexe frénétique... Ça paraît énorme quand on a le nez dessus, mais qu'est-ce qu'un microtrimestre dans une vie ?

J'ai eu tellement peur de le perdre que, ce matin, je me suis levée, je nous ai fait couler un café et je l'ai quitté.

8 décembre

AUX LARMES ETC. Grosse rasade de Roundup sur ma vie fleur bleue. Qu'est-ce qui m'a pris, nom d'une pipe à crack ? Fuir le bonheur de peur qu'il ne se sauve ? Quelle connerie de gainsbourrés ! Je vous épargne le cliché de la fille qui erre du lit au frigo et du frigo au canapé. En revanche, je ne me l'épargne pas à moi-même. Depuis une semaine, je n'ingère plus que des plats qui, même hypocritement transvasés dans une assiette, gardent la forme de la barquette. Je mate la télé, le regard vitreux et la main orpheline. La journée, je bosse comme une automate. Le tournage de la série a commencé, je suis donc enfermée dans les décors d'une maternité huit heures par jour. Tout à fait ce qu'il me fallait… En plus, Noël exhibe partout son bonheur turgescent. En plus, il fait hyper froid. En plus, j'ai déchiré ma doudoune violette en l'accrochant sur un clou qui dépassait d'un décor. En plus, j'ai engueulé le chef déco qui maintenant me déteste. En plus, j'ai mes règles. En moins, j'ai Adriiiiiieeeeeeen !!!

Je n'ai jamais cru à cette histoire de prince charmant. Déjà à huit ans, je trouvais ça tiré par les couettes. Et voilà que j'en rencontre un vrai, avec de l'humour, plein de cheveux, un sexe intrépide… et je le largue ?! Une seule chose m'empêche d'aller me dénoncer à l'asile le plus proche : Adrien avait embrassé une autre fille (pardon de revenir là-dessus, mais quand même) et sous-entendu que je n'étais ni mariable ni fécondable. Ça ne refroidit pas, ça glace.

On s'est expliqués le lendemain bien sûr. Pour lui, c'était juste trop tôt pour sortir les gros mots. J'ai compris… mais c'était trop tard. Mon cœur s'était déjà recroquevillé.

J'ai espéré qu'il se batte, mais la perspective que je puisse le quitter pour un truc aussi anodin (plaît-il ?) l'a profondément blessé et on s'est séparés comme deux filets de merlan au rayon des surgelés.

Je vois mal comment je pourrais retrouver un mec aussi bien. Je vais me faner de chagrin et vivre mon prochain bouleversement hormonal à la ménopause… À moins que j'essaie de le récupérer…

Où est mon iPhone ?

17 décembre

VAGUE À L'HOMME Le répondeur d'Adrien s'est enclenché au bout de deux sonneries. On sait ce que ça veut dire… J'ai bredouillé des excuses extraplates sur sa messagerie et lui ai demandé de me rappeler.

J'attends encore.

Rompre avec lui était clairement une fausse bonne idée. J'aurais dû m'en douter, merde, ce n'est pas comme si j'étais une perdrix de l'année. Je devrais savoir qu'un mec gentil sans être gentillet, ambitieux sans être prétentieux, attentionné sans être collant, ça ne court pas les rues (heureusement d'ailleurs parce que vu ma condition physique, je serais infoutue de le rattraper).

Faisons donc un petit bilan, comme ça, pour le fun : je suis seule, seule, seule et dépressive… Pas du tout ce que j'avais commandé au Père Noël.

Mais on est tous comme les pinçons de Darwin, non ? On s'adapte ! Pas de panique, je vais chiquer mon chagrin pendant quelques mois, mais je finirai bien par le recracher. De toute façon, je n'ai pas le choix. Je ne vais quand même pas le harceler en invoquant le devoir de mémoire ! Évidemment, je pourrais lui déclarer ma passion au lance-flammes, lui organiser un énorme jeu de piste dans Paris en déposant un indice dans chacun des endroits qui a vu grandir notre histoire, louer un panneau JCDecaux pour pancarter mon amour sous ses fenêtres ou lui faire livrer mon poids (plume) en fraises Tagada. Je pourrais… mais je n'arrive pas à sauter le pas. La frontière est tellement fine entre la fille sexy qui se bat et la sangsue qui persiste et saigne.

Je nous revois devant *House of Cards*, avachis l'un sur l'autre. Décidément, on sous-estime trop souvent l'intérêt d'être heureux.

24 décembre

OH OH OH ! Adrien m'a répondu. La conversation a duré une heure, mais elle peut se résumer en trois mots : c'est fini.

Respire, Marion, respire…

Allez, c'est Noël, je ne vais pas me gâcher la fête pour une vulgaire rupture amoureuse ! HEIN ! Ça pourrait être pire : je pourrais avoir cinq enfants, nés de pères différents, plus alcooliques les uns que les autres, creuser mon surendettement dans les boutiques « grandes tailles » et vivre près de la zone industrielle de Meyzieu-Jonage (berceau de l'expression : « il ne me reste plus que Meyzieu pour pleurer ») ou plus simplement, je pourrais être morte. HEIN !

C'est dans cet état d'esprit délicieux que j'ai débarqué dans la maison de campagne de mes parents. Il avait neigé toute la matinée, le jardin était blanc. C'était beau comme un Walt Disney. J'avais le cœur chargé certes, mais les bras aussi, de surprises pour mon père, ma mère, mon frère z'et ma sœur, oh, oh, ça sentait le bonheur et la pintade farcie. On était à quatre heures de l'explosion de calories et de papiers cadeau. Mes nièces et mes neveux s'activaient pour décorer le sapin (me rappelant que personne n'a encore jugé bon de me féconder). Mon frangin, ma frangine et leurs moitiés papotaient au coin du feu (me rappelant que personne n'a encore pris le soin de me compléter). Mon père venait de finir son dernier bricolage et ma mère son dernier roman (me rappelant que la seule chose que j'avais réussi à terminer, moi, c'était une histoire magnifique avec un homme formidable). Certaines personnes mériteraient de passer le réveillon au pain sec et à l'eau. Suivez mon regard.

Allez, on relève la commissure des lèvres et on aide en cuisine ! J'avais les mains pleines de saumon fumé quand, tout à coup, la musique de *E.T., l'extra-terrestre* est sortie de ma poche arrière. Impossible de dégainer mon portable sans pourrir mon jean ! Comme à chaque fois que quelqu'un m'appelait, j'espérais que ce soit Adrien ! Ni torchon, ni Sopalin en vue ! Je me suis mise à sautiller sur place en poussant des cris d'impuissance. Intervention éclair de ma sœur qui a extrait mon portable à l'instant où il s'est arrêté de sonner.

— Merde. Désolée. C'était… Solal.

— Quoi ?!

J'ai foncé me mettre les mains sous l'eau, les ai essuyées sur mes cuisses et j'ai saisi l'objet du délire.

Solal ?!

J'ai écouté son message… Il voulait me revoir ! Solal ! Mais bien sûr ! Coucher avec LE mec insaisissable, quoi de mieux pour oublier Adrien ?!

Théorie en cours d'expérimentation.

29 décembre

LE RÉVEILLON DU 29 Au moment où toutes mes copines s'accessoirisaient pour le 31, j'avais tout donné pour être prête le soir du 29. Après un échange de textos digne d'une finale Nadal-Federer, Solal m'avait invitée à dîner chez lui, CHEZ LUI, le message était clair ! Je ne l'avais pas vu depuis des mois, j'avais une pression qui se chiffre en gigapascals (les physiciens seront mignons de chatouiller les autres). J'avais passé les derniers jours à faire fondre ma culotte de chapon farci et à rattraper les dégâts provoqués par le cyclone Adrien.

En arrivant chez lui, j'étais toute disposée à dîner, rire, me déshabiller, m'allonger et jouir : la quinte flush royale. C'était surévaluer le charme de Solal et, surtout, sous-estimer le chagrin béant qu'avait laissé Adrien en quittant ma vie.

Désintoxication en cours. 18 %.

Je l'ai trouvé très beau, évidemment, mais dès l'apéro, je n'ai pas pu m'empêcher de les comparer. Le capital sexy de Solal s'est alors mis à fondre comme une dune de coke dans une régie télé. Plus il gesticulait pour me plaire, plus je soupirais intérieurement : « Adrien n'aurait jamais parlé de lui si longtemps. Adrien n'aurait jamais ri à ses propres blagues. Adrien se serait déjà foutu de ma gueule avec cette inimitable tendresse qui vaut toutes les déclarations. Et qu'est-ce qu'il a à se recoiffer tout le temps ? Il rentabilise des implants ou quoi ?! »

Désintoxication en cours. 44 %.

Dire qu'il y a un an, j'aurais suivi ce mec n'importe où, même sur un terrain de squash... Tout est vraiment une question de timing. C'est comme ce sapin au milieu de mon salon : le 25 décembre, il scintillait de mille feux, maintenant c'est une corvée qui clignote mécaniquement.

Quand Solal s'est penché pour m'embrasser, j'aurais dû abattre la carte de la migraine, mettre mon écharpe, mon bonnet, mon manteau, mes gants et partir. Au lieu de ça, j'ai espéré que le sexe me ramènerait à de meilleurs sentiments. Erreur de débutante. On a commencé à baiser pesamment. J'aurais dû savourer le moment pourtant : Solal, sa grosse bouche qui me mordait l'épaule, ses belles mains qui m'empoignaient les hanches, Solal, merde ! Mais rien à faire, la scène restait tristement anatomique.

Désintoxication en cours. 72 %.

Mes gestes étaient plaqués, je répétais mes classiques faute d'imagination, mais surtout, je trompais Adrien, je trompais Adrien, je trompais Adrien.

5 janvier

NOUVEL AN, NOUVELLE DONNE Logique de séducteur, Solal était fou de moi puisqu'il me sentait distante. On était officiellement ensemble depuis le 29, donc on est allés fêter le réveillon chez un de ses potes comédiens. Il m'a présentée toute la soirée comme « Marion-ma-meuf ». C'était parti jusqu'à ce que ça soit moi qui parte, à deux heures du matin, sans explications.

Désintoxication terminée.

Ça m'a pris comme ça : j'ai dévalé les escaliers et déboulé dans la rue. J'ai trouvé un taxi tout de suite (impensable), vingt minutes après j'étais chez Adrien (imbattable), il n'est pas rentré de la nuit (abominable).

11 janvier

MATCH RETOUR J'ai gratté à l'écran de son portable jusqu'à ce qu'il décroche. On s'est revus dans un café en bas de son cabinet. Ma mission était claire : lui redonner confiance en moi, misérable girouette qui nous avait dégommés en plein vol.

Je n'arrêtais pas de me répéter : « Pourvu qu'il n'ait pas retrouvé quelqu'un… Pourvu qu'il n'ait pas retrouvé quelqu'un… » J'ai bu quatre cocktails de courage liquide et me suis lancée dans un *mea culpa* qui manquait cruellement de concision. Comme il ne réagissait pas, j'ai fini par lui demander :

— T'as retrouvé quelqu'un ?

Il s'est penché vers moi, a déposé un baiser sur mes lèvres et m'a répondu calmement :

— Oui, toi.

21 janvier

BLANCHE FESSE ET LES 70 MAINS Très vite, tout était rentré dans l'ordre... à un détail près : on ne riait plus. La rupture avait grippé le mécanisme de nos poilades à répétition. J'étais donc à moitié dans son lit. À la longue, je craignais que l'autre moitié prenne froid. C'était compter sans Nadine...

Cinquante-deux ans, discrète secrétaire de son cabinet d'archi, Nadine l'avait invité à une soirée déguisée. J'ai accepté de l'accompagner, évidemment. Pour être avec lui, j'étais prête à tout, même à m'emmerder avec des quinquas costumés en Bavarois. Comme je ne voulais pas choquer, je me suis contentée d'une coiffe d'Indienne et de bottes à franges. Adrien, lui, a dégoté un chapeau de cow-boy et nous avons débarqué à la soirée.

C'est une infirmière sans culotte qui nous a ouvert. J'ai failli avaler mes tresses. En suivant ses fesses gélatineuses jusqu'au salon, je me suis dit qu'apparemment, les Bavarois avaient fait valser le short à bretelles. Autour du buffet, des Blanche-Neige seins nus et des Dark Vador sabre à l'air discutaient tranquillement. Nadine, elle, papillonnait en string panthère, distribuant des sex-toys à tous les nouveaux venus.

Dix minutes plus tard, Adrien et moi étions dans la rue, pliés de rire.

On the love again !

26 janvier

DO NOT DISTURB Solal m'a appelée. Je n'ai pas répondu. À vrai dire, je ne me suis même pas sentie concernée.

3 février

TROP BEAUF POUR ÊTRE VRAI Quand j'ai enfin relevé le nez de mon histoire d'amour, Babeth était avec un mec depuis plus d'une semaine ! Il s'appelait Djeyson, d'accord, mais ça durait ! J'ai organisé une soirée-raclette à la maison pour voir l'animal de plus près. Tout le monde a rappliqué : Léa, Antoine, Sophie, Fabian et Adrien bien sûr. On était tous aux taquets. Ça, ça n'a pas duré.

Djeyson entretient avec son coiffeur une relation de confiance qui lui vaut une coupe de rappeur blanc d'Ille-et-Vilaine : une petite brosse quasi rasée sur les côtés que je qualifierais plutôt de coupe d'Il-est-Vilain. Il porte évidemment un diamant à l'oreille, va au centre commercial Val d'Europe comme d'autres vont au Louvre et fait de la muscu trois fois par semaine :

— Téma mes cuisses !

Il est abonné à *Maxi Tuning*, mais se déplace en Pass Navigo cinq zones :

— Sauf les fois où j'ai la Twingo à ma mère.

Si Djeyson était une fille, il s'appellerait Brenda, serait encartée chez Pimky et ferait partie de la grande communauté des « Self-made mèches ». Malencontreusement, Djeyson est bel et bien un garçon qui d'ailleurs aime affirmer dès l'apéro que :

— Les meufs, faut être blindé pour les faire mouiller (*sic* et chic).

Il était d'ailleurs blindé au JB-Cola quand il a cassé la gueule d'un videur, raison pour laquelle Babeth lui a été commise d'office.

Le reste de la semaine, Djeyson est un homme de convictions. Il nous a fait tout le dessert sur ceux qui ne prennent pas le menu maxi au McDo :

— Dans la vie, faut pécho les opportunités !

Et il a enchaîné sur celles qui commandent un Coca Zero avec leur Big Mac :

— Dans la vie, faut être logique dans sa tête !

Grâce à un CAP Bières-Playstation, Djeyson bosse chez Star Skate, à Torcy. Il porte une gourmette grosse comme une chaîne de Trial et s'est fait tatouer « EXTRÊME » sur l'avant-bras, une mention toujours rassurante pour une fille.

Quand il est allé fumer son troisième oinj' à la fenêtre, Babeth nous a glissé qu'il baisait comme un dieu. Ah mais, j'en suis sûre, comme je suis certaine qu'il fait parfaitement quelque chose que je suis incapable de faire, mais je me suis tout de même vue dans l'obligation d'anticautionner cette relation. Heureusement, elle a profité de ces super-pouvoirs une nuit de plus et a « tej' » MC Djey.

Big up sister !

8 février

CACHEZ CE SAINT QUE JE NE SAURAIS VOIR

J-5... Foutue Saint-Valentin... Au fil des années, je suis devenue limite phobique. Sa simple évocation me colle des boutons, et pas des boutons de fleurs, ni de manchettes (à offrir à un homme en signe d'amour et de manque d'imagination), non, de vrais boutons de vraie répulsion. Ce n'est pas faute d'avoir essayé d'en être, mais chatte échaudée craint l'eau de rose. Rien que l'année dernière, j'ai largué Quentin et direct derrière, paf, punition karmique, je me suis fait jeter par Solal. Quand je fais le bilan de tous mes 14 février, je trouve que je mériterais qu'on m'en dispense, certificat médical à l'appui. Jugez vous-même :

Seize ans. Première Saint-Valentin, première cataschtroumpf : je me suis fait larguer par un mec de première C au Bistrot Romain (carpaccio, frites et humiliation à volonté).

Dix-neuf ans. Mon mec d'alors, une boulette du réveillon dont je n'arrivais pas à me débarrasser, m'a offert un chaton. Pas un chaton en peluche qui dit « *I love you* » quand tu lui appuies sur la patte (j'aurais préféré, c'est dire), un chaton en chair et en poils. Ils avaient le même regard ultra culpabilisant quand je les ai virés tous les deux.

Vingt-trois ans. Un ex qui n'avait visiblement pas configuré son deuxième degré m'a crue quand j'ai dit que j'adorais le thrash metal. Du coup, le jour J, il m'a bandé les yeux jusqu'à une salle de concerts et j'ai passé « la soirée la plus romantique de l'année » à boire de la bière au milieu d'orques aux cheveux gras.

Celui de mes vingt-cinq ans n'est pas triste non plus : j'ai reçu un texto de mon mec le matin même. Jusqu'ici tout allait bien – *right on time* –, seulement le message était destiné à une certaine Aurélie qui ne devait surtout pas se vexer, mais vu la date, il était obligé de passer la soirée avec moi. Je l'ai aussitôt libéré de ses obligations.

Le plus humiliant reste quand même celui de mes vingt-huit ans : Léa avait décidé de profiter de l'occasion pour me présenter un collègue d'Antoine. Un dîner à quatre, un 14 février ? Pourquoi pas me demander de venir avec un tee-shirt sobrement imprimé « PRENDS-MOI » ? Elle a tellement insisté que j'ai fini par y croire. Du coup, j'ai passé la journée à me préparer. Je souriais sous mon cataplasme de concombre : quel début kitch, on n'avait pas fini d'amuser nos petits-enfants ! Je souriais toujours en franchissant le seuil du resto dans ma robe sexy, juchée sur des talons de Wonder Connasse et coiffée comme un caniche de concours... Le collègue n'est jamais venu. J'ai passé le dîner aux chandelles à tenir le chandelier.

Et je vous fais grâce de mes Saint-Valentin à mastiquer seule devant la télé et de quelques autres platement médiocres. Bref, c'est officiel : je déteste cette fête... N'empêche, j'attends de voir ce qu'Adrien va me préparer.

14 février

CHABADA BADAY 10 février, 11, 12... Les jours passaient et Adrien ne me proposait rien pour la soirée du 14, pas même un ciné, rien de rien, le désert à perte d'ouïes. Cupidon tournoyait au-dessus de ma tête comme un oiseau de mauvais augure... J'essayais de toutes mes forces d'être cohérente : je déteste cette fête, je déteste cette fête, je déteste cette fête, c'est un coup monté des chocolatiers, des restaurateurs et des fleuristes pour nous faire cracher les quelques euros qui ont survécu à Noël et aux soldes ! Quelle idée d'assigner les amoureux à comparaître, en plus j'ai toujours eu horreur du rose et la première chose à laquelle je pense en voyant des angelots, c'est à l'obésité infantile !

Malgré tout ça, j'attendais qu'il marque le coup. On venait de se remettre ensemble, j'avais besoin de preuves. Il faut dire que mon boulot n'aidait pas : une maternité, il n'y a rien de pire pour sombrer dans le romantisme.

Adrien a fini par réagir le jour même (pas nerveux le mec) par texto, à 11 h 37 précisément :

Dîner à la maison, ce soir,
j'ai une surprise pour toi !

Je la voyais d'ici sa surprise : un repas de fête Picard à la lueur de bougies chauffe-plats Ikea. Parfait. Je n'en demandais pas plus.

Toute la journée, je me suis creusé la tête pour trouver comment marquer le coup, moi aussi. C'est comme ça que j'ai sonné chez lui, à moitié nue sous mon manteau. À lui le repas fin, à moi la lingerie fine ! Avec ma guêpière « Hypnotic » Aubade, je doutais qu'on fasse honneur à son dessert.

J'étais en train de remonter mes cuissardes quand la porte s'est ouverte. J'ai relevé la tête, mutine, et me suis retrouvée nez à nez avec une femme d'une soixantaine d'années.

Heu… C'est-à-dire ?

Adrien est alors arrivé, un verre à la main, et le plus naturellement du monde, il m'a présenté sa mère. Prise de court, j'ai souri comme une Miss Prestige National, tout en resserrant la ceinture de mon manteau à m'en fêler les côtes flottantes. Quelques secondes plus tard, je rencontrais son père dans le salon.

À la première occasion, j'ai attiré Adrien dans sa chambre et lui ai déballé le problème. Il est parti dans un fou rire qui durerait encore si je ne lui avais pas écrabouillé le pied d'un coup de talon. Il n'avait pas du tout tilté que c'était la Saint-Valentin.

— Mais t'inquiète, ils sont super cool mes parents.

— Au point de dîner avec ma paire de seins ?!

J'ai enfilé un de ses pulls XL en le fusillant du regard et suis allée affronter mes futurs beaux-parents habillée comme une prostituée en pause.

21 février

DANS LE PLUS SIMPLE APPAREIL... PHOTO

Comme j'avais raté mon effet, j'ai eu une autre idée (que j'ai perçue à tort comme brillante) : glisser dans la poche de son manteau une photo de moi toute nue. J'étais prête à parier ma selle et mes bottes qu'en la trouvant à sa première pause-clope, il noterait un net durcissement de la situation et prendrait son après-midi. Mon tournage ne reprenant que dans deux semaines, je pouvais l'attendre chez moi, prête à passer à l'action. Restait à faire cette photo (au risque de vous décevoir, je n'ai pas de portrait érotique caché au fond de mon tiroir à culottes).

J'ai fait des selfies en costume d'Ève, la feuille de vigne en moins. Au début, j'ai pris des positions à faire rougir un proxénète bulgare. Le résultat manquait cruellement d'espièglerie (comme une vitrine de boucherie manque de poésie), j'ai donc refait une série plus soft dont j'ai sélectionné le meilleur cliché : flou, surexposé, mal cadré, il suggérait à merveille le message, sans s'étendre inutilement sur mes défauts. Je l'ai téléchargé sur mon ordi, imprimé sur papier photo et glissé, comme prévu, dans la poche de son manteau un jour où il dormait chez moi.

Toute la matinée, j'ai souri bêtement en attendant son coup de fil. À midi, je commençais à trouver le temps long. À 16 heures, j'ai failli l'appeler pour lui demander ce qu'il foutait. À 19 heures, j'ai conclu qu'on était sur un pétard mouillé. Conclusion hâtive. À 19 h 02, Adrien m'a appelée. Il avait bien vu la photo, mais *après* le client qui s'était penché pour la ramasser quand elle était tombée de sa poche. Il m'a aboyé qu'il ne s'était pas senti aussi gêné depuis le jour où sa mère l'avait emmené à l'école en nuisette. Comparaison embarrassante, mais prometteuse sur un plan psychanalytique.

2 mars

PASSEPORT POUR LA QUATRIÈME DIMENSION

Mardi dernier, je me suis réveillée à 5 h 30 du matin. J'ai gratté à la porte de Morphée, mais apparemment toute sortie était définitive. J'ai donc laissé Adrien ronfler dans son lit king-size et suis allée me faire couler un café. Quelques minutes plus tard, en tailleur sur son canapé, je consultais mes mails sur son iPad.

À cette heure, j'avais surtout des nouvelles de mes amis « Groupon » et « Voyage privé ». Une fois passées en revue les offres d'épilation définitive et de séances d'aquabiking (– 70 % sur la souffrance), je me suis baladée sur les plages de Zanzibar. Je rêvais de soleil, de chaleur et de palmiers quand une nouvelle idée m'a traversé l'esprit à la vitesse d'une balle dum-dum. Après l'échec de l'imper et de la photo, j'étais prête à retenter ma chance, habillée cette fois et loin de son boulot où il perdait visiblement son humour :

lui offrir un week-end surprise dans une ville où il ferait un peu chaud, tant qu'à faire.

Rome, Lisbonne, Madrid, quelle que soit la destination, il me fallait son passeport. Je me suis levée, certaine que je n'allais pas galérer pour le trouver, mon jules étant plus ordonné que moi (comme la quasi-totalité de l'espèce humaine). Au terme d'une fouille vaguement culpabilisante, j'ai mis la main dessus dans un tiroir de son bureau, je l'ai ouvert et…

WHAT THE FUCK ?! WHAT THE FUCKING FUCK ? !

… en face de « Prénom », il était inscrit noir sur blanc : BERNARD ?! J'étais prête à tout encaisser : une photo atroce avec une coupe de footballeur, quelques années de plus ou de moins, même un lieu de naissance près de Tchernobyl, mais ÇA ! Je n'en croyais pas mes yeux pourtant exorbités !

Après analyse du document, Adrien était son deuxième prénom. Allez comprendre pourquoi, je l'ai quand même très mal pris. J'avais l'impression brute et collante qu'il m'avait menti sur son prénom comme si j'étais un plan cul ! Je me suis laissée tomber dans le canapé et suis restée là, prostrée, le regard vide. Qui était cet homme avec qui je sortais, rentrais, riais, couchais, dormais depuis six mois ? D'un seul coup, tout est devenu terriblement possible : qu'il fasse partie d'une secte satanique, qu'il pense à changer de sexe dans le courant de l'année, qu'il pratique le mélangisme pendant ces fameuses « soirées poker »… Je sais bien que tout le monde l'appelait

« Adrien », mais je n'étais pas tout le monde ! Il aurait dû me le dire !

« Bernard » a fini par se lever, me sourire et se diriger vers les toilettes... exactement comme s'il s'appelait Adrien ! Je suis sortie de ma léthargie et l'ai suivi du regard. Comment avait-il pu me pipeauter à ce point ?! Difficile de lui demander sans passer par la case « j'ai fouillé dans tes affaires ». Mon orgueil et moi étions coincés... pour l'instant, mais j'allais trouver un moyen de le faire parler !

3 mars

UNE SURPRISE SANS NOM... MAIS AVEC PRÉNOM Activation de la cellule de crise. Les louves ont rappliqué chez moi. Quand je leur ai annoncé qu'Adrien m'avait menti sur son prénom, leurs mâchoires sont tombées sur la table en faisant tressauter nos verres. Comment était-ce possible ? Comment et surtout POURQUOI ?! Encore s'il s'était appelé Casanova ou Jedi, on aurait compris qu'il fuie le côté obscur de la farce, mais Bernard ?! On est toutes tombées d'accord : c'était laid, mais pas insurmontable comme vice de forme. Prenez Bernard Arnault : première fortune de France, comme tocard, on fait mieux, non ? Et Bernard-Henri Lévy ! On peut critiquer ses prises de position philosophiques (et les prises de position érotiques de sa femme), mais pas son prénom ! Et Bernard et Bianca, *so cute !* La preuve était faite : ce prénom, à lui seul, ne pouvait pas expliquer la transmutation d'identité. La vérité était ailleurs, mais où ? Pour le savoir, je devais poser directement la question à... Bernard (ce qui n'arrangeait pas du tout mes affaires puisque, pour trouver son passeport, rappelons-nous que j'avais bassement fouillé dans les siennes).

Sophie a eu une illumination :

— Et si tu lui proposais de prendre des billets, comme ça, sur un coup de tête ! Il serait obligé de sortir son passeport !

Niveau machination, on était plus près du cheval à bascule que du cheval de Troie, mais c'était ça ou laisser mon amour se faire à nouveau déchiqueter par la méfiance.

J'ai mis le plan à exécution dès le lendemain matin. J'ai choisi une offre imbattable pour Madrid et la lui ai collée sous le nez en minaudant comme une jolie connasse. À ma grande surprise, il est immédiatement allé chercher son passeport, me l'a filé pour que je remplisse le formulaire et il est allé se doucher.

Okay...

Coup d'œil à la bonne page.

En face de « Prénom », il y avait... Adrien ?!

Pardon ?!

J'ai relu dix fois la ligne, et à chaque fois : Adrien, Adrien, A-dri-en ?! Et Bernard en deuxième prénom. Incompréhensible. C'était la même photo, les mêmes infos... J'avais bu ou quoi ? J'ai attendu qu'Adrien sorte en serviette et je l'ai attaqué par la face nord :

— Dis donc, ah ah ah, tu m'avais pas dit que ton deuxième prénom, c'était Bernard !

— Tu te moques du prénom de mon grand-père ?

Rétropédalage :

— Pas du tout, c'est très beau Bernard.

Il sourit :

— Non, c'est atroce, la dernière fois que j'ai fait refaire mon passeport, ils se sont trompés, ils ont inversé les prénoms. Bah, je peux te dire que je l'ai fait refaire fissa. J'ai dit que je l'avais paumé quand même, pour le garder.

— Ah bon... ah ah... c'est... très drôle.

Un jour, il faudrait que j'arrête d'*over*-réagir.

14 mars

24 HEURES DE LA VIE D'UN HOMME Ce matin, je regardais l'équipe s'activer sur le plateau en buvant mon café : que des mecs, au décor, au son, à l'image ! C'est pas nouveau, hein, je suis souvent la seule meuf et ça ne m'a jamais dérangée. J'adore leur compagnie, ils semblent programmés pour être efficaces et invulnérables (même si certains font plus illusion que d'autres). Parfois, j'aimerais même avoir deux grands bras poilus, une grosse voix et un zboub de compétition.

Si on me donnait tout ça, cadeau, pendant vingt-quatre heures, je sais exactement ce que je ferais en premier : je baisserais mon boxer. Avant tout le reste, avant d'enlever la petite bouloche dans mon nombril, avant de faire mousser mon torse sous la douche, avant de vérifier que j'ai bien deux-trois notions en mécanique, avant de comprendre le hors-jeu, je partirais à la découverte de mon membre viril (*mon* membre viril, vertigineuse perspective).

Une heure plus tard, j'essayerais de reprendre mes esprits, allongé en étoile dans mon lit, terrassé par ce plaisir momentanément définitif. Ensuite, je sauterais sur mes pieds (pointures 43) et je me mettrais à multiplier les expériences : pisser debout, me raser les joues, assumer enfin ma moustache, lire une demi-heure assis sur les toilettes, manger l'intégralité d'un sachet de pains au lait sans prendre un gramme et sortir dans le vaste monde.

Là, j'achèterais *L'Équipe*, pour voir, et je rentrerais dans un magasin de sport pour comprendre ce qui pousse les hommes à accumuler des instruments de torture. Je ressortirais par une autre porte, sans être paumé parce que j'aurais le sens de l'orientation intégré, j'irais me poser à une terrasse pour découvrir le goût du Coca rouge et regarder passer les femmes. La rue ressemblerait tout à coup à la page d'accueil de Youporn. Je noterais avec amusement que les pectoraux, coef. 2 chez les filles, passent directement en coef. 7. J'aurais alors envie d'essayer de faire l'amour pour de vrai, pour voir un corps de femme sous un autre angle. Comme je serais du même sexe que George Clooney, je trouverais le courage d'en aborder une. Elle me sourirait (tant qu'à faire) et me donnerait rendez-vous pour le lendemain (dommage).

À la fin de la journée, après avoir passé ma soirée à roter de la bière avec des potes et à prendre des râteaux, je finirais à nouveau étendu dans mon lit, mon sexe mou endormi sur ma cuisse. Là, en fixant le plafond, je sentirais monter en moi la peur de perdre ma mère, mes cheveux, mon boulot et mes érections, et j'utiliserais les quelques minutes qui me restent à me féliciter d'être une fille.

21 mars

UNE DENT CONTRE L'AMOUR À chaque fois que j'ai recroisé un ex dans la rue, le hasard s'est appliqué à mal faire les choses : soit je sortais du hammam – toute rougeaude et les cheveux tirés –, soit je venais de me faire brûler la couperose au laser, soit j'avais mis dix minutes douche comprise à me préparer et j'avais l'air de ma jumelle maléfique, celle qui tient la cuiller de Nutella les mauvais soirs. J'étais donc la première surprise lorsque je suis tombée sur Esteban en traversant la place de la République. J'allais fêter mon anniversaire avec des potes au resto. Comme il recommençait à faire bon, j'avais rangé mon gros bonnet, mon écharpe-goutte au nez et ma parka fourrée qui me faisait une taille d'hippopotame et j'avais ressorti mes robes-pulls, mes bottes et mes manteaux sexy-cintrés-demi-saison, bref toutes mensurations gardées, j'étais resplendissante.

Esteban m'a fait une bise maladroite en regardant ailleurs, preuve qu'il n'avait rien oublié de ce soir d'été, il y a quatre ans, quand on a enterré notre histoire à la terrasse d'un bistrot de Montparnasse.

Elle partait pourtant bien, cette aventure. On en était au troisième rendez-vous, on avait consommé la veille avec un entrain très prometteur et il y avait de la seiche à la plancha en plat du jour. On avait tout pour être heureux… jusqu'à ce qu'Esteban attrape le poivrier, épice généreusement son assiette et éternue à s'en déplacer la cloison nasale. Jusqu'ici, rien de captivant, seulement quand il s'est remis à me parler, il lui manquait une des deux grandes dents de devant. Horreur, malheur : il avait un énorme trou dans le râtelier. Un morceau de salade coincé entre deux incisives, encore, je l'endure par délicatesse, mais là, je ne pouvais décemment pas le laisser continuer à me sourire. Je lui ai donc fait remarquer – à mi-voix et à demi mot en serrant les fesses – qu'il avait un petit souci d'ordre bucco-dentaire. Affolé, il a vérifié du bout de la langue. Terrifié, il s'est regardé dans la lame de son couteau. Épouvanté, il a conclu en me fixant que ça n'était pas une blague (heureusement pour moi, vu sa réaction, un procès pour usage abusif de l'humour serait toujours en cours d'instruction). Repoussant les frontières du désastre, Esteban a mis sa main devant sa bouche et s'est exclamé :

— Mille deux fffen' euros !

En le voyant plonger à quatre pattes sous la table, j'en ai déduit que c'était le prix de la dent perdue… que j'ai retrouvée dans mon assiette. Du bout des doigts, j'ai attrapé ce chicot gluant de salive et de jus de seiche et le lui ai tendu. Il a écourté le dîner et ne m'a plus jamais rappelée.

Et bah je vais vous dire, la honte, c'est sympa aussi côté spectateur.

30 mars

FAIT COMME UN RAT Pendant qu'Adrien et moi fêtions le printemps en buvant des *cervezas* dans les rues de Madrid, Babeth est sortie avec la pire race d'homme, pire que le mec marié qui ment comme il drague, pire que le célibataire endurci qui dort dans les mêmes draps dépareillés depuis six mois et, même, pire que le gars fraîchement largué qui pleure après l'orgasme. Elle est sortie avec un radin, un vrai, le genre qui vient dîner chez toi le ventre et les mains vides, qui a systématiquement oublié son chéquier pour les cadeaux communs et qui n'est prêt à faire des enfants qu'au moment de la déclaration d'impôt. Il s'appelait Xavier, était radiologue et roulait en Porsche, ce qui n'arrangeait pas son cas. Rencontré à la braderie des soldes des Galeries Lafayette, il l'a invitée à dîner chez lui (sans doute pour économiser un resto, mais elle ne le savait pas encore).

Quand elle est arrivée, il a royalement débouché une bouteille de mousseux en affirmant :

— Il vaut mieux un bon mousseux qu'un mauvais champagne !

Qu'est-ce qui nous empêche de boire du bon champagne ? s'était-elle demandé en se râpant la gorge sur la piquette. Elle a compris le problème quand un livreur de sushis a sonné et que Xavier lui a gentiment proposé de partager l'addition. Pendant toute la soirée, il n'a parlé que d'argent. Genre :

— Elle te plaît ma table basse ?

— Heu... oui.

— Je l'ai eu à deux cent dix euros ! C'est du marbre hein ! Touche !

— Non, non, c'est bon, merci.

Elle a vite décidé d'appeler un taxi avant de se retrouver au lit avec un mec qui compte ses coups de reins. Comme elle n'avait plus de batterie, elle lui a demandé son portable.

— Sûrement pas, lui a-t-il aimablement répondu, tu sais combien ils facturent la minute sur ces numéros ?!

Elle est donc descendue en choper un dans la rue. Comme on était samedi, elle est rentrée à pied, en talons et en colère.

Elle s'apprêtait à le larguer, mais avant, ce fils de rat méritait de payer un peu, dans tous les sens du terme. Elle lui a donné rendez-vous sur les Champs-Élysées. Après une balade agréable, puisque gratuite, elle a poussé la porte de « Laurent », un restaurant gastronomique où elle avait réservé une table. Une fois assise, elle lui a fait remarquer que sa carte n'affichait pas les prix puisque les femmes ne sont pas censées payer, hein Xavier ? Pris de panique, il n'a même pas pensé à lui faire le couplet sur l'égalité des sexes.

Il n'a pas souhaité d'entrée. Du coup, il a eu tout le loisir de la dévisager alors qu'elle dégustait ses cent cinquante grammes de truffes blanches finement émincées. Tandis qu'il avalait de travers sa caille dorée en cocotte, elle s'est délectée d'un tronçon de turbot. Il mettait sa main sur son verre pour empêcher le serveur de le resservir, tentative désespérée pour sauver une bouteille hors de prix. Pas de dessert pour lui, évidemment. Babeth, en revanche, n'a pas perdu une miette, ni de son millefeuille, ni de la détresse de son mécène commis d'office.

Au moment du café, elle s'est levée pour aller aux toilettes. Elle est passée au vestiaire, a tranquillement enfilé son manteau et filé à l'anglaise, sans aucun scrupule. Après tout, quoi de plus magnanime que de rendre à un radin la monnaie de sa pièce ?

6 avril

DÎNER AUX TRENTE-SIX CHANDELLES Hier, Adrien m'a invitée à dîner dehors (de son plein gré). J'ai flippé en arrivant au resto : l'endroit était petit, prétentieux, mal éclairé, en un mot, romantique. Pas du tout le genre d'endroit où on raconte mécaniquement sa journée en mastiquant des chips à la crevette. J'ai tout de suite imaginé le pire : il allait me faire sa demande et je ne m'étais même pas lavé les cheveux !

Comme il avait un peu de retard, je me suis installée. Magie du désordre et de la négligence, j'ai retrouvé un vieux gloss au fond de mon sac. Une fois décollées les miettes de tabac, j'ai ranimé mes lèvres et, avec elles, un semblant de confiance en moi.

Il est arrivé dans son plus beau costume. Mon intuition se confirmait... Il m'a fait un smack, mais au moment où il posait son manteau sur le dossier de sa chaise, son téléphone a sonné. C'était le gros client qu'il venait de voir, du coup il est ressorti... Seule face à son manteau, est montée en moi l'envie folle de lui tâter les poches. J'essayais de lutter, mais il fallait que je découvre si, oui ou non, il était venu avec un écrin. Je suis trop émotive pour attendre sans rien faire qu'une bonne nouvelle me tombe sur le coin de la gueule. J'aurais été capable de pleurer bien au-delà du délai légal, un dégât des eaux à faire cloquer le contreplaqué de la table. Si je ne me préparais pas, j'allais lui imposer des sécrétions en tout genre. On serait très loin de la nymphe qui écrase une larme-papillon avant de passer la bague à son doigt gracile, d'ourler sa bouche et de murmurer un « oui » sexy comme un « poupoupidou ».

Coup d'œil dehors. Le portable vissé à l'oreille, il faisait les cent pas sans me calculer. Parfait. J'ai avancé la main vers son manteau pile au moment où le serveur s'est pointé. J'ai sursauté comme si j'étais en train de piquer dix francs dans la veste de mon père. Je lui ai commandé deux coupes au cas où ça tournerait vraiment aux fiançailles et, dès qu'il est parti, j'ai remis ça. Je n'ai pas eu à palper longtemps pour tomber sur une forme carrée dans sa poche intérieure !

Quand il est revenu s'asseoir, je palpitais à 300 pulsations/minutes. Il a souri lorsque le serveur a apporté le champagne.

— Ça tombe bien, m'a-t-il dit en plongeant la main dans son manteau, j'ai quelque chose à te demander.

J'ai cru que j'allais m'évanouir et louper le meilleur passage ! Il a sorti la petite boîte, l'a posée sur la table et l'a fait glisser jusqu'à moi. Je l'ai ouverte comme une parkinsonienne et suis tombée sur… une clé ?!

— Tu veux bien venir habiter chez moi ? a-t-il sous-titré la scène.

Je l'ai dévisagé, les yeux au bain-marie, pas mécontente finalement que notre plongée dans l'amour se passe par paliers. J'ai ourlé ma bouche et murmuré un « oui » sexy comme un coassement.

15 avril

EX ET CONCUBINE Une semaine après, mes culottes séchaient dans sa salle de bains, ses placards débordaient de chaussures à talons et son frigo de yaourts 0 %. Ça ne l'a pas effrayé, au contraire : les premiers jours, on a fait l'amour dans toutes les pièces et toutes les positions, on s'est cuisiné des plats dignes des épreuves sous pression de Top Chef, on a discuté des heures dans le canapé, bref on a fait une entrée fracassante dans la vie commune.

Jamais à court d'une connerie, j'ai proposé une pendaison de crémaillère pour fêter ça. On était tellement fiers d'ultra-concubiner qu'on s'est lâchés sur les invitations. Le samedi suivant, il y avait la queue aux toilettes et un nuage de soiffards au buffet. Je passais d'un groupe à l'autre avec l'enthousiasme de Cathy Guetta, quand une grande métisse sud-américaine a fait son entrée, attirant tous les regards, des plus admiratifs aux plus exterminateurs.

Elle a enlacé mon mec pour lui faire la bise et là j'ai compris que cet engin aérodynamique allait être mon problème, pas celui de Sophie (qui pourtant hésitait déjà à crever les yeux de Fabian), pas celui de Léa (son Antoine est fidèle comme une valise à roulettes), encore moins celui de Babeth qui ne craint aucune concurrence, non, non, mon problème à moi, mon mien personnel qui allait bien me pourrir la soirée. Pour s'en convaincre, il suffisait d'entendre Miss Univers éclater de rire avec un naturel désarmant tout en tirant sur son décolleté sans y penser (comme si on pouvait machinalement montrer ses seins).

J'étais très tentée de me coller à eux genre « salut-ça-va-je-suis-sa-meuf », mais comme j'ai un peu d'honneur, j'ai mené mon enquête auprès de Sam et Amin. Ils la détestaient depuis qu'elle avait fait souffrir Adrien en le quittant pour un autre. OK ! Je ne pouvais plus agir en sous-marin, il fallait que j'intervienne avant que mes culottes retraversent Paris dans l'autre sens.

Je les ai rejoints. À côté d'elle, j'avais l'impression d'être Mariah Carey en fin de grossesse. Adrien m'a roulé une énorme galoche qui n'en finissait pas, puis m'a présentée :

— Marion, Paloma, Paloma, Marion, la femme de ma vie.

La femme de sa vie ?! Ah d'accord... J'étais surtout la preuve sur pattes qu'il l'avait zappée, oubliée, remplacée ! S'il s'était écouté, je suis sûre qu'il m'aurait fait tourner sur moi-même en vantant les qualités du produit. Il m'instrumentalisait, le saligaud ! Mais comme il avait l'air sincèrement heureux, je n'ai même pas pensé à mal le prendre... elle si par contre. Elle a chopé le premier mec qui la fixait en bavant et s'est mise à le chauffer. Voyant qu'Adrien s'en foutait, elle a tout donné : elle a agité sa crinière, fumé à pleine bouche, dansé comme un chagasse, sans succès. Quand elle est enfin partie, j'ai poussé la porte derrière elle... en même temps qu'un soupir de soulagement.

25 avril

D'UN COUP DE BRAGUETTE MAGIQUE J'ai enfin compris pourquoi j'adooore acheter des chaussures : grignoter me fait grossir, essayer des fringues me boudine, choisir une crème me rappelle que j'ai la peau mixte à tendance grasse, aller chez le coiffeur m'expose au risque d'une catastrophe capillaire, alors qu'avec les chaussures, pas de mauvaise surprise, ça va toujours. Il suffit que je glisse mon pied dans un escarpin qui coûte le PIB du pays qui l'a fabriqué et hop, je gagne les centimètres nécessaires pour dominer mes soucis. Je peux avoir repris de la raclette la veille, avoir dormi la tête sur un baffle, m'être fait larguer le matin même, je n'ai qu'à concentrer mon attention sur mes pieds, je me sens tout de suite mieux.

En tout cas, c'est l'impression que j'avais chez Louboutin en essayant une paire d'escarpins roses à paillettes. Je les voulais ! Je pressentais bien qu'il allait falloir que je trouve l'occasion de les mettre, qu'ils seraient trop extravagants pour un dîner, trop habillés pour juste boire un verre, trop hauts pour une soirée dansante et tout simplement trop roses pour 99 % des choses que j'allais faire dans les décennies à venir, mais si on s'arrêtait à ce genre de détail, on n'achèterait plus que des mocassins Scholl qui ne font vibrer personne, à part les podologues.

J'en étais donc déjà à l'étape suivante (faire le montage financier dans ma tête) quand un second vendeur est remonté de la réserve. Grand, mince, androgyne, avec une pointe d'accent espagnol, j'ai eu tout de suite le coup de foudre. Que les partisans d'Adrien se rassurent, pas pour moi, pour Tim. C'était tout à fait son type... maintenant, il devait devenir son mec. Il était gay, ça c'était sûr (on ne trompe pas le nez d'une chienne), mais avait-il déjà quelqu'un ? Une seule façon de le savoir... Je lui ai demandé de mettre de côté mes jolis souliers et je suis sortie appeler Tim. Il a rappliqué ventre à terre (le célibat est un puissant moteur à combustion interne) et on est rentrés dans le magasin, l'air de rien, moi en acheteuse hésitante, lui en homme de bon conseil.

L'instant d'après, j'aurais pu enfiler mes escarpins et vaciller jusqu'à la sortie sans les payer, le vendeur n'y aurait vu que du feu, le feu de brousse qui incendiait le regard de Tim.

27 avril

HAPPY BEGINNING Renseignements pris : il s'appelle Ruben, il fait l'amour comme un dieu et ils sont *enamorados*.

Je ne sais pas ce qui me rend le plus heureuse : leur bonheur ou la perspective de bénéficier de 30 % de réduction sur mes prochains achats compulsifs.

4 mai

LE DUR DÉSIR DE DURER Cette semaine, on s'est fait un dîner sur la terrasse de Sophie. Fabian était parti dans le Sud pour suivre une formation d'animateur de marche aquatique côtière (ce couple me sidère). C'était enfin le retour des repas en pull sous le ciel étoilé. Joie ! Ça faisait longtemps que je n'avais pas vu les louves dans un contexte « picole et confidences ». À un moment, je ne sais plus pourquoi, on s'est mises à parler de la fréquence des rapports sexuels en couple. Sophie et Fabian ne couchaient plus ensemble qu'une fois par semaine, généralement le dimanche matin. Quant à Léa et Antoine, ils faisaient beaucoup l'amour en ce moment, mais seulement parce qu'ils cherchaient à faire un enfant.

— Sinon, c'est ça, ouais : trois-quatre fois par mois.

La flippe. Adrien et moi vivons donc avec une épée de Damoclès au-dessus de notre lit. Penser à lui servir mes seins avec de la chantilly, acheter une culotte fendue et bachoter le Kamasutra…

Quand je suis revenue à la conversation, Babeth était sur son smartphone : elle faisait livrer le Rabbit dernière génération à Sophie et Léa.

10 mai

STRESS ET PAILLETTES Mon iCopine Elsa n'a pas ce genre de problème. Pour elle, les hommes sont des accessoires de mode : du dandy à fine moustache au rockeur héroïnomane, en passant par le philosophe vu-à-la-télé, elle change de style en fonction de son humeur, exhibe son nouveau toy-boy dans les endroits en vogue, puis joue la fille de l'air toujours dans l'air du temps.

Son dernier *must have* s'appelait Robin. D'après Google, c'est la star montante du cinéma belge. D'après Elsa, c'était « le mec ultime ». Méfiance. C'est exactement l'adjectif qu'elle avait utilisé pour décrire son sarouel Prada avant de se rendre compte qu'elle avait l'air de porter une couche-culotte.

Toujours est-il qu'elle voulait rejoindre Robin par surprise au Festival de Cannes et qu'elle m'a proposé de l'accompagner. Adrien passait encore le week-end à bosser sur une maquette, j'étais donc d'autant plus libre de la suivre dans son délire. Sa tante lui prêtait un studio à dix minutes à pied de la Croisette (comptez vingt-cinq en talons), elle avait ses entrées partout et assez de tenues pour compenser ma garde-robe, la météo prévoyait 22° tous les jours et un grand soleil. Pour moi, ça sentait vraiment le séjour de rêve, preuve que je n'ai aucun flair.

Robin n'avait aucune envie qu'on soit là, je l'ai compris au premier regard qu'il a posé sur Elsa quand on a débarqué sur la plage où il déjeunait avec Vincent Lindon, Jean Dujardin et Gilles Lellouche. Plantées comme deux groupies descendues de Quimper en stop, on attendait que quelqu'un nous offre un siège. Les secondes s'égouttaient mollement et rien ne se passait. Elsa a fini par prétexter une séance à la quinzaine des réalisateurs et on a débarrassé le plancher.

À partir de là, elle a littéralement pété un plomb. Elle n'avait plus qu'un objectif : croiser son « connard de Belge » le plus souvent possible pour le seul plaisir de tourner les talons et lui montrer son petit cul d'enfer partant s'éclater ailleurs. On s'est donc mises à courir les soirées. J'avais à peine le temps de commander une coupe au bar qu'on changeait de crèmerie.

Le dernier soir, Elsa a déboulé sur la piste de danse de la Villa Schweppes. J'ai tout de suite vu clignoter dans ses yeux : « Ceci n'est pas un exercice, je répète, ceci n'est pas un exercice ! » Robin venait de lui bafouiller une déclaration d'amour. Il y avait apparemment beaucoup d'alcool impliqué, mais qu'importe... Il ne tiendrait pas jusqu'à la prochaine collection de toute façon.

Je suis donc rentrée seule au studio avec plus qu'une envie : repasser de l'autre côté du miroir pour retrouver mon canapé et mon mec avachi dedans.

18 mai

CHAUSSURE À SON PIED Entre Tim et Ruben, c'est une affaire qui roule, qui roule même à 200 km/h en brûlant tous les feux. C'est bien simple, le chewing-gum que je mâchais quand je les ai présentés avait encore du goût quand ils ont emménagé ensemble. Pas étonnant : ils sont faits l'un pour l'autre, même Loïc le reconnaît. À les voir roucouler, glousser, se passionner mutuellement, je regrette presque nos tout débuts avec Adrien, cette période magique où il ne bossait pas jusqu'à 22 heures tous les soirs.

26 mai

L'AGENT NE FAIT PAS LE BONHEUR Babeth m'a raconté l'anecdote la plus gênante, mais la plus drôle que j'aie jamais entendue. La semaine dernière, elle a rencontré un agent immobilier en visitant un appartement près d'Odéon. Elle n'a pas pris l'appart, en revanche, elle a pris le 06 de l'agent et ils se sont revus deux jours plus tard.

Le film qu'il avait choisi était déprimant, le restaurant insipide et les sujets de conversation soporifiques. À part sa belle gueule, il n'avait rien pour lui, et encore moins pour Babeth qui rêvait de finir son tiramisu spongieux et de rentrer chez elle. C'est sûrement ce qu'elle aurait fait si elle n'avait pas porté un ensemble en dentelle et ne s'était pas fait épiler dans les moindres recoins. En plus, il venait de sponsoriser le dîner et la regardait avec des yeux de crapaud mort de désir. « Tout ça vaut bien une baise de charité », se dit-elle. Elle a donc accepté de terminer la soirée chez lui.

À peine assise dans son canapé et remise de l'absence de déco, de rangement et d'aération, le célibataire – plus endurci que jamais – a commencé à la chauffer en cumulant détartrage et tentative d'excision. Babeth, comprenant qu'elle ne tirerait aucun plaisir de cette donation de son vivant, s'est alors mise à simuler pour accélérer le processus. Cette accélération a eu pour seul résultat d'emballer la machine. Au quarantième coup de reins surexcité du négociateur foncier, tout s'est bloqué en position levrette. Plus rien ne coulissait, ils étaient soudés l'un à l'autre. On se serait cru à la FIAC.

La mort dans l'âme, ils ont fini par se déplacer en crabe jusqu'au portable de Babeth. Un médecin urgentiste est arrivé vingt minutes plus tard (une éternité quand on est cimenté à un homme qui n'a pas d'humour).

Âmes sensibles s'abstenir, la suite contient des images qui peuvent choquer, une en particulier mettant en scène un médecin plein de doigté et un rectum parfaitement épilé. Une fois la situation débloquée, Babeth est partie en conseillant à l'agent de remplacer son numéro par le 15 ou le 18.

1er juin

ANNIVERSAIRE-SURPRISE… DU CHEF En restant avec quelqu'un plus de trois mois, on augmente le risque de l'entendre dire un jour :

— Tiens, c'est bientôt mon anniversaire.

Je déteste cette phrase. Quand mon mec la prononce, j'ai toujours l'impression qu'il me pointe du doigt en hurlant :

— QU'EST-CE QUE TU COMPTES FAIRE, FEMME ?!

À deux semaines de celui d'Adrien, j'hésitais encore entre lancer l'usine à gaz (contacter tous ses potes dans son dos et trouver un endroit à l'épreuve du bruit et des effets de l'alcool sur l'organisme humain) ou organiser un petit tête-à-tête romantique ?

N'écoutant que ma mauvaise foi, j'ai décidé que c'était un peu tard pour orchestrer une beuverie. Je me suis donc mise à plancher sur une dînette en amoureux à l'appart. Le jour J, j'ai punaisé dans le salon une grande banderole « Happy fucking birthday » et gonflé à l'hélium des dizaines de ballons multicolores. On ne voyait plus le plafond. Ça donnait un côté ultra festif. Ensuite, je suis passée en cuisine et j'ai tout préparé pour n'avoir plus qu'à poêler les gambas au dernier moment. Pour finir, j'ai posé sur la table basse deux flûtes à champagne et un paquet Hugo Boss (son vieux portefeuille dégueulait de cartes de visite cornées et de factures de carte bleue. Je lui en avais donc acheté un nouveau en véritable croûte de vache morte). Dernier coup d'œil à l'ensemble, j'étais fière de moi.

Il est arrivé crevé de sa journée de boulot, mais en découvrant la fête foraine dans le salon, il m'a écrabouillée contre lui. J'avais rarement aussi bien réussi mon coup… jusque-là. Si le champagne était frais, une de ses gambas l'était beaucoup moins, la salope.

Alors que je lui racontais l'histoire de Babeth et de son agent, il a commencé à se gratouiller machinalement le front, les pommettes, le torse… puis il s'est couvert de plaques rouges !

À nous d'appeler le SAMU, cette fois.

On m'a certifié que sa gorge pouvait gonfler d'un moment à l'autre. Comme je me voyais mal lui faire une trachéotomie avec un stylo Bic, on est partis fissa à l'hôpital. Je vous épargne la description des trois heures dans la salle d'attente (y a pas d'quoi). Adrien a eu droit à un antihistaminique en dessert et on est rentrés se coucher.

Morale de l'histoire : si votre homme vous dit « tiens, c'est bientôt mon anniversaire », ne le prenez surtout pas personnellement.

8 juin

DREAM FACTORY Cette semaine, j'ai fait un rêve érotique avec Solal. Qu'est-ce qui déconne chez moi ?

15 juin

DREAM FACTORY 2 Je suis rassurée. Hier, j'ai fait un rêve érotique avec ma prof de maths de cinquième.

22 juin

MIROIR, MON BEAU MIROIR... Comme mon tournage s'arrêtait tout le mois de juillet, Adrien s'est calé sur mes dispos (une fois n'est pas coutume) et on s'est organisé des vacances en plusieurs étapes : entre amis, en famille, en amoureux, il y en aurait pour tous les goûts. En ressortant mes fringues d'été pour faire le bilan de ce que j'avais, j'ai eu la mauvaise surprise de retrouver mon maillot de bain avec l'élastique tout sec. J'ai donc dû aller en racheter un, ce que, fondamentalement, je déteste faire.

Pour acquérir un nouveau maillot, il faut du courage et de l'imagination : qu'est-ce que donnera ce magnifique deux-pièces ERES quand j'aurai perdu mes cuissots et mon pelage d'hiver ? Sous les néons assassins de la cabine d'essayage, j'ai regardé ce déballage de chair blanche (en focalisant de toutes mes forces sur l'imprimé Bora-Bora pour ne pas tomber dans une profonde dépression) et suis passée à la caisse en me promettant de faire un régime prussien.

29 juin

PETIT COPAIN D'AVANT Et, contre toute attente, je m'y suis tenue ! Moins deux kilos sur la balance ! J'étais affûtée comme jamais pour crâner à la soirée des anciens de mon lycée ! Adrien avait juré de m'y m'accompagner. Forte de cette vibrante promesse, j'ai confirmé notre présence et acheté une robe Tara Jarmon. Une folie qui n'a pas dû plaire à mon banquier, mais pour tout dire, ce n'est pas à lui que je pensais en l'essayant, c'est à Geoffrey, mon fantasme de terminale. J'avais vu passer un mail où il disait qu'il serait là. J'étais dingue de ce mec qui m'avait embrassée au réveillon d'Agathe Tissier et snobée tout le reste de l'année. Je le trouvais tellement beau, tellement cool, tellement marrant, tellement musicien, tellement rebelle… Bref, à l'époque, je m'en étais fait une montagne, j'avais sorti les mousquetons et les cordes, prête pour l'ascension, mais cet enfoiré m'avait laissée me dessécher au sol, le cul dans mon baudrier.

L'heure de la vengeance avait sonné. J'étais sur le point de débarquer au bras d'Adrien, les seins montés en neige dans une robe renversante. Ah, il allait regretter de ne pas avoir misé sur l'adolescente qui flottait dans ses sweats Naf-Naf !

Alors que j'arrivais devant la porte de mon ancien lycée, j'ai reçu un texto d'Adrien. Il était encore coincé au boulot. Et moi, j'étais coincée tout court puisque Agathe Tissier venait de me sauter au cou. Je ne pouvais plus reculer.

On est entrées toutes les deux en multipliant les « incroyaaable ! » et les « t'as pas changé », tout en suivant les flèches jusqu'à la grande salle d'étude. Je me suis retrouvée au milieu d'une foule de « Copains d'avant », sans un mec à présenter, sans un enfant à exhiber sur l'écran de mon portable, le tout moulée dans une robe dix fois trop habillée pour l'occasion. Un instant, j'ai prié pour que Geoffrey ne soit pas là, l'instant d'après, il me claquait la bise.

On a à peine discuté, mais ça a suffi pour que la montagne accouche d'une souris. Lui qui rêvait de changer le monde vendait des encarts publicitaires dans une revue automobile. Détails aggravants : il était chauve, portait une cravate à motif et son téléphone était accroché à sa ceinture. À la fin de la soirée, il m'a proposé d'échanger nos numéros (bien sûr, et pourquoi pas nos fluides corporels ?). Snobera bien qui snobera le dernier : j'ai pris un malin plaisir à refuser et courir retrouver mon « Copain de maintenant », en espérant que ça devienne un jour mon « Copain de tout le temps » pour le meilleur et pour le pire jusqu'à ce que la mort nous sépare.

3

?

7 juillet

SEA, SEX AND SONS (AND DAUGHTERS)
Vacances, j'oublie tout... même les principes de base, COMME DE NE JAMAIS PARTIR AVEC DES COPAINS QUI ONT DES ENFANTS ! Qu'est-ce qui nous a pris d'accepter l'invitation de Justine et Kader ? D'accord, Adrien et moi étions au bout du scotch après cette année de boulot, d'accord j'aurais vendu mes cheveux et mes dents pour une heure de bronzette, d'accord ils avaient loué un magnifique mas provençal avec piscine, mais comment avons-nous pu dédramatiser à ce point la présence de leurs enfants ?! Je ne me l'expliquerai jamais. D'autant que l'autre couple invité avait, lui aussi, deux grumeaux, petits par la taille, mais grands par les conneries.

J'aime les enfants, la question n'est pas là, mais quatre d'un coup, c'est physiquement déraisonnable. Entre la plus grande qui faisait caprice sur caprice et le plus petit qui menaçait à tout moment de se jeter dans la piscine sans brassards, j'ai cru que j'allais défunter.

En une semaine, je ne me souviens pas d'avoir fini une conversation. Même la plus émouvante des confidences était interrompue par un :

— NON, LUCAS ! ARRÊTE DE DESSINER SUR TA SŒUR !

Ou un :

— LIIIIIISE, QU'EST-CE QUE TU VIENS DE METTRE DANS TA BOUCHE ?!

Sans compter qu'une fois sur deux la conversation me passait au-dessus de l'utérus. De quoi deux mamans parlent-elles ? Du réchauffement climatique ? Pensez-vous ! Du réchauffement des biberons, oui, des selles molles de la petite dernière, des étapes de la diversification alimentaire et de l'apprentissage de la propreté qui, soit dit en passant, a permis à Théo (deux ans) de faire pipi sur mes tongs, provoquant l'hilarité générale (des Jimmy Choo à trois cents euros, les jeunes parents ont un sens de l'humour bien à eux).

Tous les soirs à 19 heures, Adrien et moi rêvions d'ouvrir une bouteille de rosé, mais tous les adultes susceptibles de nous donner la réplique avaient disparu. Ils réapparaissaient une heure plus tard, les fringues trempées et le visage moucheté de purée. Commençait alors le seul moment calme de la journée, un cessez-le-feu qui durait rarement après minuit (demain, on est sur le pont à 7 heures, nous), une trêve constituée d'un dîner pas trop arrosé et d'un Time's up disputé à voix basse.

Pour finir, les deux couples ont commencé à se balancer des leçons d'éducation à la gueule : l'heure du dodo, le grignotage, les jeux sur l'iPad, tout a fini par poser problème. Le séjour s'est terminé à couteaux tirés (des couteaux à bout rond, mais quand même).

Là-bas, Adrien et moi n'avons pas beaucoup fait l'amour, d'abord parce que la proximité de mamans habituées à bondir aux moindres gémissements, ça bloque un peu, ensuite (et peut-être surtout) parce qu'on sait tous les deux comment on fait les bébés...

15 juillet

ADOS MINEURS, PROBLÈMES MAJEURS Après ce début de vacances passablement raté, cap sur Royan. Sam nous avait invités dans sa maison de famille. À cinq minutes en tongs de la mer, cette magnifique villa ressemblait, paraît-il, à un lopin de paradis. Entre son jardin hérissé de palmiers, sa belle table en teck, son barbecue électrique et ses chambres assez grandes pour que chacun puisse faire l'amour sans se mettre sur vibreur, ça semblait, en effet, assez paradisiaque.

Penser à se méfier des apparences. Qui dit « maison de famille » dit « famille » et qui dit « famille » a souvent perdu une bonne occasion de se taire...

Arrivée sur zone, on a tout de suite compris qu'un grain de sable de la taille d'un astéroïde venait de se crasher dans l'engrenage. La sœur de Sam avait débarqué à l'improviste avec ses deux ados. Ils avaient pris les trois meilleures chambres, réservé les deux premiers étages du frigo et le moindre de leur geste disait : « Il ne manquerait plus qu'on s'excuse de venir passer des vacances chez nous ! »

Un instant, j'ai tenté de minimiser le problème. Après tout, peut-être que la sœur allait se détendre. Et puis, les enfants étaient grands, rien à voir avec les mini-créatures qui vampirisaient notre temps de cerveau disponible. Non, pas de panique, on allait pouvoir se laisser aller, laisser dormir, laisser baiser, laisse bouquiner... Eh bah, pas du tout : la sœur était une teigne et les ados... des ados.

Amandine, quinze ans, était une Lolita à gros nez qui a passé ses journées à se pavaner devant Adrien avec cinquante grammes de tissu sur elle, à envoyer des photos de ses doigts de pied en éventail sur Facebook et à microbloguer des inepties sur Twitter. Et Raphaël, treize ans, était un écologiste intégriste. Pour éviter qu'il nous refasse une colère, on a dû laver la vaisselle avec un filet d'eau, expédier les douches et ne rien jeter à moins d'avoir analysé la nature de notre déchet et d'avoir choisi une des cinq poubelles qu'il avait mises en place pour nous, pauvres consuméristes égocentriques et inconscients.

Nous qui rêvions de Royan, son grand marché, son poisson frais, ses plages... Le meilleur souvenir qu'on en garde, c'est la plage arrière de notre voiture où cette famille a rapetissé, rapetissé, rapetissé, pour enfin disparaître.

21 juillet

ERES VERSUS ÉROS Quand Adrien m'a proposé de rejoindre ses parents au camping de la Pinède près de La Rochelle, je me suis dis pourquoi pas ? Au pire, on allait boire de la bière au quinoa en discutant politique (enfin, « en discutant » pour eux, « en acquiesçant connement » pour moi), se faire bouffer par les moustiques, mal dormir, prendre sa douche à la chaîne et faire ses courses dans une supérette où le prix du Coca Zero est indexé sur le cours du pétrole, mais s'il fallait en passer par là pour me rapprocher de mes beaux-parents, j'étais prête à me contorsionner un peu.

En entrant dans le camping, j'ai pressenti avec effroi que quelques contorsions n'allaient pas suffire. Sous un soleil de plomb, tous les juilletistes vaquaient à leurs occupations, nus comme des vers ! Partout où je posais les yeux, je tombais sur des seins en gants de boxe ou en gants de toilette, des foufounes luxuriantes ou des petites bites débonnaires qui ballottaient entre les jambes de leur propriétaire. J'ai dévisagé Adrien, le souffle presque aussi court que les poils pubiens de la fille qui venait de nous saluer en passant. Il m'a soutenu qu'il m'en avait parlé. J'ai glapi :

— Mais non !

— Mais si.

— MAIS JE TE DIS QUE NON ! SINON JE N'AURAIS PAS CLAQUÉ 220 € DANS UN MAILLOT DE BAIN ERES ET, SURTOUT, JE NE SERAIS PAS VENUE !!!

J'étais sur le point de courir me réfugier dans le monde textile, quand son père et sa mère sont apparus au bout de l'allée. Souriants, les bras tendus, ils se sont avancés vers nous comme une vision de cauchemar. Impossible d'ignorer la trompe molle de mon beau-père, pas plus que la poitrine distendue et la craquette déboisée de ma belle-mère. S'ils me serraient contre eux, j'étais bonne pour le malaise vagal. Heureusement, ils m'ont fait la bise (j'ai tendu le cou à m'en déboîter les cervicales), puis ils ont attrapé nos valises et on a eu droit aux mêmes, vus de dos. Adrien m'a adressé son sourire numéro 4, celui que je traduirais librement par : « Allez, rigole, c'est pas si grave. »

J'ai murmuré :

— Cette conversation n'est pas finie.

Et on les a suivis. Dire que j'avais mis des mois à me remettre de notre rencontre, le jour de la Saint-Valentin, quand ils avaient failli me voir nue. Apparemment, ça n'aurait traumatisé que moi.

Pour mon baptême de l'air (l'air caressant tous mes défauts au grand complexe), j'ai mis vingt minutes à sortir de la tente. La perspective d'exhiber mes tétons et mon brésilien devant mes beaux-parents – et accessoirement devant tout le camping – me tétanisait. J'ai fermé les yeux, pris une profonde inspiration et suis allée m'asseoir, jambes croisées, sourire figé, à la petite table pliante où ma belle-famille attaquait l'apéro. Sous l'œil amusé de mon homme, je me suis jetée sur ma serviette en papier et m'en suis servie de cache-sexe.

Au final, comme ma plastique n'a paru émouvoir personne, j'ai fini par me faire au undress-code. Passé la gêne atomique des débuts, je retiendrai de ce séjour une étrange impression de liberté, de bien-être, de communion avec la nature… et les fesses de mon beau-père se demandant ce qu'il allait prendre au buffet.

27 juillet

GÎTE À LA NOIX Heureusement, Adrien nous avait aussi planifié des vacances en tête à tête, loin d'un mouche-bébé, d'un bikini de Lolita ou du sexe de son père… Le problème, c'est que c'était aussi loin de tout le reste. Attention, je n'ai rien contre la Lozère et le tourisme rural, mais disons que pour une Parigo-Parisienne, ça laissait présager beaucoup de changements d'un coup. J'espérais qu'il y aurait un café-tabac à moins de cinq kilomètres avec une connexion Wi-Fi et du Coca Zero, quelques brocantes dans les environs et un H&M de trois étages (on peut toujours rêver).

Sortis de l'autoroute, nous avons beaucoup tourné : tourné en épingle d'abord sur des routes meurtrières, tourné en rond ensuite sans pouvoir demander notre chemin dans cette région fantôme, tourné de l'œil enfin en arrivant devant notre gîte, une auberge délabrée scandaleusement appelée : « le château de la Rousse ». Le mec qui lui avait accordé le label « Gîte de France » devait avoir touché un gros bakchich.

Nous sommes descendus de la voiture, ce qui en soi constituait déjà un acte de bravoure. Nous avons pris nos bagages dans le coffre, confirmant ainsi qu'on était bien décidés à faire face. Un couple est alors sorti pour nous accueillir. Ils avaient des têtes à alimenter les faits divers. La blonde flasque affichait un sourire tordu. Le mari, lui, avait la moustache mitée et le regard fuyant du mec qui cache quelque chose (j'aurais parié sur un corps).

Malheureusement, tout s'est avéré à l'image de nos châtelains en survêtement : notre chambre minuscule, le matelas en cuvette, la salle de bains rongée par le calcaire et l'eau tiédasse qui coulait plus par le flexible que par la pomme de douche. Les murs étaient tellement fins qu'on entendait les Allemands d'à côté tourner les pages de leur polar. Dans ces conditions, seul un couple de dangereux sexopathes aurait eu spontanément envie de faire l'amour.

On s'est dit qu'on allait se rattraper sur la visite de la région, preuve qu'on ne connaissait pas du tout le coin. À part un lac à l'eau boueuse où j'ai pris un coup de soleil carabiné et une ferme où on a failli se faire empaler par un bouc, il n'y avait rien à voir à moins de vingt kilomètres de tournants. Même bouquiner sur la petite terrasse devant notre chambre relevait de la performance, le gîte étant construit près d'une porcherie, dès que le vent soufflait on avait l'impression de vivre dans une maison en andouillette.

Étrangement, on a beaucoup ri, discuté et orgasmé pendant cette semaine catastrophe. Il n'y a pas à dire, l'amour, c'est vraiment ce qu'on a trouvé de mieux pour affronter la réalité.

4 août

L'ÉTÉ MEURTRIER Bosser au mois d'août, c'est abstrait comme concept. Adrien avait repris son rythme effréné, pendant que j'essayais à nouveau de répondre aux questions du réalisateur, du chef op', du chef costumier, du chef électro, du chef machino, du cadreur, du coiffeur, du décorateur, de l'ensemblier, du groupman, de l'habilleuse, de l'ingé son, du perchman, du maquilleur, de la photographe, du régisseur, du dir' prod' et des assistants de tout poil.

Heureusement, je n'étais pas la seule louve à travailler pendant que tout le monde se dorait la pilule sur Fuckbook. Sophie aussi était partie en juillet, donc elle s'apprêtait à passer le mois coincée derrière son bureau de banquière.

Un soir où nos deux mecs faisaient des heures sup', on s'est retrouvées au resto. Je me plaignais d'Adrien que je n'avais quasiment pas vu depuis qu'on était rentrés de vacances, quand Sophie m'a coupée :

— Fabian me trompe.

— Quoi ?

— Fabian me trompe.

— Comment tu peux en être aussi sûre ?

— Il prend son portable pour aller aux toilettes.

— Sophie, il ne te trompe pas, il joue à Candy Crush.

— Il a changé de coupe de cheveux et s'est acheté plein de nouvelles fringues.

— C'est l'été, ça.

— Non, ça a commencé il y a des mois. Et puis, il était différent quand on était en vacances.

— Différent comment ?

— Il cherchait du réseau tout le temps et il n'était même pas excité alors qu'on était sur le chemin de Stevenson.

— De ?

— Laisse tomber. C'est un chemin de randonnée. Ça fait des années qu'on rêvait de le faire. Et depuis qu'on est à Paris, il est « charrette » tous les soirs. Depuis quand c'est « charrette » un informaticien ?

— Bah... heu... peut-être que...

— Et quand il rentre, il sent le parfum *Angel*.

Ah, ça, c'était très mauvais signe (surtout qu'une maîtresse qui porte *Angel*, c'est une femme qui a décidé de ne pas rester longtemps dans l'ombre). Je ne savais plus trop quoi dire. C'était trop tard pour prendre tout ça à la légère, mais un peu tôt pour bondir comme une hyène sur l'honneur de Fabian. J'ai quand même besoin d'un peu plus d'infos avant de dépecer un pote (même randonneur). Sophie en a remis une couche : il n'ouvrait plus jamais sa page Facebook devant elle, supprimait l'historique de son ordi et déconnectait systématiquement sa boîte mail. Ça commençait à faire beaucoup… Mais bon, il me manquait la trace de rouge à lèvres sur le col de chemise, la facture d'hôtel, l'analyse ADN du cheveu enroulé autour de son membre infidèle, une preuve quoi !

— Une preuve ? a répété Sophie.

Et là, contre toute attente, elle a sorti l'iPhone de Fabian. Il l'avait oublié ce matin, du coup elle l'avait pris, comme ça, sur un coup de tête. J'ai regardé l'objet avec un mélange d'effroi et de fascination. Elle l'a rallumé en rentrant la date de naissance de Fabian (le mec ne change pas son code secret et oublie son portable, il ferait aussi bien de se balader avec un string accroché à l'oreille).

J'ai essayé de dissuader Sophie d'entrer dans le gang des FF (Femmes Fouineuses), mais rien à faire, elle s'est mise à fouiller, partout : ses mails, ses messages, ses textos… Et plus elle cherchait, plus je participais et plus je participais, moins on trouvait. Je commençais à rougir intérieurement, quand un texto d'INFO ORANGE est arrivé. On a presque failli se faire avoir. C'est Sophie qui a tiqué :

— À cette heure-ci ?

On a ouvert le message et constaté que son opérateur venait de lui envoyer :

CT tro bon ! On se
revoit dem1 ? JTM

Sophie était anéantie, mais pas que. Elle sortait enfin du doute, elle allait pouvoir lui rentrer dedans.

5 août

FAUT QU'ON PARLE Ci-gît l'histoire de Sophie et Fabian, liquidée après six ans d'amour et de randonnées pédestres. Le pire, c'est qu'elle connaissait « Angel ». Ils l'avaient rencontrée ensemble sur un sentier de France et c'était devenu une copine à eux, plus à lui qu'à elle, visiblement.

14 août

MARIAGE ET VIN D'HORREUR Le week-end dernier, j'ai dû abandonner Sophie à sa déprime pour suivre Adrien au mariage d'un de ses potes d'enfance. Arnaud et Tiphaine, deux purs produits d'une éducation bourgeoise allaient s'unir devant Dieu. À dose homéopathique, je les adore. Ils sont cultivés, intéressants, voire drôles en fin de repas, mais pour tout ce qui concerne l'apparence, ils ont abandonné. Scouts toujours, élégance jamais. Pour vous donner une idée, un soir en me brossant les dents, j'ai demandé à Adrien :

— Tu crois qu'elle s'épilera la moustache pour la cérémonie ?

Il n'a pas su me répondre. Pour choisir ma robe, je suis sûre que j'ai plus galéré qu'elle. Je voulais éviter de passer pour une traînée, en mettant une jupe juste au-dessus du genou par exemple, mais je n'allais pas non plus y aller dans une housse de couette. J'ai fini par trouver mon bonheur au Comptoir des Cotonniers : une petite robe claire et fluide qui épouserait mes formes aussi sûrement qu'Arnaud épouserait sa cheftaine à moustache.

En arrivant à la cérémonie, je me suis applaudie intérieurement. J'étais tout à fait dans le ton (pastel), tellement d'ailleurs que je portais la même robe que la sœur de la mariée. J'ai trouvé ça drôle, la sœur moins. Je l'ai constaté quand elle a posé sur moi un regard qui patinait entre haine et désespoir. Il faut dire que cette fille à tête de gerboise ne devait baiser que pour fêter l'ouverture du Salon du Livre. Je me suis dit qu'en l'évitant un maximum, l'affaire se tasserait, mais la gerboise a l'hostilité tenace.

Au vin d'honneur, je l'ai vue du coin de l'œil tanner Tiphaine et Arnaud pour qu'ils interviennent. Comparée à elle, je pesais aussi lourd dans ce mariage que l'association des amis des chouettes au gouvernement, mais que pouvaient-ils faire ? M'enfermer dans les toilettes ? M'entortiller dans une nappe ? Demander au traiteur de me confectionner une robe en viande ? Allons... Deux personnes venaient de s'unir devant Dieu et deux cent cinquante pique-assiettes, il était temps d'élever le débat et de passer à table.

Alors que les invités commençaient à s'asseoir, Tiphaine m'a prise à part. La honte lui donnait un teint rouge vif qui tranchait avec le blanc de sa robe. Elle m'a demandé d'une voix étranglée si, par hasard, je n'avais pas une autre tenue à l'hôtel (bah non) et si, dans ce cas-là, nous envisagions de rester dîner (bah oui). En arrière-plan, sa sœur essayait de me désintégrer du regard. Pour débloquer la situation, Adrien a tiré un but contre son camp : il a demandé à Tiphaine si elle n'avait pas quelque chose à me prêter. Vu qu'ils partaient directement en voyage de noces le lendemain matin, elle devait bien avoir préparé une valise, non ? On n'est jamais mieux trahi que par les siens... Vingt minutes plus tard, je descendais de la suite nuptiale déguisée en dame catéchiste. Ça m'a globalement pourri la soirée. Allez danser du Shakira avec une jupe en toile qui arrive à mi-mollets.

19 août

LOVE AND LOSE Je viens de passer le week-end à Prague aux frais de la princesse, ou plutôt du prince charmant puisque c'est Adrien qui a tout commandité. Il en avait marre de m'entendre répéter « on ne se voit jamais, on ne se voit jamais, on ne se voit jamais » et, à vrai dire, moi aussi, je commençais à m'autosoûler (même si c'est vrai qu'on ne se voit jamais).

J'adore partir avec mon mec dans une ville étrangère. Certaines tripent sur les îles paradisiaques, d'autres sur la grimpette en montagne (une pensée émue pour feu Sophie-et-Fabian), moi, c'est les mégapoles avec mon maxi-jules. Allez savoir pourquoi, ça me met dans un état second. J'ai envie de faire l'amour tout le temps (même en fin de journée quand on rentre à l'hôtel, les pieds en sang et les bras chargés de cadeaux-souvenirs) et surtout je n'ai plus aucun sens de la mesure : je surmange, surfume, surbois, surclaque un fric que je n'ai pas en fripes que je ne mettrai jamais, bref je surkiffe !

Cette fois encore, ça n'a pas loupé… mais, pour être franche, ça n'a pas complètement réussi non plus. Pour commencer, la veille du départ, en allant aux toilettes, j'ai découvert une scène de crime dans ma culotte. J'ai attrapé un tampon en soupirant, consciente que notre activité sexuelle en République tchèque venait de se réduire à quelques galipettes sous la douche. Pour continuer, notre vol low-cost a mis autant de temps à décoller qu'un pote célibataire à la fin d'un dîner arrosé. Du coup, on a atterri en pleine nuit. Ensuite, nos bagages sont arrivés sur le tapis roulant après les poussettes et les clubs de golf, notre taxi est tombé en rade à la sortie de l'aéroport, on en a attendu un second au bord d'une autoroute où l'espérance de vie d'un piéton doit être d'environ huit minutes et, touche finale, notre hôtel était un bunker excentré et aussi excentrique qu'un parking.

Le lendemain, la scoumoune nous a lâché un peu les tongs. On en a profité pour visiter le Prague cubiste, le vieux cimetière juif, traverser le pont Charles, admirer l'horloge astronomique et prendre l'apéro sur la place de la Vieille-Ville. C'est là qu'un serveur nous a fourni l'arme de distraction massive : la *gay map*. À chaque fois que j'arrive quelque part, je me la procure. C'est une carte où sont référencés tous les endroits gays de la ville où, a priori, on sait danser et faire la fête. J'insiste sur le « a priori » parce que le soir même, Adrien et moi avons débarqué dans un bar gay *et* beauf. Je ne pensais même pas que ça existait. Fanions de hockey punaisés au mur, billard pelé et Village People moustachus accoudés au comptoir devant des pintes de bière.

Ça a sonné le retour de la poisse. Jour 2, il a plu sans discontinuer. Jour 3, on avait prévu de faire appel à un *greeter*. Un greequoi ? Un *greeter*. C'est du tourisme alternatif. En gros, tu visites la ville dans les pas d'un de ses habitants. On avait rendez-vous avec un mec qui se prénommait Lojzik (pourquoi pas ?). Il s'est pointé avec sa meuf (pourquoi pas ?). Ils se sont engueulés toute la journée (pourquoi nous ?).

Objectivement, appelons un chat noir un chat noir, c'étaient les vacances les plus guignardes que j'aie passées... Et cette fois l'amour n'a pas tout à fait suffi à rattraper le coup.

25 août

UN MEC DE PERDU, DIX COPINES DE RETROUVÉES Sophie est une sportive au sens coriace du terme. Elle a fini le GR20 en neuf jours durant lesquels elle a versé des litres de sueur, mais pas une larme. Quelle que soit l'épreuve, elle résiste à la déformation, aux chocs et à l'usure. C'est bien simple, si le clonage existait, son ADN serait vendu chez Go Sport. Nouvelle preuve de sa solidité, elle s'est déjà remise de sa rupture. Au lieu de perdre dix kilos et deux ans à se lamenter, elle s'est fait faire un carré plongeant chez le coiffeur-visagiste de Babeth et a organisé un week-end entre copines pour déterrer sa vie de jeune fille. Au programme : tai-chi en plein air, pique-nique végétarien et accrobranches au parc Floral. M'initier au tai-chi me passionne autant que les ventes privées Isotoner, je ne conçois un pique-nique qu'autour d'un pot de rillettes et le seul mot d'accrobranches me donne des courbatures. Avec toute la sympathie que j'ai pour

Sophie, j'étais donc sur le point de prétexter une gastro, quand j'ai appris qu'elle avait commandé deux caisses de champagne. J'ai commencé à me sentir concernée par le projet.

Elle prévoyait de finir la journée chez elle par un grand dîner. Dix meufs en tout… opposées à douze bouteilles de bulles. Je ne pouvais décemment pas manquer ça.

Le jour J, à peine réveillée, j'ai donc « étreint la queue du paon » et laissé « la grue blanche déployer ses ailes », ensuite, j'ai mastiqué du tofu et avalé de l'eau à la pulpe d'aloe vera sous un soleil de plomb, puis je me suis balancée de branche en branche avec la grâce d'un babouin en fin de vie (j'ai beaucoup ri, mais que ça reste entre nous, j'ai une réputation à tenir).

Le soir, on s'est toutes retrouvées sur la terrasse de Sophie. L'air était chaud et le champagne frais. On s'est mises à caqueter, glousser, ragoter jusqu'à ce que Sophie propose un jeu : chacune de nous devait raconter sa pire rupture.

Elle n'allait peut-être pas si bien finalement.

Voyant que personne ne voulait s'aventurer sur ce terrain glissant, elle a ouvert le bal en racontant comment Fabian avait soldé six ans de vie commune en une heure et demie dans un resto chinois. Après un court silence, les anecdotes des unes et des autres ont commencé à fuser : Nadia a reçu une fiente de pigeon sur le front alors qu'elle se faisait larguer dans un parc, Noémie s'est fait jeter pendant le mariage de sa petite sœur et Tamara, un homme a eu le bon goût de la lourder juste avant un spectacle de

Foresti (dans la salle, tout le monde pleurait de rire, sauf elle qui pleurait tout court). À la fin, contre toute attente, Sophie allait mieux que jamais. Comme quoi, l'esprit d'équipe, ça marche aussi avec les équipes de bras cassés.

31 août

BOURRÉE, BOURRÉE RATATAM Ma sœur revient d'une semaine entre copines à Dinard. C'est une tradition depuis qu'elles sont ados : fin août, elles partent toutes les quatre dans l'appartement de vacances des grands-parents de Sylvie. Il est situé dans la rue principale (un formidable poste d'observation) avec un balcon où on peut mettre deux transats côte à côte. Idéal pour parfaire son bronzage, lire leur horoscope aux copines et faire des tests pour découvrir quel est son sexo-type. Avec le temps, les journées lecture-baignade-crêpes-au-beurre-salé ont pris le pas sur les nuits drague-et-drogues, mais le rituel persiste et elles n'y renonceraient pour rien au monde (ma sœur l'a stipulé dans son contrat de mariage et en annexe de l'acte de naissance de sa fille). La dernière fois que je les ai accompagnées, j'avais vingt-deux ans. Je n'y suis jamais retournée. Après ce qui m'est arrivé là-bas, je m'étonne même d'oser revenir en Bretagne.

Tout a commencé au moment où ça aurait dû finir : il était 5 heures du matin, les seules personnes qui restaient dans la boîte étaient complètement bourrées et le DJ venait de lancer une version allemande de « Joe le taxi ». En toute logique, les filles ont décidé de rentrer se coucher. Je les aurais suivies si je n'étais pas en train de sauter sur place en hurlant :

— *Hallo Taxi !*

Je passais une très bonne soirée grâce à la vodka-orange et au brun qui rebondissait en rythme à côté de moi. Ensuite, tout est relativement flou jusqu'à ce que je me retrouve dans une voiture avec deux filles, un grand Black et ce brun que j'embrassais comme si on avait toujours été ensemble. Apparemment, personne ne se connaissait, pourtant on riait comme cinq bossus en roulant à tombeau ouvert sur les routes bretonnes. Il faut dire que nous avions un projet commun (manger), ça soude.

Le soleil menaçait de se lever sur les toits des honnêtes gens quand nous avons garé notre voiture. Je me souviens vaguement d'avoir englouti un paquet de chips dans une cuisine en parlant de Schopenhauer (j'ai dû aller sur Google pour l'écrire correctement, les mystères de l'alcool). Nouveau black-out jusqu'à ce que « mon mec » et moi tombions à la renverse sur un lit. Je n'ai gardé que des images subliminales de ce qui a suivi, mais s'il y avait eu un jury, on n'aurait pas été sur le podium, on aurait même peut-être été disqualifiés avant la fin. Quelques heures plus tard, j'ai été réveillée en sursaut par un joyeux brouhaha. Ses parents venaient de rentrer ! J'ai secoué le brun qui a paru aussi déboussolé que moi, et pour cause, ce n'étaient ni ses parents... ni sa chambre...

Je ne me considère pas comme une Marion-couche-toi-là, mais force est de constater qu'il m'est arrivé de coucher inutile.

8 septembre

UN ANNIVERSAIRE MAL BARRÉ Mon couple prend l'eau et je ne sais pas pourquoi. On parle peu, on baise à l'occasion. Adrien est le même pourtant et moi, je n'ai pas l'impression d'avoir changé. On fait moins d'effort de présentation bien sûr. Certains matins, il se lève avec une haleine organique, un bas de jogging distendu et un tee-shirt du Racing Club de Lens. Certains soirs, je me couche avec les cheveux attachés en queue de vieille jument, une culotte-gaine et une nuisette Titi et Grosse Minette. Mais c'est les risques de la vie à deux. Emménager ensemble, c'est accepter de vivre avec la tondeuse « nez et oreilles » de l'autre, non ? Je n'allais pas éternellement me maquiller au saut du lit, il n'allait pas éternellement renoncer à bouquiner aux toilettes.

Hier, c'était notre premier anniversaire. On était loin des noces d'or, mais pour moi c'était déjà un bras d'honneur au célibat et, surtout, une opportunité de relever le niveau général de notre amour.

Je me suis creusé la tête pour trouver comment marquer le coup : un saut à l'élastique ? Pas inintéressant du point de vue de la métaphore, mais s'il n'osait pas sauter, ça risquait de laisser une traînée grasse sur son orgueil de mec. Une chanson que j'aurais pris soin d'enregistrer en studio ? *No way*, je chante comme une pintade. Dévaliser un sex-shop et passer la journée à tester nos nouveaux joujoux ? Un peu casse-gueule (il a tendance à considérer les « acsexeoires » comme de la concurrence déloyale). Bref, j'avais besoin de renfort.

L'appel à un ami (Loïc) s'est résumé à :

— Offre-lui une bonne pipe, ça fait toujours plaisir.

J'ai donc demandé l'avis du public en tapant sur Google « idées fêter un an ». Les forums ne proposaient que des clichés romantico-ringards dont le moins pourri était « un dîner sur une péniche », mais Adrien avait le mal de mer en pédalo. J'en étais donc à envisager de réduire mes ambitions à une boîte de M&M's personnalisés quand j'ai eu un flash : prendre un cours de pole dance !

Je suis tombée sur une prof qui militait activement pour que la pole dance soit reconnue comme un sport et non comme une attraction de club de strip-tease. Du coup, je n'ai pas osé lui avouer que je comptais sur cette *dance* pour coller une *pole* dans le boxer de mon mec. Malgré mon manque sidérant de souplesse et de tonicité, j'ai réussi à exécuter quelques figures. Avec une micro-jupette et un tanga en dentelle, j'espérais que ça fasse la blague.

J'ai acheté une barre premier prix et l'ai fixée dans notre chambre. Adrien s'est installé dans le lit et j'ai commencé mon numéro. Il était d'abord surpris, puis amusé, puis intéressé, puis carrément captivé et plus ça lui plaisait, plus je tentais des trucs. Alors que je m'étais entortillée autour de la barre, la tête en bas et que je me demandais secrètement comme j'allais m'en sortir, la vie a décidé pour moi : la *pole* s'est cassée la gueule et je me suis écrasée sur le sol avec la vulgarité d'un éléphant de mer. Fin de la *dance*. La seule barre que j'ai réussi à coller à Adrien, c'est donc une barre de rire.

Compte tenu des circonstances, c'était toujours ça de pris.

13 septembre

FACE À FACETIME À l'heure où les Françaises déclarent un nombre moyen de dix partenaires sexuels au cours de leur existence, Babeth aussi en avoue une dizaine, mais sans jamais préciser de durée dans le temps (à l'année ? au mois ?). Ce passe-temps lui a laissé de bons souvenirs, quelques anecdotes tordantes, mais surtout un paquet d'ex. Si on les réunissait tous dans une pièce (partons sur un hangar), on serait surpris par l'absence d'unité. À part leur appartenance à la race humaine et le fait qu'ils aient tous un sexe mâle élevé en captivité, ses ex n'ont rien en commun. Moi qui en ai croisé quelques-uns, je peux témoigner : Babeth est très ouverte, pour ne pas dire complètement instable.

Dans cette tripotée d'anciens amants, il y en a quand même un qui se différencie des autres : Max. Sa seule évocation la rend molle de nostalgie. Ils se sont rencontrés en été près de Biscarosse. Quand elle l'a vu, sa vie a pris un tournant à 180°. Elle dansait pieds nus dans une fête de village, bourrée au punch artisanal et tout à coup, gziiiiig, elle a été frappée par la foudre. Max venait de monter sur la petite scène où un groupe déroulait mécaniquement des standards de baloche et il avait chanté « What a Wondeful World » d'une voix prédatrice. En apercevant cette grande rousse dans le public, lui aussi avait eu l'air transpercé de part en part, comme si Cupidon s'était mis à l'arbalète. Deux heures plus tard, ils s'embrassaient au milieu de la piste de danse.

Ils étaient parisiens et célibataires tous les deux, rien ne s'opposait à ce qu'ils s'aiment pour de bon. Malheureusement, il était libre Max, libre dans sa tête, son cœur et son slip et il entendait le rester. De retour à Paname, il lui a spécifié par texto la fin de leur histoire. Par texto ! Babeth a mis des mois avant d'admettre que c'était un tel fumier qu'il fertiliserait le désert de Gobi. Pourtant, elle a toujours espéré qu'il revienne… jusqu'à ce que, mardi dernier, son portable sonne.

C'était Max !

En FaceTime en plus !!!

Le temps de se recoiffer, elle a décroché… pour découvrir, sur l'écran, le visage d'une toute petite fille qui jouait avec l'iPhone de son papa. Point final, voire *poing* final vu la force avec laquelle elle l'a pris dans la gueule.

16 septembre

MAGIC CIRCUS À propos de petite fille, j'ai gardé celle de ma sœur samedi dernier. Il fallait que je m'occupe, le tournage à la maternité était fini et je n'avais rien de prévu derrière, rien de rien. Ça ne m'était jamais arrivé en dix ans. Pour une intermittente du spectacle, ça équivaut à peu près à l'abîme de la mort de la peur de mourir.

Quand j'ai proposé à Adrien une sortie *child power,* il a prétexté une bonne grosse charrette au taf et s'est volatilisé.

Exit Adrien…

Tant pis pour lui…

Décidemment, ça ne s'arrange pas.

Ma sœur m'a confié la chair de sa chair en multipliant les œillades reconnaissantes et on est parties ! J'avais prévu une journée « qualité supérieure », pas le genre « entrée de gamme » pliée après trois pâtés de sable, non, non, une journée de princesse pour coller à l'esprit de son sac à dos. J'ai une copine trapéziste (comme tout le monde, j'imagine) qui travaille dans un cirque aux portes de Paris. Elle nous a pris deux places et nous a invitées à la retrouver après pour nous faire découvrir l'envers du chapiteau.

Le show s'est très bien passé. Personne n'est mort et ma nièce irradiait de joie. Alors qu'on sortait pour attendre ma copine, je suis tombée sur Ludmila, une comédienne ravissante avec qui j'avais bossé plusieurs fois. Elle était là avec ses deux filles. J'étais fière de faire passer tout ce petit monde côté caravane.

Pendant que nos enfants caressaient les tigres et jonglaient avec des couteaux, on a discuté en fumant des clopes. Elle venait de refuser de jouer une James Bond Girl (normal) pour réaliser son propre film.

— Ah bon, tu passes à la réal ?!

— Oui. Ça fait des années que ça me travaille. J'ai commencé comme première assistante, tu sais.

— Ah non, je ne savais pas.

— D'ailleurs, j'y pense, t'es toujours scripte ?

— Toujours.

— T'es sur un film en ce moment ?

— Non, je viens de terminer une série.

Dans ce métier, il faut toujours, toujours, toujours faire envie, sinon tu fais tout de suite pitié.

— Je peux t'envoyer le scénar ? m'a-t-elle gentiment proposé. Si ça te plaît, je t'embarque.

— Ah bah... carrément.

22 septembre

KISS (PAS) COOL Ça m'a plu. Vraiment. C'est l'histoire d'un homme qui sort désabusé d'une énième soirée en boîte. Il prend sa voiture sur un coup de tête et traverse la France, puis l'Espagne pour rencontrer son père. En plus, c'est Julien Vincent qui va tenir le rôle. Ça m'amuse de le retrouver. J'ai un petit mois de prépa et le tournage commence. Le seul hic, c'est que je vais être souvent partie et que mon couple n'a pas besoin de ça en ce moment... ou peut-être que si... je ne sais plus.

Hier matin, Adrien est parti bosser sans m'embrasser, même pas un smack automatique, rien. Ses lèvres sont restées dans leur espace vital, pendant que les miennes se desséchaient dans le leur. Il a enfilé sa veste, m'a lancé « bonne journée » comme si j'étais une commerçante assise dans son salon et a refermé la porte derrière lui. J'aurais préféré qu'il la claque cette chienne de porte, qu'il la dégonde même, au moins on aurait été officiellement fâchés et officieusement prêts à se réconcilier sur l'oreiller (oreillers qui, soit dit en passant, ne nous servent presque plus qu'à caler nos têtes pour lire au lit). Mais non, il est parti sans tambour, ni violon. Moi qui me foutais des couples qui pointent au bureau de l'amour, un smack le matin, un smack le soir, voilà que ça nous tombait dessus, en pire.

Malheur.

Qu'est-ce qu'il me reprochait ? La discussion qu'on avait eue sur l'engagement ? Pourtant j'avais été soft : je lui avais juste demandé si OUI OU FUCK, il se voyait avoir un enfant avec moi ? Comme il n'avait pas clairement dit « oui », je l'avais interprété comme un « non ». Il avait soupiré, j'avais sur-soupiré, bref on s'était pris le chou.

Quand il est rentré le soir, je lui ai demandé ce qu'il me reprochait.

— Rien, pourquoi ?

— Ce matin, t'es parti sans m'embrasser.

— Ah bon ? Excuse-moi.

Il m'a embrassée une fois, puis une deuxième fois pour se rattraper. Ça ne m'a pas suffi. Depuis qu'il était sur les plans de cette bibliothèque à Saint-Pétaouchnok, je ne le voyais plus, il était soit sur son ordi, soit au téléphone, et maintenant il oubliait carrément de m'embrasser ?! Non ! Je l'ai engueulé. Il a ri. J'ai tenu bon. Il a tranché :

— D'accord, c'était pas cool, mais bon, ça va, c'est pas la mort non plus.

J'ai bien été obligée de le reconnaître et de sourire un peu. On a mangé la fin du hachis parmentier devant « La Nouvelle Star » et on s'est couchés, moi avec *Les Nuits païennes*, le dernier bouquin de ma mère, et lui avec une partie de Scrabble en ligne. Il a fini avant moi, m'a fait un smack, puis a accompli un magnifique retourné-ronflé… Mais à part ça, c'est moi qui me fais des idées noires.

Il était temps que je lui demande vraiment s'il pensait construire avec moi un peu plus que des meubles Ikea.

4 octobre

SEXE, MENSONGE ET VIDÉO Adrien persiste à dire qu'il n'y a pas de problème… contrairement à Sophie qui, elle, vient de réunir les louves en urgence. Elle s'est mise dans de sales draps : ceux de Joshua.

Pour resituer le contexte : avant Fabian, elle avait déjà vécu une histoire de neuf ans qui s'était terminée d'un commun désaccord. Après toutes ces années passées en couple, elle s'est sentie seule, déboussolée, incapable de savoir par où commencer pour se retrouver quelqu'un. Le marché des célibataires, c'est comme l'informatique : si tu décroches quinze ans, tu ne comprends plus rien (mais du coup, je les mets où les disquettes ?). Elle avait quitté un monde où on draguait sur le terrain, en soirée ou en boîte, où les hommes faisaient le premier pas et où on ne connaissait rien de l'autre avant de l'avoir cuisiné pendant de multiples rendez-vous. Elle se réveillait quinze ans plus tard, petite Hibernatus en stilettos, dans une société métamorphosée par Internet et le Girlpower.

Passé la sidération, elle a décidé de suivre une formation accélérée en s'inscrivant sur un site de rencontres. Elle a vite compris que maintenant on peut coucher le premier soir, partager l'addition et exposer ses attentes sur document Excel.

Les codes de séduction avaient changé, pas Sophie. Elle s'est mise à éplucher tous les profils, sans exception, elle ne laissait rien au hasard, pas le plus petit os à ronger. Si un mec cadrait avec son objectif (trouver un associé pour monter un couple à but non lucratif), elle acceptait de le rencontrer. On était plus proche de l'entretien d'embauche que du rendez-vous amoureux, mais Sophie est comme ça : d'un romantisme fonctionnel.

Elle a vite appris à éviter les pièges de ce genre de site :

Aime le sport – mate le foot à la télé.

Aime la vie – alcoolique.

Aime l'humour, là, tout est à craindre, de la simple blague de cul au coussin péteur.

Hyper ouvert – à fuir (à moins d'être tenté par le triolisme).

Je ne m'inquiétais pas pour elle. Je la savais entre de bonnes mains (les siennes) jusqu'à ce qu'elle rassemble sa meute et nous sorte, la mine défaite :

— J'ai fait une connerie monstrueuse...

Elle avait accepté de rencontrer un certain Joshua. Comme le rendez-vous s'était très bien passé, elle avait couché avec lui le premier soir. Au début, j'ai cru que c'était ça, la connerie monstrueuse : coucher le premier soir. J'étais sur le point de lui souhaiter la bienvenue dans le vingt et unième siècle quand elle a développé :

— Au bout de deux jours, il a pété un plomb quand je lui ai dit que j'avais déjeuné avec un collègue et m'a arraché mon portable des mains parce que je venais de sourire en lisant un texto.

— De qui le texto ?

Quand une copine expose son problème, il faut poser tout un tas de questions, comme un chirurgien pose son champ opératoire avant d'opérer.

— De ma mère. Il est devenu dingue, je vous dis.

Babeth :

— Du coup, tu l'as largué ?

— J'ai essayé, mais il a pas voulu.

Léa :

— Parce qu'il avait le choix ?

— Bah en quelque sorte, oui... Il a une vidéo de nous en train de faire l'amour et il menace de la poster sur Internet.

Babeth, Léa et moi :

— ?!?

Qu'une chose aussi tordue arrive à Sophie relevait du paranormal. Qu'est-ce que c'était que ce mec ? Il pensait vraiment qu'elle allait l'aimer pour le pire et pour le pire jusqu'à ce que la mort les sépare enfin ? Juste parce qu'il détenait une vidéo de leurs ébats qui, connaissant Soso, avaient dû se dérouler en missionnaire dans la pénombre ? Elle nous a fait promettre de l'aider à sortir de cette sale affaire de mœurs. Sale affaire à suivre...

5 octobre

LES MALHEURS DE SOPHIE Quand une copine devient actrice porno malgré elle, il faut agir d'abord et rire après... On lui a suggéré de passer une dernière nuit chez lui, prétexter ses règles pour dormir sans coucher, attendre qu'il ronfle et se relever sans bruit pour effacer de son téléphone et de son ordi la vidéo compromettante. On était prêtes à l'attendre dans la rue. Malheureusement, elle n'était pas prête à passer une minute de plus seule avec lui (moins par esprit conservateur que par instinct de conservation). On a donc décidé d'attaquer l'ennemi de front. Sophie lui a donné rendez-vous dans un bar où on s'est pointées toutes les quatre.

Léa avait l'intention de lui parler fermement, Babeth de lui montrer des photos de ses copains serbes, moi de le psychanalyser en direct et Sophie de se retenir de pleurer. On est entrées dans le café, intimidantes comme quatre poules dans la cage d'un lion. Il s'était installé au fond de la salle et attendait face à deux coupes de champagne (il jouait au gentil, typique du pervers narcissique, même pas déstabilisées). On s'est assises en face de lui. Il a ouvert de grands yeux bleus étonnés. Il était beau, le sournois, tellement beau et enjôleur qu'on a toutes eu du mal à rester focus sur l'objectif, toutes sauf Léa (mariée, amoureuse, invulnérable).

Comme prévu, elle lui a parlé fermement de son avocate, de son irrésistible envie de porter plainte et de ce qu'il encourait pour harcèlement. Pour quoi au final ? Vu son caractère pornographique, la vidéo ne resterait pas plus de quinze minutes sur la Toile (tête de Sophie qui aurait préféré qu'on n'évoque même pas cette éventualité). Quand Léa a fini de parler fermement, elle s'est levée, lui a balancé une des coupes à la gueule et a tourné les talons. Comme on ne s'y attendait pas, on a mis une minute bordélique à reprendre nos sacs, nos vestes, le fusiller du regard et partir.

11 octobre

LA PAGE BLANCHE Ce matin, coup de fil de Ludmila en panique :

— Marion, t'es assise ? Julien Vincent ne fait plus le film.

— Hein ? Mais pourquoi ?

— Parce que je l'ai traité de gros connard.

— Hein ?! Mais pourquoi ?!

— Parce que c'est un gros connard.

— Merde, vous avez couché ensemble.

— Oui.

Là, j'ai fermé les yeux. Le sexe n'est pas une bénédiction, c'est un sort que nous ont jeté les dieux pour avoir l'occasion de se marrer un peu.

— T'es toujours là, Marion ?

— Oui, oui. Je réfléchis… Tu veux que je l'appelle ?

— Pour quoi faire ? C'est moi qui veux plus voir sa sale petite gueule de mec qui te prend, qui te jette, qui te reprend…

— Okay, mais tu te souviens que tout le financement du film tient un peu sur ton nom et beaucoup sur le sien ?

— Pas du tout, j'ai appelé les producteurs, ils me suivent quoi qu'il arrive. Tu sais de quoi j'ai envie ?

J'ai craint le pire.

— Non.

— D'une nouvelle tête ! J'en ai marre des trois pauvres trentenaires qu'on nous refourgue de film en film ! Je veux une page blanche, un putain de beau mec qui va porter mon histoire comme personne !

— D'accord… Okay… Non, mais comme on commence à tourner lundi, c'est… heu… (je ne savais pas par où commencer)… quel genre de mec ?

— Belmondo jeune.

— Pardon ?

— Belmondo jeune. Tu connais plus trippant, toi ?

Je ne pouvais pas me taire. Je sentais bien que c'était une connerie, mais je ne pouvais pas me taire (BELMONDO JEUNE !) : j'ai lâché le nom de Solal. Ludmila l'a googlelisé en direct, le blanc qui a suivi en a dit long. Deux jours plus tard, elle le rencontrait et, le soir même, je recevais ce texto de Solal :

G le rôle !!!!!!!!
JTM Marion !!!

C'est là que j'ai su que c'était bien une connerie.

22 octobre

INTOXICATION 12 % Le tournage a commencé. J'avais oublié à quel point Solal est charmant. Pour l'instant, on filme dans un rayon de cent kilomètres autour de Paris, du coup je vois Adrien tous les soirs… Ça m'empêche de replonger. Pourtant, Solal cherche ma présence tout le temps, entre les prises, à la pause déj, à la fin des journées de tournage :

— Laisse-moi t'offrir un verre, Marion.

— Nan, je t'assure, faut que je rentre retrouver mon mec.

— Arrête avec ton mec ! Allez ! Un seul verre, pour te remercier !

— Nan, vraiment, salut, à demain.

Je tiens, mais c'est dur. J'ai l'impression d'être une ancienne pyromane embauchée dans une usine de briquets. Mon job consiste à vérifier chacun de ses gestes, écouter chacune de ses paroles, toute la journée, six jours sur sept, et ça va s'étaler sur deux mois, avec des semaines en Espagne. C'est d'autant plus chaud qu'à la maison Adrien est toujours obnubilé par son projet de bibliothèque. Son cabinet est en compétition avec deux autres. Ça prend toute la place dans sa vie. Je pourrais me teindre la chatte en vert, il mettrait deux repousses avant de s'en rendre compte.

25 octobre

GUENON DANS LA BRUME J'ai fait un truc qui me reste sur la conscience comme un cassoulet sur l'estomac. C'était le soir de la Nuit Blanche. L'art avait pris d'assaut la capitale. Des hélicoptères tournaient au-dessus de la ville avec, à leur bord, un quatuor à cordes qui jouait un concert de Stockhausen. Au Carreau du Temple, un artiste chinois présentait une installation mollement phallique : un tube de plexiglas de trente-six mètres de long rempli d'insectes rampants. Sur les berges de Seine, un plasticien élevait le feu d'artifice au rang de performance, bref c'était la fête de la créativité. J'ai appelé Adrien pour qu'on se retrouve à Hôtel de Ville et qu'on se balade, mais il était une fois de plus coincé au bureau. Ça m'a énervée, du coup quand Solal m'a (encore) proposé d'aller boire après le dernier plan de la journée, j'ai recyclé mon idée de soirée.

On s'est retrouvés sur le parvis de l'Hôtel de Ville. Solal et moi, donc. Seuls. Il faisait encore hyper doux pour la saison. Un vidéaste italien projetait une opération chirurgicale sur grand écran. Ça nous a coupé l'appétit, mais pas la soif. Entre chaque œuvre, on s'arrêtait dans des bars qui participaient à l'événement. Ils servaient tous des cocktails à base d'alcool et de café *ristretto* pour tenir la nuit. Après le quatrième, on hennissait de rire, les yeux injectés de sang, prêts à marcher jusqu'à l'aube et à s'extasier sur les bouches d'égout.

À République, une Japonaise avait plongé la place dans un brouillard épais. On ne distinguait rien à deux mètres. Solal m'a pris la main.

— Faudrait pas qu'on se perde.

— C'est sûr…

On s'est enfoncés dans ce rêve cotonneux peuplé de silhouettes et de voix étrangères. On a marché droit devant nous, perdant petit à petit tous nos repères et, tout à coup, sans un mot, il s'est tourné vers moi et m'a embrassée. Le baiser le plus contrebandier, le plus coupable, le plus excitant qui soit. Ensuite, il m'a regardée avec un petit sourire et m'a murmuré :

— J'y vais, faut que tu rentres retrouver ton mec, non ?

— Je… oui… Si.

Et il m'a plantée là.

What ?!

Qu'est-ce que c'était encore que ce plan ? Il voulait me prouver que, même maquée, il pouvait m'avoir ? Ou alors il s'attendait à ce que je le retienne ? Quoi qu'il en soit, depuis, j'étais hantée par une question (est-ce que se laisser embrasser, c'est tromper ?) ou plutôt par une réponse (oui, évidemment).

2 novembre

CUPIDON A DU PLOMB DANS L'AILE Qu'est-ce que c'est qu'un petit coup de pelle dans mon jardin secret ? Rien, et pourtant je culpabilise tellement que j'évite Adrien comme s'il était radioactif. Et Solal qui ne me lâche plus des yeux et du sourire...

7 novembre

FAUT QU'ON PARLE J'ai décidé de parler à Adrien en lui agitant carrément la rupture sous le nez. Il m'a gentiment demandé :

— Mais c'est quoi le problème, exactement ?

Ça n'a pas contribué à me rassurer... Soit il était en déni de désamour, soit mon esprit malade essayait encore de plier une histoire en pleine santé.

14 novembre

LÉA, COUPLOPATHE Je suis allée consulter Léa. S'il y avait un truc à savoir sur l'amour et/ou sur mes névroses, elle mettrait le doigt dessus et l'écraserait comme un puceron.

Bonne nouvelle : pour elle, il n'y avait aucune raison de s'exciter les poils des jambes. C'était juste une mauvaise passe. J'étais rassurée et prête à me battre en ressortant mon wok, mes blagues et mes nuisettes sexy... et puis on est partis tourner les scènes en Espagne.

Pourquoi c'est toujours quand mon petit ange s'apprête à choisir le bon chemin que mon diablotin me tapote l'épaule ?

17 novembre

PARENTHÈSE ANDALOUSE J'ai rarement vu une aussi bonne ambiance sur un tournage. Est-ce que c'est la chaleur, les tapas, le vin rouge ? En tout cas, devant et derrière la caméra, on pleure, on rit, on partage. Plus ça va, plus j'adore Ludmila. Elle a un regard de reporter, elle attrape tout ce qui échappe aux comédiens et laisse une vraie place à l'improvisation. Tous les soirs, on sort boire et danser à Séville. Tout le monde s'entend hyper bien, à commencer par Solal et moi. Platoniquement encore, mais jusqu'à quand... ?

24 novembre

EN FIN DE CONTE... Voilà, c'est fini, j'ai quitté Adrien. Vous pouvez lancer la marche lugubre pour instruments à vent, c'est terminé, bail à céder, le rideau de fer est baissé. C'est arrivé sans que je m'y attende vraiment. On ne pourra pas m'accuser de rupture avec préméditation. Je suis revenue pour le week-end, enfin disons que je suis physiquement revenue, mais que mon esprit était encore là-bas. Adrien l'a remarqué. On a parlé et, de fil en aiguille, une chose (mauvaise) en amenant une autre (pire), j'ai rompu.

Il ne l'a pas très bien pris, mais en même temps c'est rarement le cas (tu me largues, super, qu'est-ce qu'on mange ?). Il a bien essayé de me retenir un peu, mais sans conviction. Ma présence avait brusquement perdu beaucoup de son charme. Au final, il m'a même aidée à mettre toutes mes petites affaires dans des cartons. C'était civil de sa part... et très violent. C'est drôle comme la vie n'est jamais exactement quelque chose.

Dans l'avion qui me ramenait à Séville, je me suis dit que, jour après jour, ça s'effondrait un peu plus entre nous, un peu comme la fonte des glaces (en moins grave, faut reconnaître). Il passait tellement de temps au boulot que je ne le voyais plus. J'allais finir par devoir le taguer pour l'identifier. Les rares fois où il rentrait à temps pour qu'on dîne devant la télé, on ne prenait même plus la peine de s'engueuler sur le choix du film. On zappait mollement et on finissait par regarder un reportage sur le quotidien agité des forces de l'ordre. Ah, elles étaient loin les soirées où on se coursait à moitié nus dans mon appart en hurlant de rire. La routine nous avait réglé notre compte en quelques mois. Les tensions dans notre couple n'avaient plus rien d'érotique. Il était temps que ça cesse... N'empêche, quand on a passé plus d'un an avec quelqu'un, on ne peut pas s'empêcher de se dire, à l'instar du mec qui s'est tapé les cent vingt et un épisodes de *Lost* :

— Tout ça pour ça...

25 novembre

AMOR AMOR Quand j'ai posé un pied sur le sol espagnol, je n'étais plus la fille qui venait de rompre, j'étais celle qui allait conclure. C'était sûrement une fuite en avant, n'empêche, je n'avais qu'une envie, sauter dans les bras de Solal en hurlant :

— AIIIIIME-MOI !

À la première occasion, je lui ai placé que j'avais quitté Adrien.

Aucune réaction... enfin si :

— Ah ouais ? C'est con, il avait l'air cool ce mec.

J'ai eu un mauvais pressentiment.

26 décembre

AMOR À MORT Solal couche avec Ludmila.

4 décembre

JF RECHERCHE APPARTEMENT Je ne suis pas allée à la fête de fin de tournage. J'ai de toute évidence un problème avec l'engagement, mais je ne suis pas complètement maso non plus. Quand on m'apporte la preuve irréfutable que je suis une abrutie, je tourne la page. Solal est un mirage, ça y est, j'ai compris… Un peu tard, mais j'ai compris.

En attendant, retour douloureux à la réalité, cette zone spatiotemporelle où je suis célibataire et à la rue. Je n'ai pas anticipé un truc en quittant Adrien (un seul, vraiment) : je me retrouve sans abri en plein mois de décembre. J'ai pensé à reprendre mon couscoussier, mais je n'ai pas prévu d'endroit pour le ranger (abrutie).

12 décembre

ACTION ! Je me suis posée dans le canapé de Babeth le temps de trouver quelque chose et j'ai attaqué mes recherches en sifflant une marche militaire. Je suis vite passée à la marche arrière : aujourd'hui, pour louer un cagibi de cinq mètres carrés avec une vue imprenable sur le conduit d'aération, il faut minimum dix mille euros de salaire mensuel et deux garants arrivant en tête du classement des plus grandes fortunes de France. J'ai quand même fait quelques visites (c'est légal de sous-louer sa cave ?) et déposé quelques dossiers, mais les propriétaires n'ont pas jugé utile de me rappeler entre deux fous rires.

Je ne pouvais décemment pas retourner vivre chez mes parents à trente ans passés. On a sa fierté, même dans la misère. Chez ma sœur, il y avait bien un lit d'ami dans la chambre de sa fille, mais je me voyais mal m'endormir dans des draps « Reine des Neiges » sous un plafond étoilé. Il me restait la possibilité de squatter chez un pote. Loïc me l'avait proposé. La perspective de petit-déjeuner tous les matins avec un toy-boy différent ne m'a pas surexcitée. Sophie aussi m'avait offert l'hospitalité. J'ai refusé poliment. Je tiens trop à notre amitié pour lui imposer mon bordel. Cette fille possède un ramasse-miettes, des sur-chaussures pour ses invités et un nettoyeur de vitres avec centrale vapeur qu'elle passe après chaque douche sur les murs de sa salle de bains…

Jour après jour, mon ego se remettait de Solal, mais du coup, l'écran de fumée se dissipait et je commençais à souffrir de ma rupture avec Adrien. Il fallait que je trouve une tanière pour m'y rouler en boule.

Hier soir, je suis rentrée chez Babeth, complètement frigorifiée. Je venais de visiter un plan Facebook sombre et exigu au rez-de-chaussée d'une tour au fin fond du XIIIe. Je n'avais pas fini d'y chasser les cafards (à commencer par le mien), mais bon, je pensais n'avoir plus le choix... jusqu'à ce que « TADAM ! » Babeth me fasse entrer dans son trois pièces qu'elle avait passé la journée à réorganiser. À la place de son bureau, elle m'avait fait une chambre ! J'allais sûrement croiser pas mal de toy-boys ici aussi, mais qu'importe ! J'ai sauté dans les bras de ma nouvelle colocataire !

21 décembre

REHAB POST-ADRIEN L'après-rupture, c'est toujours une période bipolaire : j'oscille entre l'euphorie (je suis liiiibre !!!) et la dépression (pour faire quooooi ?!!!). À mon âge, je ne devrais plus me poser cette question. Entre mon boulot, mon mec, mes enfants et l'entretien de notre appartement acheté sur trente ans, je devrais minuter mes douches et sombrer dans le sommeil à 21 heures... Au lieu de ça, en bonne célibataire récidiviste, j'ai à nouveau tout le loisir de me faire les ongles, prendre un bain, lire, appeler les copines et vider des pots de glace en rematant *Sex Friends*. C'est triste et grisant, pathétique et excitant. Bipolaire, je vous dis.

En attendant, j'ai cédé à tous les clichés post-séparation : j'ai envoyé un texto à Adrien (pas de réponse), un sexto à un ex qui m'a renvoyé « T ki ? », des mails à ma famille pour leur proposer de fêter Noël aux Maldives (YOLOOOOOO), puis de ne pas fêter Noël du tout (la vie est une biiiiitch)… Heureusement que Babeth me prévient dès que je roule sur la bande d'arrêt d'urgence. On contre-attaque en discutant des soirées entières dans la cuisine. On s'auto-examine, on s'entre-analyse, on se co-rassure et on en profite pour descendre les mecs et les verres de vodka.

Nouveau look pour une nouvelle vie. Je suis aussi allée chez son coiffeur avec le projet complètement illusoire de changer de tête. J'ai montré la photo du carré de Sophie (une blonde aux cheveux lisses donc), moi qui suis brune et frisée. La cliente est reine. Je suis ressortie avec la touffe de Mafalda. Pas grave. Je me suis vengée sur le shopping. Pourquoi attendre Noël ou les soldes après tout ? Je me suis fait plein de cadeaux de rupture, en cuir, en cachemire, en pure laine : en roues libres. Sentant la fille financièrement débridée, toutes les vendeuses me traitaient comme si j'étais Vivian avec la carte bleue d'Edward Lewis (fan de *Pretty Woman*, cette phrase est pour toi). Et puis, j'ai eu des tas de révélations aussi puisque, bizarrement, c'est dans ces moments troubles qu'on prend conscience des grandes choses : que rien n'est éternel, qu'on a beau être entourée, on est seule face à ses insomnies et, surtout, qu'il y a une vie après l'amour… et qu'il allait falloir que je me bouge le cul pour remettre fissa de l'amour dedans.

25 décembre

L'ENFER, C'EST LES MIENS Voir sa famille, c'est vraiment la dernière chose à faire quand on vient de quitter le gendre idéal sans raison médicale. S'il collectionnait des fœtus d'animaux ou qu'il nous fouettait avec des orties, là oui, on pourrait annoncer tranquillement sa rupture à ses proches. Mais si on a quitté LE wondermec simplement parce qu'il bossait beaucoup ou qu'il tardait un peu à nous enceinter, il faut s'attendre à être traitée comme la fille qui vient de lâcher un boulot de P-DG parce que la machine à café tombait trop souvent en panne…

Suivez mon conseil, vous qui avez rompu parce que vous être trop exigeante/névrosée : restez loin des vôtres le temps que l'affaire se tasse. C'est ce que j'aurais fait si, malgré la crise, Noël n'avait pas été encore maintenu cette année. Le 24, je me suis donc retrouvée enfermée à double tour en cellule familiale.

Ils y sont tous allés de leur petit coup de marteau pour enfoncer le clou.

Mon père :

— Il était bien ce type, c'est dommage, surtout si tu veux des enfants.

Ma mère :

— Je t'ai dit que j'ai été ménopausée très jeune ?

Ma sœur :

— Rappelle-moi pourquoi tu l'as quitté déjà ?

Mon frère :

— Tu as pensé à reprendre les westerns que je lui avais prêtés ?

C'est fou comme, en famille, les inquiétudes peuvent vite ressembler à des reproches et les discours réconfortants à des sermons. Malgré tous mes efforts pour le prendre bien (ils m'aiment, c'est normal, ils me châtient bien), j'ai eu du mal à être transportée par la magie de Noël. J'ai trouvé que les huîtres sentaient le varech, que le foie de canard était gras, le pain de seigle acide, la dinde sèche et j'ai dû me servir de ma cuiller comme d'un chausse-pied pour faire rentrer ma part de bûche. Le tout évidemment accompagné d'un carambolage de conversations sans queue ni tête, arrosées de litres de vin (champagne, sur rouge, sur blanc, sur rouge, sur champagne, sur blanc, tout fout le camp). L'ouverture des cadeaux m'a un peu rendu le sourire jusqu'à ce que je déballe une box « Week-end amoureux en Europe ».

— Ah mince, j'avais pas vu que..., a grimacé ma mère, mais tu pourras y aller avec une copine !

— Bien sûr...

N'empêche, j'aurais préféré le DVD de la collection « Pêche et nature », volume 5.

1er janvier

BONNE ANNÉE, MAUVAISE PIOCHE Babeth était pour qu'on organise un nouvel an chez nous, moi beaucoup moins. La perspective de passer le premier jour de l'année à jeter des gobelets pleins de mégots gorgés d'alcool, frotter le parquet collant et nettoyer les traces de pieds sur les murs m'inspirait un ennui d'une admirable qualité. Ça doit être ça la vieillerie : quand on pense plus à la gueule de bois qu'à la cuite festive. Si je ne me surveille pas, je vais finir par m'interdire les orgasmes pour m'éviter les ruptures...

En attendant, le 31, nous sommes allées mélanger les mauvais champagnes et écraser nos clopes sur le parquet d'un autre, un guérillero de la fête qui avait invité tout Facebook à venir sauter dans son salon, s'embrasser dans sa cuisine et vomir dans ses toilettes.

J'étais fraîchement séparée et Babeth, comme toujours, chaudement célibataire, nous avons donc débarqué en robe glam' avec des Louboutin qui nécessitent un stage de formation à la pratique des échasses. J'essayais de me motiver pour trouver un remplaçant à Adrien, même temporaire, pour me changer les idées. J'ai vite compris que la grande majorité des mecs en présence était maquée. Je me suis donc concentrée sur la petite minorité collée au buffet. Même en faisant l'effort de parler cinéma avec un buveur de vodka et politique avec un siroteur de whisky, je n'ai rien trouvé à me mettre sous la langue. À 3 heures, j'ai décidé de rentrer bredouille, laissant Babeth se déchaîner sur la piste collante.

J'ai appelé l'ascenseur, engoncée dans ma doudoune violette que je n'avais jamais recousue, les boucles flasques et le visage démaquillé par la danse et l'alcool. J'en étais à me dire qu'il ne nous restait plus de café et que j'allais galérer pour en trouver au réveil, un jour férié, quand un type est sorti de l'appartement et s'est mis à attendre l'ascenseur avec moi. Les yeux en amande, les traits fins et un charmant sourire dont il s'est servi pour me taxer ma dernière clope. Je me suis dit que le destin me tendait une perche… jusqu'à ce qu'on sorte de l'immeuble et qu'une grande perche, blonde, celle-là, fraîche et agaçante, lui tende son casque. Ils m'ont tous les deux souhaité une bonne année… qui commençait donc sans mec… et sans clopes…

7 janvier

LE BONHEUR EST DANS LE PRÉ EN JACHÈRE

Quelques jours plus tard, je flânais dans les rayon de mon supermarché. Une nouvelle avait radicalement fait basculer mon humeur : j'avais décroché un film franco-belge sur la vie de Brel. Telle le Petit Chaperon rouge, je remplissais donc mon panier en chantonnant… sans me douter qu'en me dirigeant vers le rayon Coca, je me jetais dans la gueule du loup. On pourrait croire que j'ai recroisé un ex, mais non, c'est tous mes ex que j'ai revus d'un coup ! Je les ai pris en pleine gueule en arrivant devant les bouteilles de Coca, les Tristan, Maxime, Julien, Adrien... Ils étaient tous là, à me narguer en lettres majuscules sur les étiquettes de la grande campagne « Partagez un Coca avec... ». Je passais de l'une à l'autre, désespérément, rien à faire : je m'étais tapé tout le rayon ! J'ai alors eu l'impression d'avoir une étiquette « fille facile » sur le front. Je me suis mise à transpirer, mais ça n'a pas suffi à la décoller.

En rentrant chez moi, j'ai pris une grande décision : me mettre en jachère. Ces dernières années, j'avais bêtement suivi le conseil de Georges Brassens qui chantait : « Embrasse-les tous, Dieu reconnaîtra le sien. » Bilan : Dieu s'en foutait comme de sa première tunique et moi, j'embrassais à perte. Pour me sortir de ce célibat mouvant, il fallait que je change mes habitudes. Pas besoin d'avoir un master d'anthropologie pour comprendre ça. Mon futur ne se jouerait pas sur l'achat d'un nouvel ensemble Aubade, mais sur ma capacité à rester seule le temps d'être bien accompagnée. En arrêtant de chercher quelqu'un, j'allais peut-être me trouver moi et savoir enfin ce que j'attendais d'un mec... donc choisir le bon, me marier, faire deux garçons (Maxence et Alexandre), acheter une maison aux Lilas et une Citroën Berlingot. C'était le projet à long terme. Pour l'heure, j'allais arrêter de faire l'amour et commencer à faire l'amitié avec tous les princes charmants que je croiserais jusqu'à ce que je sois sûre que l'un d'eux ne se transformerait pas en crapaud.

AUJOURD'HUI, JE JURE D'ESSAYER
DE M'Y TENIR.
CROIX DE BOIS, CROIX DE FER, SI JE MENS
JE M'INSCRIS AUX NYMPHOMANES
ANONYMES.

14 janvier

MOI, MA GUEULE ET MOI C'est sensationnel d'être seule ! Arrêtons de penser que quelqu'un qui n'a pas (encore) trouvé sa moitié est hémiplégique ! Babeth est sur un procès à Bordeaux toute la semaine, je savoure d'autant plus les avantages d'être célibataire ! Je peux boire le jus d'orange à même la bouteille (mes germes restent en circuit fermé) et faire un tas de trucs sans avoir de témoin comme engueuler un pied de lit qui vient de se jeter sur mon orteil ou chanter juste (jusqu'à ce que je m'enregistre sur mon iPhone). Et puis, je suis motivée pour rester cultivée, mince et épilée, pendant que toutes mes copines maquées s'empâtent devant *The Voice* (programmé le samedi soir, tout est dit).

Je peux faire la vaisselle quand j'en suis à boire dans un soliflore et les courses quand j'en suis à tartiner une petite conserve de rillettes de la mer sur des biscottes rassises. Je peux vivre pleinement ma phobie administrative, ne pas ouvrir mon courrier et payer mes impôts en retard. Je peux perdre trois parapluies dans le mois ou acheter cinq sacs (dont quatre que je ne porterai jamais), je n'ai pas de comptes à rendre !

En bonus, aucun mec ne sait quand je passe par la case « monstre » – masque sur le visage, casque d'alu sur les cheveux, patchs anticernes sous les yeux et cire orientale sur les jambes – avant de me transformer en « reine du Bus Palladium ». Et là-bas, danser le temps que je veux et boire sans que personne ne mette tendrement sa main sur mon poignet « Tu es sûre que ce n'est pas le verre de trop ? ».

Quoi d'autre ? Je dors seule (donc très bien), je n'ai plus à commencer une phrase par « je l'aime bien ta mère, mais tu admettras que… » et je peux regarder une émission de relooking sans avoir à me justifier sur la portée socioculturelle de mon choix (ma motivation pour rester cultivée est assez fluctuante).

Sans déconner, il faut être incroyablement amoureux pour supporter d'être en couple.

24 janvier

DÉCONNAGE IMMÉDIAT Plus d'une semaine d'abstinence ! Bravo moi ! J'étais sur la bonne voie : la voie de garage. Rangée des voitures, la Marion. Pas un texto de « bonne année » à un ex, pas une soirée à rentrer le ventre en espérant qu'on m'embrasse. J'étais quasiment sevrée. J'avais même commencé à regarder la dernière saison d'*Homeland* (vive les séries, la méthadone de l'amour) et là, paf, l'accident bête : Babeth est arrivée en m'agitant sous le nez un article sur une nouvelle boîte à Berlin pleine de célibataires affamés.

— Allez Marion, fait péter ta box, faut ab-so-lu-ment qu'on voie ça de plus près !

La traîtresse ! J'aurais dû m'en douter remarquez : vivre avec Babeth quand on entame une cure de désintoxi(forni)cation, c'est comme espérer arrêter l'alcool en vivant avec Bukowski.

J'ai résisté farouchement, mais comme elle ne me lâchait pas le mollet, j'ai fini par accepter en me mentant à moi-même, telle la fumeuse de shit repentie qui part à Amsterdam en se disant : « Visiter le musée Van Gogh me fera le plus grand bien ! »

On était dans la file d'attente pour enregistrer nos bagages à l'aéroport quand un grand métis aux yeux verts s'est approché de moi. Il était d'une beauté à couper le souffle et la poire en deux (s'il me demande mon numéro, je ne lui donne que les dix premiers chiffres), mais malheureusement il m'a abordée avec le sérieux d'un flic en civil :

— Je peux voir votre billet retour, s'il vous plaît ?

J'ai sorti mon billet électronique sans trop comprendre pourquoi il me demandait ça. Je sais bien que la France a peur de la fuite de ses cerveaux, mais je me sentais moyennement concernée. Quand je lui ai posé la question, il m'a répondu sobrement en notant le jour et l'heure de mon retour :

— J'aimerais être là pour vous accueillir et vous inviter à dîner.

Il m'a rendu mon papier, m'a souri et a disparu. J'étais scotchée, la bouche entrouverte, l'œil rond.

En survolant Paris, j'avais un énorme point d'interrogation à la place du cœur : allait-il mettre sa délicieuse menace à exécution ?

27 janvier

APPRENTISSAGE EN DOUCEUR On ne va pas se mentir, j'ai passé le week-end avec un compte à rebours dans la tête. Pendant le vol retour, j'ai délicatement poussé la tête de Babeth qui cuvait sur mon épaule deux jours de folies berlinoises et suis allée me pomponner dans les microtoilettes. Je n'étais pas sûre qu'il serait là, mais au cas où, je mettais toutes les chances de mon côté pour faire de mon retour une apparition.

L'avion s'est posé. Sortie de l'appareil. Couloir. Couloir. Je suis entrée dans le terminal en agitant mes cheveux comme dans une pub pour un shampoing au beurre de karité. Personne ne me sautait dessus. J'ai balayé la zone du regard. Adossé à la vitrine d'un marchand de journaux, il m'attendait en souriant.

Jubilation.

Le temps que j'arrive jusqu'à lui, Babeth s'était volatilisée. Nous étions donc seuls dans la foule. Incapable de jouer les mystérieuses, j'ai tout de suite ouvert ma bouche pleine de mots :

— Ça me fait plaisir que tu sois là.

Il a souri.

— Si ça, ça te donne du plaisir, t'es pas au bout de tes surprises. On va dîner ?

J'ai accepté, évidemment, à ce stade refuser tiendrait de l'automutilation. Il m'a proposé son bras en rigolant (assez romantique pour faire le geste, assez drôle pour s'en moquer), on est descendus au deuxième sous-sol pour rejoindre sa voiture. Évidemment, en entendant nos pas résonner dans le parking, l'idée qu'il soit un serial-killer m'a effleurée, mais bon, qui ne tente rien n'a rien. Il était trop charmant de toute façon. Au pire, c'était un serial-fuckeur spécialisé dans la drague aéroportuaire. Pour passer quelques jours à ses côtés, j'étais prête à réanimer mon ego une fois de plus. Je suis montée dans sa deudeuche rouge (bonus de 150 points) et on a mis le cap sur Paris. Il avait réservé une table dans un bar à vins sur les quais de Seine (ding ding ding 50 points de plus). On commençait très, très fort. Maintenant, soit tout retombait comme un soufflé, soit il me demandait en mariage à l'apéro et me proposait de faire des bébés pandas au dessert.

29 janvier

POMME Q Je sais, je m'étais promis d'arrêter les hommes, mais un plan comme ça, c'est comme une robe de mariée Prada soldée à – 80 %, on l'achète d'abord et on réfléchit après. En plus, on a prolongé la soirée dans un bar colombien, donc techniquement, je n'ai pas couché le premier soir, mais le premier matin. C'est déjà un progrès.

Je n'avais pas kamasutré depuis Adrien, mais on ne peut pas tout mettre sur le compte du manque. Ce mec est doué. Quand je suis retombée la tête sur son oreiller, le souffle court, j'étais prête à accepter tous les termes et conditions d'utilisation.

On a déjeuné dehors et le soir même, il m'a envoyé un texto. Je lui ai répondu. Il a rebondi. J'ai ricoché. Il m'a relancée. Je commençais à y croire !

Le lendemain, on s'est retrouvés chez lui. On n'avait faim ni l'un ni l'autre, mais tellement faim l'un de l'autre qu'on a niqué-l'amour toute la soirée et qu'on s'est endormis, décalqués de plaisir.

J'ai ouvert un œil vers quatre heures du matin. J'étais seule dans son lit. J'ai souri, persuadée qu'il se préparait un sandwich. Moi-même, j'aurais bien mangé un sanglier en salade. Je me suis levée, j'ai enfilé sa chemise, me suis dirigée vers la cuisine à pas de loup pour le surprendre et… je l'ai découvert dans son canapé en train de se tripoter devant Youporn ?!

Mon enthousiasme est mort sur le coup.

J'ai toussé. Il a sursauté, refermé son ordi d'une main et remballé son matos de l'autre. Je l'ai dévisagé sans savoir quoi faire. Rire, hurler ou partir ?

Je suis partie.

Je n'ai rien contre les mecs qui font un usage récréatif d'Internet, mais là, comme ça, en pleine nuit, avec une vraie fille endormie à dix mètres, alors qu'il venait de multi-jouir, c'est comme si je l'avais chopé en train de boire du parfum ou fumer un pétard dans les toilettes d'une maternité. Je suis sortie de sa vie avant qu'il n'entre dans la mienne avec la délicatesse d'une grue de démolition.

2 février

ÉTABLISSEMENT FERMÉ LE 14 FÉVRIER Adrien me manque…

8 février

LOVE AT FIRST… SITE Sophie avait eu un coup de foudre pour le profil de Clément. C'était tout à fait son style et sa pointure. Elle est donc allée au premier rendez-vous en croyant avoir trouvé chaussure à son pied. Malheureusement, Clément était très, très photogénique et il avait mis « rando » comme loisir juste parce qu'il trouvait que ça faisait bien. Elle aurait dû écourter la rencontre et ne jamais le revoir, mais vous savez comment c'est : le temps que la déception vienne à bout de l'espoir investi, il y a toujours un décalage. Ils se sont vus, revus... Il s'est enflammé. Comme cette passion soudaine réchauffait l'orgueil de Sophie, elle a remis à demain ce qu'elle pouvait larguer le jour même. Erreur. On ne laisse pas traîner une histoire à notre époque où, paradoxalement, la demande a augmenté en même temps que l'offre.

Résultat : hier, au resto, elle a failli se péter une dent sur une bague de fiançailles cachée dans sa part de fondant au chocolat. Clément a posé un genou en terre et lui a fait sa demande devant tout le monde ?! Au bout de trois semaines de relation !

Il faut savoir que Sophie est très bien élevée (à ce niveau, on peut parler de dressage), elle a donc fait ce qu'on attendait d'elle : elle a balancé un « oui » éclatant, les spectateurs ont applaudi, puis ils sont retournés à leur entrecôte, la laissant aux prises avec un amoureux transi.

16 février

MARIAGE DE DÉRAISON Une marée noire (plutôt blanche en l'occurrence) dévaste la vie de Sophie et inutile de dire que le 14 février n'a rien arrangé. Depuis qu'elle a accepté d'épouser

Clément, les événements s'enchaînent avec une effrayante régularité.

Dès le lendemain, il l'a emmenée dîner chez ses parents qui lui sont tombés dans les bras. En trente-huit ans, leur fils unique ne leur avait présenté personne. Son père pensait qu'il était gay (t'as qu'à voir), sa mère croyait qu'elle n'aurait jamais de petits-enfants. Ils ont accueilli Sophie comme la nouvelle d'une rémission complète après un cancer généralisé. Pendant l'apéritif, belle-maman lui a promis l'alliance de sa mère, un anneau en or blanc incrusté de diamants dont le prix ne rentre sûrement pas sur l'écran d'une calculatrice. Pendant le repas, ils ont parlé déménagement et bébé. Au café, l'enthousiasme est un peu retombé, l'ennui a menacé la conversation et Sophie a eu un échantillon de ce que seraient ses dimanches si elle ne réagissait pas. Elle s'est juré de quitter Clément le lendemain... Ce même lendemain où il lui a annoncé qu'il avait déposé des arrhes pour réserver un haras en Normandie. Pour ? Pour la réception bien sûr ! Il leur restait une date en juillet et, franchement, quoi de mieux qu'un mariage en calèche ? Quoi de mieux ? « Pas de mariage du tout », a pensé Sophie, sans parvenir à le formuler.

Jour après jour, Clément s'est emballé comme un moteur de tracteur-tondeuse, lui coupant l'herbe sous le pied à chaque fois qu'elle voulait dissiper ce fâcheux malentendu. Il a prévenu tous ses potes, mis plusieurs traiteurs en concurrence, contacté un groupe de jazz pour le vin d'honneur, un DJ pour la soirée, un photographe, un fleuriste, un magicien pour les enfants, choisi le papier pour les faire-part et les Maldives pour le voyage de noces. Apparemment, ses parents n'avaient pas été les seuls à flipper, lui aussi avait dû se croire condamné au célibat pour réagir avec ce manque total de sang-froid.

Hier, il dînait avec ses deux futurs témoins (alors, les gars, quand est-ce qu'on very bad tripe ? Tape dans le dos). Sophie en a profité pour venir se réfugier chez Babeth et moi. Léa nous a rejointes et on a commencé à organiser la gestion de crise. J'ai compris qu'on était mal quand Sophie a soupiré :

— Je ne l'aime pas, mais j'adore l'idée de me marier, du coup je ne sais plus où j'en suis.

Je dirais : dans la panade… et nous avec.

Il fallait absolument qu'on l'exfiltre de sa propre vie, avec ou sans son accord. Je le voyais bien dans ses yeux, elle n'avait plus qu'une idée : se retrouver à la mairie déguisée en omelette norvégienne. Si on n'intervenait pas, le réveil après la nuit de noces risquait d'être glaçant. Je me suis chargée du bourrage de gueule, Babeth et Léa du bourrage de crâne :

— Tu ne peux pas épouser un mec que tu n'aimes pas.

— Tu ne peux pas épouser un mec que tu n'aimes pas.

— Tu ne peux pas épouser un mec que tu n'aimes pas.

— Non, tu ne peux pas.

— T'as compris ?

— Oui…

On a mis une soirée et trois bouteilles de cahors à la convaincre de le larguer. Restait à savoir comment. Verdict : d'un coup sec. Plus elle voudrait le ménager, plus elle allait le faire souffrir. On n'a jamais vu une esthéticienne épiler les aisselles poil par poil.

17 février

LE CHOIX DE SOPHIE Chlac, Sophie a quitté son futur mari au dépourvu. C'est moche, mais moins qu'un mariage qui n'aurait pu s'épanouir que dans le divorce.

19 février

HEUREUX AU « JE », MALHEUREUX EN AMOUR Au fait ? Qu'est-ce que vous faisiez, vous, pour la Saint-Valentin cette année ? Vous vous faniez dans votre soliflore / vous étiez avec l'amour de votre laïfe / vous vous rongiez les ongles dans le corridor du divorce / vous vous motiviez pour coucher avec votre comptable (rayez la mention inutile) ? Moi, j'étais dans le camp des célibataires maussades. Si je restais à l'appart, j'allais broyer du rose toute la soirée. Heureusement, Babeth était là pour me remonter le moral et les bretelles. Depuis quand fallait-il être en couple pour fêter l'amour ?! On maîtrisait le sujet dix fois mieux que les ados qui allaient flüncher aux chandelles. Hors de question qu'on reste sur le banc de touche !

C'est comme ça que le 14 février, je me suis retrouvée à trinquer avec ma coloc' au Mama Shelter. L'endroit était infesté de couples. Ils s'embrassaient au-dessus de leur parmentier de canard, se tenaient passionnément la main en attendant leur café gourmand, s'offraient des mugs personnalisés et des moules à glaçons en forme de cœur. C'était écœurant.

La cocktailothérapie a eu un effet très bénéfique sur mon moral. Au bout de trois caïpirinhas, je m'étais faite à l'idée de fêter l'amour dans l'absolu (faute de fêter l'amour absolu), et voilà qu'un mec m'a abordée alors que je me grillais une clope dans le froid.

À le voir draguer, il n'était pas venu faire de la figuration. Je commençais presque à l'envisager quand j'ai réalisé que j'avais affaire à un pervers narcissique. Je sais bien que ce diagnostic est très en vogue dans les dîners de meufs, mais, promis, je tenais un vrai manipulateur, livré avec tous les accessoires : les compliments démesurés suivis de phrases assassines, l'apparente fragilité qui désarmerait une chienne de garde, le discours changeant qui s'adapte à sa proie pour mieux la séduire, la maîtriser, l'avilir... J'ai passé la soirée à me débattre, mais son charme me montait à la tête. À minuit, j'avais envie de l'ignorer et de le satisfaire. Il était temps de fuir.

Il a réussi à me glisser son numéro. Dans le taxi qui me ramenait chez moi, j'ai failli lui envoyer un message provocant. Au lieu de ça, j'ai effacé son contact.

Soupir.

Adrien me manque…

6 mars

PIÈCE MAÎTRESSE Mardi dernier, Loïc m'a suppliée de l'accompagner au théâtre. J'adore le spectacle vivant, mais là, ça sentait le spectacle survivant : une scène minuscule au fin fond du XXe, une troupe d'amateurs, une affiche bricolée sur Paint et un titre démoralisant (*Coup de canif dans le constat*). L'histoire d'un type qui trompe son mec avec le gars qui lui est rentré dedans, en voiture bien sûr, ah ah ah, on allait bien se marrer. Loïc avait rencontré un des comédiens au Rosa Bonheur et il se voyait tout à fait le sacrifier sur l'autel de sa libido. Il aurait bien demandé à Tim de venir avec lui, mais depuis qu'il était maqué, il passait ses soirées à regarder des séries dans les bras de Ruben.

C'est tombé sur moi, donc.

J'ai essayé d'esquiver :

— Je suis crevée. On vient de commencer le tournage du film sur Brel. En plus, on a attaqué par des scènes hyper compliquées à Pigalle. Tu savais que quand il est arrivé à Paris en 53, il s'est installé dans un hôtel de Pigalle...

— T'es en train de me dire non, là ?

— Je te dis pas bêtement non, j'argumente : c'est un film en costume, t'imagines pas comme ça complique mon boulot...

— Tim me lâche, maintenant, c'est toi. Je suis seul comme un chien, pourquoi vous me piquez pas, ça irait plus vite ?

Loïc a beau enchaîner les mecs comme des Schoko-Bons, quand il en a un en tête, il ne l'a pas ailleurs (ou plutôt si, ah ah ah, qu'est-ce qu'on se marre). J'ai donc pataugé pendant une heure et demie dans les jeux de mots vaseux et les quiproquos artificiels. On était neuf dans la salle. Personne ne riait, à part Loïc qui commençait les préliminaires.

À la sortie, il m'a enchaînée à un kir à la brasserie d'en face pour m'obliger à attendre le comédien avec lui. Je cherchais désespérément un truc positif à dire sur la pièce (tout ce texte appris, waouh, quelle mémoire) quand soudain, en balayant machinalement la salle du regard, j'ai vu Antoine assis en face d'une femme qui n'était pas Léa. Elle était même tout sauf Léa : blonde, grande, avec une bouche pulpeuses et des seins énormes. Ils ne s'embrassaient pas, ils ne se caressaient pas les mains, mais un détail m'a retenue de traverser la salle : elle se touchait les cheveux, tout le temps... la garce.

La target de Loïc est arrivée à ce moment-là. Je me suis planquée derrière le mec et me suis mise à encenser la pièce pour gagner du temps et m'assurer qu'il ne bouge pas :

— Quelle énergie ! Quel rythme ! Et cette absence de décors, géniale ! Et puis alors, limiter l'éclairage à trois projecteurs, quelle idée lumineuse pour illustrer l'obscurantisme des homophobes !

C'est sur cette phrase que je l'ai perdu. Le type s'est tourné vers Loïc et j'ai disparu derrière un nuage de phéromones. J'ai sifflé mon kir, enfilé ma doudoune et me suis carapatée. Dans la rue, j'ai allumé une clope, le cœur battant. Antoine trompait Léa ?! Après dix ans de vie commune et un an et demi de mariage, Antoine trahissait la confiance de ma meilleure amie pour s'envoyer une blondasse ?! J'étais défaite. Je les aimais tous les deux et plus que tout, je les aimais ensemble…

Je me suis planquée sous un porche pour cogiter en urgence. Après tout, ça pouvait être n'importe qui, une copine, une collègue, une cousine… Un homme n'est pas responsable d'avoir une cousine méga-bonnasse ! Et puis, s'ils avaient une aventure, elle porterait un imper, des lunettes de soleil et lui, une fausse moustache… non ? De toute façon, je devais en savoir plus avant de dégoupiller ma grenade et faire exploser leur couple. J'ai sorti mon portable, pris mon courage à une main et appelé Léa.

Mon coup de fil l'a réveillée. Ça partait mal. D'une voix suraiguë, je les ai invités tous les deux à me rejoindre pour boire un verre (un mardi soir, à 23 heures, à l'autre bout de Paris, normal). Elle m'a répondu exactement ce que je craignais : Antoine dînait avec Fred, du coup elle en avait profité pour se coucher tôt. Aïe. À moins que « Fred » ait changé de sexe dernièrement, je venais d'être promue témoin à charge.

J'ai raccroché avant de prononcer des mots irréversibles. Après avoir vu son mari avec une autre, je venais donc de lui mentir... La situation dégénérait. Je ne pouvais pas prévenir Babeth et Sophie, sans la trahir un peu plus. Je ne me voyais pas faire une scène à Antoine entre deux tables, avec le serveur qui passe et la blonde qui me dévisage. Rappeler Léa était au-dessus de mes forces. Bref je me sentais comme un basketteur qui a les deux pieds coulés dans le ciment.

Dans le taxi qui me ramenait chez moi, j'ai essayé de me convaincre que c'était leur problème... et en même temps, c'était ma meilleure amie... et en même temps depuis toutes ces années, Antoine était vraiment devenu un pote... et en même temps, si ça m'arrivait, j'aimerais qu'elle me prévienne... et en même temps, IL FALLAIT PRENDRE UNE DÉCISION !

J'ai demandé au chauffeur de faire demi-tour. Si c'était vraiment devenu un pote, il accepterait de me parler. Je suis descendue devant la brasserie. Ils étaient toujours là ! J'ai traversé la salle avec les jambes en mousse, me suis arrêtée à leur table et là, j'ai coassé :

— Antoine ?! Dingue ! Qu'est-ce que tu fais là ?!

Je m'attendais à ce qu'il se lève d'un bond en faisant tomber sa chaise. Pas du tout. Il a souri, ravi de me voir, m'a rapproché une chaise et m'a présenté Frédérique, sa cousine... C'est ça qui est magnifique avec la réalité, elle n'a pas besoin d'avoir beaucoup d'imagination pour avoir le dernier mot.

12 mars

AMOUR EN PIÈCE JOINTE Toute l'équipe est partie en Belgique sur les traces de Brel. J'ai passé une soirée entière dans ma chambre d'hôtel à Bruxelles à écrire, relire, modifier un mail pour Adrien. J'essayais de lui expliquer pourquoi j'étais partie et pourquoi je voulais revenir : un exercice proche du déminage. Rappelons que je l'avais largué comme la gamine qui pousse son assiette de purée (nan, veux plus, c'est beurk). Je n'étais même pas revenue chercher les quelques affaires que j'avais oubliées chez lui.

Je partais de loin.

J'ai fini par lui envoyer un truc à deux heures du matin. Je n'étais pas vraiment satisfaite, mais j'avais rendez-vous dans le hall quatre heures plus tard pour partir sur le lieu de tournage.

Toute la journée, on a mis en boîte la scène où Brel chante pour la première fois « Ne me quitte pas » en public. J'avais l'impression que tous les dieux de l'Olympe me fixaient, sourcils froncés, pouce en bas.

En rentrant à l'hôtel le soir même, j'ai trouvé cette réponse d'Adrien :

Marion,
Je bosse non-stop, c'est pas le moment pour moi de remuer toute notre histoire, me demander si j'ai encore l'envie, la force, le temps d'être avec toi,
Pardon, vraiment,
Je t'embrasse,
A.

Il faut oublier, tout peut s'oublier... Mon cul... J'ai renvoyé :

Pas de problème, je comprends.

Ce qui était complètement faux.

18 mars

MON VOISIN, LE HIPSTER Quand j'ai emménagé chez Babeth, j'ai vu le potentiel du grand appart lumineux, de l'immeuble avec sa cour intérieure et ses apéros improvisés, du South-Pigalle, quartier branchouille et pourtant convivial comme un poulet rôti. Le seul truc que je n'ai pas vu tout de suite (à cause d'Adrien sans doute), c'est le voisin du cinquième, un hipster au look faussement négligé. La première fois que je l'ai croisé, il remontait chez lui avec son vélo à pignon fixe sur l'épaule, une chemise à carreaux, un slim, les grosses lunettes de Woody Allen, la moustache de Freddie Mercury et le bonnet du commandant Cousteau. Ça sentait le photographe ou le designer : exactement le style de mec qui m'a toujours fait secrètement craquer. J'ai honte de le dire (et encore plus de l'écrire), mais il suffit qu'un homme s'habille en dépit de la mode et qu'il ait l'air désabusé pour que je perde tous mes moyens. À côté, j'ai l'impression d'être une brebis qui suit connement le troupeau.

Il avait donc l'air tellement libre et indifférent que j'ai foiré en beauté notre première rencontre dans l'escalier. Je lui ai lancé un « bonsoir » enjoué, il s'est arrêté, j'ai cru qu'il voulait me dire quelque chose, j'ai souri en écarquillant les yeux (grosse brebis sociable que je suis), en fait, non, il voulait juste éviter de me mettre un coup de guidon. Je me suis effacée en baissant la tête : une Hobbit laissant passer Andy Warhol.

Je me suis mise à penser plus souvent à lui qu'à la réponse d'Adrien. Je nous voyais déjà discuter du dernier Takeshi Kitano en buvant de l'absinthe au bar du Panic Room, aller débattre de la mode dans les cafés-philo (mimétisme ou originalité), chiner des vêtements qui puent le renfermé, suivre des conférences sur « l'obsession et la symbolique du temps dans l'œuvre de Dalí », réécouter Barbara sur sa platine vinyle et uploader des photos de nos pieds sur Instagram. Je n'étais même pas sûre d'avoir envie de tout ça, mais le désir n'était-il pas *so* vingtième siècle de toute façon ? Pourquoi ne pas essayer de séduire un hipster après tout ? Je n'avais jamais vu de film de Takeshi Kitano, je cherche encore le sens de « vélo à pignon fixe » et je ne mettrais pas le bonnet du commandant Cousteau même si la survie de la planète en dépendait, mais... mais quoi ?

Mon anniversaire arrivait.

Encore.

J'étais célibataire.

Encore.

Il fallait que quelque chose se passe.

22 mars

UNE IDÉE DERRIÈRE LA FÊTE Comment approcher un voisin ? Je n'allais pas m'abaisser à coller mon œil au judas pour faire semblant de sortir au moment où il rentrait. J'avais un style (et pas de judas à ma porte). Non, il me fallait un plan décalé et élégant, à l'image de ses vieilles Clarks. J'ai passé en revue toutes mes options : aller lui taxer du sel (on a dit décalé), le coincer dans le local poubelles (on a dit élégant), lui glisser un poème dans sa boîte aux lettres (au secours)... J'ai fait défiler le menu déroulant dans ma tête jusqu'à tomber sur L'IDÉE : organiser une fête pour mon anniversaire et l'inviter !

J'ai demandé à Babeth ce qu'elle en pensait. Je n'avais pas fini ma phrase qu'elle avait déjà prévenu tout son répertoire. C'est beau le célibat en marche... Je l'ai cuisinée sur le voisin : connaissait-elle le nom de ce mystérieux dandy au regard profond et à la distinction naturelle ? Jean-Philippe Douillard ? Ah... Bon. J'ai glissé un mot (en prose) dans sa boîte aux lettres pour l'inviter et j'ai commencé à bosser ma tenue.

Le samedi suivant, notre appartement débordait jusque sur le palier de copains ivres morts. À minuit, la soirée avait déjà dérapé dans l'alcool, la drogue douce et la musique brutale. La vieille fille du second n'allait pas tarder à appeler les flics et mon *urban* voisin n'avait toujours pas pointé sa moustache. Comme je trouvais ça « trop con », j'ai fait un truc encore plus con (logique sous vodka) : je suis allée frapper chez lui... bourrée... à une heure du matin.

Il a ouvert en tee-shirt publicitaire et caleçon large. J'ai bredouillé qu'on l'attendait pour boire un verre (comme si on l'avait attendu), il m'a montré son ordi du pouce et m'a dit qu'il était en pleine partie. Quand j'ai vu le troll sur l'écran, j'ai réalisé ! Il ne travaillait pas un style faussement négligé, il était *totaly no look*, il ne portait pas une moustache trendy, il se laissait juste pousser les poils sous le nez, je n'étais pas en face d'un hipster, mais d'un geek 100 % *no life*, jeux en réseau et cartons de pizzas !

Stupeur...

Je suis redescendue et me suis laissée tomber dans le canapé du salon. Si je ne me concentrais pas un peu plus, un jour, au jeu de l'amour, la petite musique allait s'arrêter et je n'aurais plus de chaise...

5 avril

LE DRAGUEUR MASQUÉ Décidemment, Babeth est une aventurière : hier, elle a décroché alors qu'elle conduisait et qu'elle ne connaissait pas le numéro. Quand elle a lancé « allô » (toujours prête à se faire de nouveaux amants, surtout au printemps), une voix d'homme lui a répondu :

— Je vous suis depuis quelques minutes et, pardon, mais je vous trouve ravissante.

Toute aventurière qu'elle est, Babeth n'aime pas être suivie par un inconnu potentiellement initié aux techniques du viol. Elle a jeté un coup d'œil dans son rétro. Un barbu d'une quarantaine d'années lui souriait derrière le pare-brise de son 4×4.

Elle a répliqué froidement :

— Pas intéressée.

Puis elle a raccroché et s'est demandé deux choses : comment avait-il eu son numéro et pourquoi toutes les rues sont-elles en sens interdit dès qu'on veut s'enfuir ?

La tension est montée d'un cran quand il l'a rappelée. Elle a laissé sonner en regrettant que la vie ne soit pas équipée d'un *panic button*. Elle le voyait, portable à l'oreille, souriant calmement : un chat au-dessus d'une souricière. Elle s'est mis en tête de le distancer, mais comme elle se tapait tous les feux rouges, la course-poursuite la plus lente de toute l'histoire a commencé. Qu'est-ce qu'il espérait ? Qu'elle s'engage dans une impasse sombre ? Et surtout COMMENT AVAIT-IL EU SON 06 ?

Elle a sursauté quand son téléphone a bipé. Ce psycho lui avait laissé un message ! Un œil sur le rétro, l'autre sur la route, une main sur le volant, l'autre sur son portable, elle l'a écouté. Il disait en substance qu'il était vraiment désolé d'insister, mais puisqu'il avait son numéro sous les yeux, il tentait sa chance.

Tout est devenu clair : Babeth vendait sa voiture, elle avait donc tout naturellement mis une affichette sur la lunette arrière avec ses coordonnées ! Le gros pervers monté sur quatre roues motrices s'est tout à coup métamorphosé en soupirant audacieux. Elle lui a fait un signe et ils se sont garés. Il est descendu de son tank. Elle s'est contentée de descendre sa vitre. Il l'a invitée à boire un café. Elle a accepté.

Conclusion : si Babeth n'existait pas, il faudrait l'inventer… et en profiter pour vérifier si toutes ses propriétés sont aux normes de sécurité.

14 avril

BABETH IN LOVE Que ceux qui ont une bouteille de champagne au frigo fassent péter le bouchon : Babeth est amoureuse ! Mieux que ça : elle est en couple ! C'est une nouvelle tellement stupéfiante que, comme pour le 11 septembre, je me souviendrai toute ma vie de ce que je faisais quand je l'ai appris : je petit-déjeunais. Sous le choc, j'ai lâché ma tartine qui est tombée côté confiture. J'aurais dû interpréter ça comme un mauvais signe, mais sur le coup, pensez-vous, j'ai juste passé un coup d'éponge et j'ai bombardé Babeth de questions.

L'heureux élu était le barbu au 4×4. Quarante-deux ans, divorcé et papa d'une petite fille de huit ans, il vivait dans le XIe, réalisait des documentaires et, accessoirement, abordait les filles en voiture. Là encore j'aurais dû me méfier, un homme qui drague au volant ? C'est validé par la Guilde des romantiques, ça ? Oh et puis merde ! Babeth était amoureuse, voilà ce qui comptait ! Depuis que je la connaissais, je l'avais vue : excitée, impatiente, nerveuse, bref dans plein d'états frontaliers de l'amour, mais jamais mordue jusqu'à l'os !

Bon, ils étaient ensemble depuis dix jours seulement, mais pas de mauvais esprit ! Quand on sait que « je t'aime » se prononce en moins d'une seconde et que la durée moyenne d'un rapport sexuel se situe entre sept et treize minutes, pensez à tout ce qu'on peut faire en dix jours !

En grattant un peu, j'ai découvert d'autres zones d'ombre : son ex-femme lui téléphonait trois fois par jour, sa petite fille était tellement jalouse qu'elle allait faire vivre à Babeth les neufs cercles de l'Enfer, son métier l'obligeait à partir très souvent et très loin et il avait été clair sur un point : « J'aime ma liberté. » Même ça je n'ai pas relevé (sa liberté, c'est-à-dire ? Sa liberté sexuelle ?). J'ai décidé de croire en eux. J'avais toute ma vie pour être une copine lucide et protectrice, Babeth me demandait d'être simplement heureuse pour elle, c'est ce que j'ai fait… jusqu'à ce que je rencontre l'animal.

19 avril

LE MAL ALPHA Je me doutais que Babeth et moi allions partager pas mal de trucs : les fringues, les chaussures, l'après-shampoing, les boîtes de préservatifs, les Alka Seltzer, bref tous nos accessoires de célibataires. En revanche, ce que je n'ai pas vraiment réalisé (on se demande parfois à quoi je pense), c'est que le célibat est un statut précaire. Un mec a fait irruption dans la vie de Babeth et s'est très vite senti chez lui chez nous, donc à moitié chez moi.

Il s'est mis à débarquer au petit-déj' en se grattant les testicouilles, bouquiner dans nos toilettes, regarder *X-Men* en VF dans notre canapé et se couper les ongles des pieds à moins d'un mètre de ma serviette de bain. Tout ça, j'aurais pu le supporter par amitié pour Babeth, si seulement elle n'était pas tombée amoureuse en trébuchant sur un connard. À la seconde où elle a filé sous la douche, ce bourrin m'a draguée en sous-marin. Il a commencé soft en me susurrant :

— T'es hyper jolie ce matin…

Alors que j'étais en train d'avaler mes Special K en pyjama. Pas de quoi appeler la brigade des mœurs, mais je sais quand je suis jolie, ça me coûte assez cher en maquillage. Il me mentait, restait à comprendre pourquoi ? Pour que je le trouve sympa et que je le dise à Babeth ? Ou pour que je le trouve dans mon lit et que je ne le lui dise surtout pas ?

J'ai arrêté de me poser la question quand il m'a glissé dans le creux de l'oreille :

— Si je t'avais rencontrée en premier, franchement, je ne sais pas ce que j'aurais fait.

Du coup, c'est moi qui ne savais plus quoi faire. Ma copine avait des petites ailes et des grosses œillères. Elle passait des soirées entières à me parler de lui, de leur complicité, de leurs projets et du bonheur qu'elle arrivait enfin à toucher du doigt, l'annulaire en l'occurrence. Je ne pouvais pas sortir une massue pour lui écrabouiller la main (et que je ne t'y reprenne plus !). N'empêche, il allait bien falloir que je m'y colle avant que ce fumier essaie de relever ma robe de demoiselle d'honneur.

J'étais souvent en Belgique et j'allais même partir aux Canaries pour tourner les scènes de Brel aux Marquises, mais ça ne faisait que décaler le problème dans le temps. Non, il fallait que j'agisse maintenant, mais comment ? Babeth était tellement accro que je ne pouvais pas lui annoncer frontalement que « l'homme de sa vie » était un dragueur de copines. Avec tous ses autres mecs de passage, je m'y serais risquée, mais pas là, non, elle aurait préféré douter de moi plutôt que de lui. Je risquais de la perdre, le temps que les effets hallucinogènes de l'amour se dissipent. Ça pouvait prendre un certain temps, assez longtemps pour qu'elle me prie de déménager et d'effacer son numéro de mon répertoire. Il fallait que je la joue fine... Autant vous dire que j'ai appelé Sophie et Léa en renfort.

27 avril

BAD BOYFRIEND Elles m'ont tout de suite confirmé que j'étais dans la merde (ah, vous me rassurez). Babeth ne tombait pas amoureuse tous les quatre matins, elle allait s'accrocher à ce sentiment comme une asthmatique à sa Ventoline. La prendre entre huit yeux ne suffirait pas, même en lui expliquant que son mec était du genre à la tromper à tours de bite. Non, on devait lui apporter une preuve ou je ne donnais pas cher de notre colocation.

Comme on ne pouvait pas trop compter sur une déposition signée du barbu, Sophie a eu l'idée de le filmer à son insu. Elle a tapé « kit d'espionnage » sur Internet.

BIENVENUE DANS L'UNIVERS DU SORDIDE,
LIVRÉ CHEZ VOUS EN 24H.

Vous qui rongez vos doutes dans votre coin, sachez qu'aujourd'hui on peut tout se procurer en ligne : du traceur GPS au test de détection de sperme (prenons une minute pour l'homme qui, un jour, a scanné la banquette arrière de la Punto de sa femme à la lampe UV). Ce qui intéressait Sophie, c'était donc les caméras : cravate, stylo, ours en peluche, briquet, porte-clés, masque de plongée, la gamme était large. Un instant, j'ai caressé l'idée de venir petit-déjeuner en maillot de bain, palmes, masque et tuba pour la beauté du geste et puis j'ai refermé l'ordi. Hors de question qu'on tombe si bas. J'espérais m'en sortir sans passer pour une psychopathe, si ça n'était pas trop demander.

C'est Léa qui a trouvé la solution : il avait essayé d'annexer la coloc', pourquoi pas les copines ? S'il avait bel et bien un petit Napoléon dans le slip, il n'allait pas se contenter de reluquer le territoire voisin. On a attendu la soirée du samedi, on s'est un peu sapées pour huiler le mécanisme et on a toutes tenté une approche. Après des discussions successives et *successfull*, on avait un dossier épais comme un parpaing. Avec ça accroché aux pieds, il allait couler vite fait au fond de l'estime de Babeth. C'est moche de briser un amour dans l'œuf, mais quand on sait que c'est un œuf de cobra, on se console rapidement.

On a organisé une intervention dimanche soir dans le salon : on l'a assise en face de nous… et rien n'est sorti.

— Oui ? a fini par lâcher Babeth. Y'a un souci ?

Sophie et moi avons jeté un coup d'œil à Léa pour qu'elle lâche le morceau. Babeth a eu une réaction... très babethienne :

— Ah merde, vous avez raison, faut que je lui précise : pas les copines. Pardon, c'est de ma faute.

Puis elle a ajouté :

— Autre chose ?

On a toutes secoué lentement la tête.

3 mai

VERY BAD TRIPE Hier soir, j'étais seule à l'appart. Je meublais ma soirée en traînant sur Facebook. Tiens, un ex qui allait devenir papa. Encore un. Ce réseau était une gigantesque partouze de gens heureux, sans moi. J'ai éteint (il ne manquait plus que je like), allumé ma télé, loué une comédie romantique américaine qui n'était même pas sortie en France (ça promettait) et me suis tapé le pot de rillettes à la cuiller à huit heures du soir.

Le film était aussi laborieux que ma digestion. J'ai mis sur « pause » pour aller me fumer une clope à la fenêtre. Plus de clopes... Super. J'ai fermé ma veste avec l'impression d'être enceinte d'un cochon de lait et suis descendue lourdement en acheter. En ouvrant la porte cochère, je suis tombée nez à nez avec...

— Adrien ?!... Qu'est-ce que tu fais là ?

— J'étais dans le coin, je passais à tout hasard. Tu veux qu'on dîne ensemble ?

J'avais l'impression qu'on m'avait déjà nourrie au gavoir à manivelle, pourtant je me suis entendue accepter.

Il y a deux restos dans ma rue : un bio où une végétalienne ne cuisine que des graines d'oiseaux et un bouchon lyonnais, cervelas et grattons. J'ai eu un haut-le-cœur. Adrien a choisi le lyonnais, évidemment. On s'est assis en terrasse. Il avait l'air tout heureux qu'on dîne ensemble. Il a commandé pour moi une spécialité découverte la dernière fois qu'il était à Lyon pour le boulot : le tablier de sapeur. Il fallait absolument que je goûte ça !

Combien de mecs auraient été monosyllabiques à sa place ? Lui, non, il était détendu comme un bouliste en vacances. On ne s'était pas vus depuis des mois, pourtant il se marrait, se racontait, me posait plein de questions. Le vin est arrivé, j'ai sifflé mon premier verre façon trou normand et lui ai taxé clope sur clope comme si la nicotine avait le pouvoir de dissoudre les graisses.

Les effets cumulés de l'alcool, du printemps en terrasse et de l'humour d'Adrien m'ont fait un peu oublier ce qui m'attendait... jusqu'à ce que la serveuse me le dépose sous mes yeux : le tablier de sapeur, une tranche triangulaire de tripe, marinée dans du vin avant d'être panée et frite. J'ai eu un mouvement de recul.

— Tu vas voir, c'est trop bon, a commenté Adrien.

N'écoutant que mon courage, j'ai enfourné une bouchée de moineau. Encore une lichette et j'allais m'évanouir dans mon vomi. J'ai reposé ma fourchette, pris une grande inspiration et j'ai tout avoué à Adrien. Il a éclaté de rire, a attrapé mon assiette, l'a mise à côté de la sienne et m'a resservi un verre de vin.

Décidément, pourquoi j'avais quitté ce mec ?!

10 mai

LES BONS CONTES FONT LES MAUVAIS AMIS

J'en étais à me demander pourquoi je l'avais quitté donc. J'aimais tout chez lui : sa non-coupe de cheveux, sa carrure de basketteur, ses yeux bleus qui iraient si bien à nos enfants, sa façon de me parler de la « modélisation architecturale » en pensant que je comprenais… À la fin du repas, on avait rétabli notre configuration d'origine. J'étais prête à tout recommencer depuis le milieu.

Il m'a raccompagnée jusqu'à chez moi. Heureusement qu'il n'est pas épileptique parce que je clignotais comme une enseigne de bordel thaïlandais. Et puis, tout à coup, changement de climat, il m'a claqué la bise, a hélé un taxi qui passait et s'est engouffré dedans en lançant :

— C'était cool ! À refaire !

…

À refaire ?!

J'ai passé les jours suivants à essayer d'extraire de ces deux mots une once de séduction. Verdict : il n'y a pas moins lubrique. D'autant qu'il ne m'a plus donné signe de vie après ça, pas un appel, pas un texto, pas même un poke sur Facebook, rien. Et s'il avait digéré notre rupture et qu'il nous voyait bien devenir potes... d'où sa décontraction au dîner ? Après le mail que je lui avais écrit, c'était impossible... non ? J'allais bien finir par le rappeler, mais en attendant, j'espérais fanatiquement que ça vienne de lui.

Et puis hier, il m'est arrivé une chose étrange : j'ai vécu en direct la collision d'une très bonne et d'une très mauvaise nouvelle. J'étais dans la rue. Mon téléphone s'est mis à vibrer. Appel entrant : Adrien ! Mon cœur s'est emballé. J'ai décroché mon iPhone 6 flambant neuf et là, un mec me l'a arraché des mains et s'est barré en courant ! Sans réfléchir (de toute évidence), je me suis lancée à sa poursuite en hurlant :

— ADRIIIIEN, ON ME VOLE MON PORTABLE, JE TE RAPPELLLLLLE !

Je n'avais pas couru comme ça depuis l'épreuve du bac. Je me suis arrêtée au bout de trois pâtés de maisons, les poumons en feu. Le temps de reprendre mon souffle et j'ai foncé (en marchant) m'acheter un nouveau portable. Deux heures et beaucoup d'euros plus tard, je suis tombée sur son répondeur. Je lui ai laissé un message d'une rare nullité (bisou-bisou-bye). C'était il y a vingt-quatre heures et il ne m'a toujours pas rappelée. En même temps, pourquoi se presser ? C'est vrai quoi, y'a pas d'urgence... entre potes.

19 mai

ARMÉS JUSQU'AUX DENTS DE LAIT Comme dirait Gérard Lenorman : « La vie est simple quand elle est pratiquée honnêtement. » Depuis que j'avais revu Adrien (et surtout depuis qu'il ne me rappelait pas), c'est ce que je m'efforçais de faire : pratiquer honnêtement mon quotidien sans lui, ne pas lui envoyer de textos tordus pour le relancer sans en avoir l'air, ne pas chercher à me consoler dans les draps du premier venu et, en effet, ma vie était simple, voire simpliste, voire chiante.

C'est sans doute pour ça que j'ai accepté de tenir, tout mon dimanche après-midi, le stand de chamboule-tout à une fête que Nadia organisait pour son petit Archi. Si j'avais été dans mon état normal, j'aurais préféré passer mon samedi à épépiner des groseilles à la plume d'oie dans un monastère. Pour l'heure, la pyramide de boîtes, le jardin à Romainville, le gâteau *Cars*, tout ça m'a eu l'air très rigolo (c'est dire comme j'étais paumée). En plus, depuis qu'elle avait eu son fils, les seuls trucs qui restaient branchés chez ma copine Nadia, c'était le Babyphone et le Babycook. Si je voulais avoir une chance de la voir, il fallait que je passe par la case « kid ».

J'y suis passée.

J'ai failli y rester.

Toute la journée, je me suis fait lapider par des petits êtres déguisés en enfants. Dolto, revenez, ils sont devenus fous ! L'enfant-roi ?! Mais c'était le bon temps, ça ! On a basculé dans l'aire des enfants-dictateurs ! Ils hurlaient, pleuraient, s'arrachaient la balle des mains, se bousculaient, finissaient par lancer leurs chaussures dans la pyramide. Je cherchais désespérément le regard des parents. Blottis comme des pingouins autour du buffet, ils souriaient de peur (mon Dieu, mais qu'avons-nous fait ?).

Alors que les gamins étaient plus que jamais défoncés au sucre et qu'ils me tournaient autour avec une énergie nucléaire, mon téléphone a sonné. Adrien, évidemment. La veille, j'étais seule chez moi, au calme. Le matin, j'étais allée lire dans un parc, tranquille. Le soir, je prévoyais de dîner devant un film, pépère. MAIS IL A FALLU QU'IL M'APPELLE À CE MOMENT-LÀ ! ALORS QUE JE VIVAIS LE CAUCHEMAR DE GULLIVER ASSAILLI PAR LES LILLIPUTIENS !

La vie m'avait déjà fait le coup avec Solal et voilà qu'elle remettait ça !

J'aurais pu ne pas répondre.

Il aurait pu ne pas me laisser de message.

J'ai décroché.

Il a dû croire que j'étais frappée du syndrome de la Tourette. Toutes les deux secondes, je sortais de mes gonds pour qu'on me lâche les cheveux ou qu'on arrête de me shooter dans les tibias. Et plus je criais, plus les enfants hurlaient. Adrien s'est mis à parler très fort pour se frayer un chemin dans le brouhaha :

— MARION, TU VEUX QU'ON DÎNE ?

— QUOI ?

— TU VEUX QU'ON DÎNE ! QU'ON DÎNE ! AU RESTO !

— ARCHI ! ARRÊTE ! OUI !

— C'EST À MOI QUE TU DIS OUI ?

— ARCHIIIII, LÂCHE-LA, TU VAS L'ÉTRANGLER ! OUI, PARDON ! AD ! C'EST BON, C'EST OUI !

On a réussi à se fixer un rendez-vous le samedi suivant. Ça me paraissait tragiquement loin, mais je partais toute la semaine aux Canaries pour tourner les dernières scènes du Brel.

J'ai raccroché, décroché un enfant de mon mollet... et je me suis mise à rire, rire, rire ! En une seconde, tout m'a paru tellement gai : ce petit jardin ensoleillé et cette bande de joyeux galopins qui vivaient un après-midi de rêve. Aaah la vitalité de l'enfance !

20 mai

J-5 Toute l'équipe a atterri à Fuerteventura à 14 heures.

Température au sol : 29°.

On est logés dans un hôtel quatre-étoiles et il n'y a pas grand-chose à tourner (beaucoup de plans larges de Brel naviguant sur son bimoteur ou faisant décoller son avion-taxi). Je suis au top du top de ce que mon métier peut offrir et je ne pense qu'à une chose : travailler mon bronzage pour samedi.

21 mai

J-4 Aujourd'hui, j'ai focalisé 100 % de mon attention sur la scène où un médecin annonce à Brel que son cancer du poumon s'est aggravé et qu'il doit rentrer en France.

100 % !

Et le pire, c'est que je m'en vante.

21 mai

J-3 Dans la chaleur du soir, je lève mon verre de rhum canarien et trinque à la santé de Léa. Elle vient de m'appeler : elle est enceinte de deux mois et demi.

22 mai

J-2 Alors qu'on était tous en train d'attendre que la maquilleuse retouche le visage de Brel (avec la chaleur, son fond de teint avait coulé, il avait l'air d'une vieille bonne femme), mon téléphone a bipé.

Texto de Sophie.

J'avais sous les yeux un selfie d'elle et de Fabian ! Un selfie récent puisqu'elle avait son carré post-rupture ! Je me suis empressée de lire le petit mot qui allait avec :

La vie, c'est comme une
longue randonnée :
parfois on croit qu'on
n'aura pas le courage
d'aller plus loin et puis…

Whaaat ?!

J'ai regardé la photo, ils souriaient tous les deux… comme Léa et Antoine devaient sourire au-dessus de leur échographie, comme Babeth et son barbu au-dessus de leur dernier sex-toy… Il ne restait plus que moi… Il fallait absolument que j'assure samedi si je ne voulais pas être la dernière louve à traîner la nuit, fouiller de la truffe les poubelles des boîtes et hurler à la lune les soirs de grande solitude.

23 mai

J-1 L'avion s'est posé à Paris à 19 heures.

Glurps.

Le lendemain, j'avais quatre heures pour récupérer mon homme, nos soirées sushis-séries, nos sorties, nos potes, nos fous rires, nos baises volcaniques, j'avais intérêt à rester concentrée.

24 mai

HAPPY FINISH J'ai essayé tout mon dressing, de la jupette lubrique à la robe de soirée. J'ai fini par enfiler un jean et un tee-shirt de régisseuse. Déguisée en bonne copine, j'aurai l'air moins con quand il me dira qu'il a juste envie qu'on soit potes. J'ai quand même travaillé le ressort de mes boucles, le glossy de mes lèvres et escaladé des escarpins à tomber. Tellement à tomber d'ailleurs qu'en arrivant au resto, je me suis vautrée devant toute la terrasse qui s'est retenue d'applaudir. Ça commençait bien.

J'ai embrassé Adrien, sur les deux joues (patience) et me suis assise. On a commandé une bouteille de brouilly et on s'est mis à discuter, dans cette rue pavée, sous ces arbres centenaires. Il faisait chaud. Il était beau. La soirée aurait été parfaite… sans moi. Je fumais clope sur clope, buvais verre sur verre et disais connerie sur connerie. J'essayais de lui envoyer des signaux positifs, mais la seule chose que j'arrivais à lui envoyer c'était des postillons chargés d'alcool.

Il a fini par payer et m'a proposé de faire un tour pour me dégourdir les jambes et les zygomatiques (depuis le début de la soirée, je souriais comme une catholique sous acide). On s'est arrêtés pour boire des coups. À une heure du matin, j'étais très alcoolisée, extraordinairement amoureuse et terrorisée à l'idée qu'il reparte sans m'emmener. Et, tout à coup, je me suis retrouvée au pied du Sacré-Cœur, avec Adrien à mes pieds, un genou en terre et une bague à la main.

Mon cerveau a mis un temps monstrueux à traiter l'information.

— Qu'est-ce que t'en dis ? m'a demandé Adrien en souriant. On arrête de déconner ? On y va pour de vrai ?

Je l'ai dévisagé. Il a ajouté :

— Dépêche-toi parce que je vois tes crottes de nez d'ici.

J'ai éclaté de rire et me suis mise à hocher frénétiquement la tête. Il a froncé le sourcils :

— C'est un oui ou tu fais un AVC ?

— C'est un oui ! OUI ! C'EST UN OUI !

Il s'est levé et m'a enlacée. Collée contre son corps gigantesque, je me suis dit qu'il y a des grandes victoires qui nous font adorer tous nos petits échecs, tous nos baisers manqués et nos histoires navrantes, tous les Solal, les Quentin, les Boris et les Valentin, tous les cousins Charlie au sexe décoratif et les appaloosas au profil mensonger, tous les ex qui se marient à New York ou ailleurs, tous les dragueurs de bus, de boîtes, de campings ou d'aéroports... bref, tous ceux que je croyais être des faux pas et qui, en fait, me conduisaient ici, dans les bras de l'homme de ma vie.

11439

Composition
NORD COMPO

Achevé d'imprimer en Slovaquie
par NOVOPRINT SLK
le 6 juin 2016.

Dépôt légal juillet 2016.
EAN 9782290130421
OTP L21EPLN001945N001

Éditions J'ai lu
87, quai Panhard-et-Levassor, 75013 Paris
Diffusion France et étranger : Flammarion